過ぎし南都の日々

～おさと寧府紀事余聞～

宮澤 洋一

郁朋社

過ぎし南都の日々／目次

江戸時代大和の主要街道

(『大和めぐり道法絵図』〈天明２年〉をもとに作成)

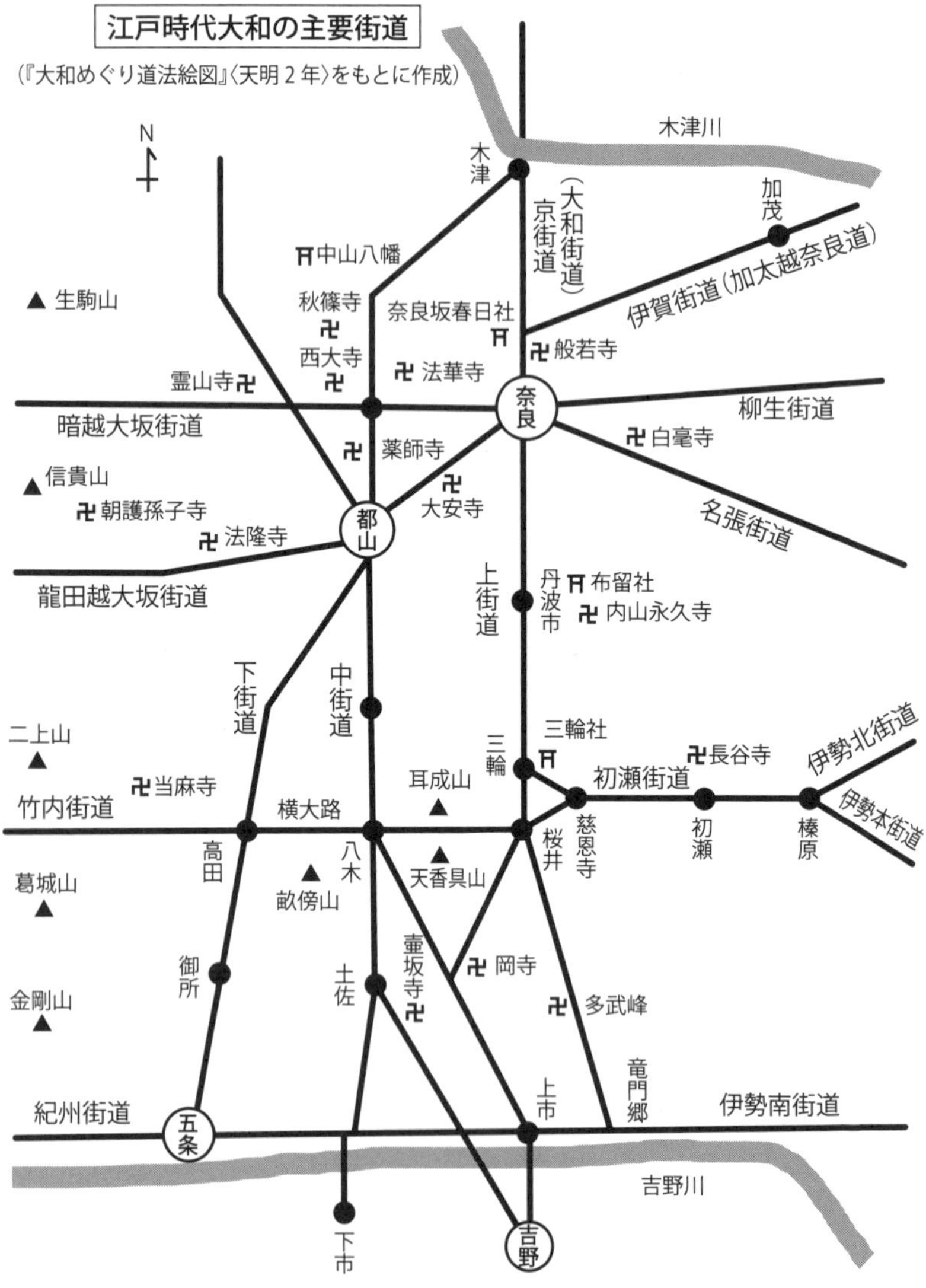

江戸時代の奈良概略図

（『和州奈良之絵図』〈天保 15 年絵図屋庄八版〉をもとに作成）

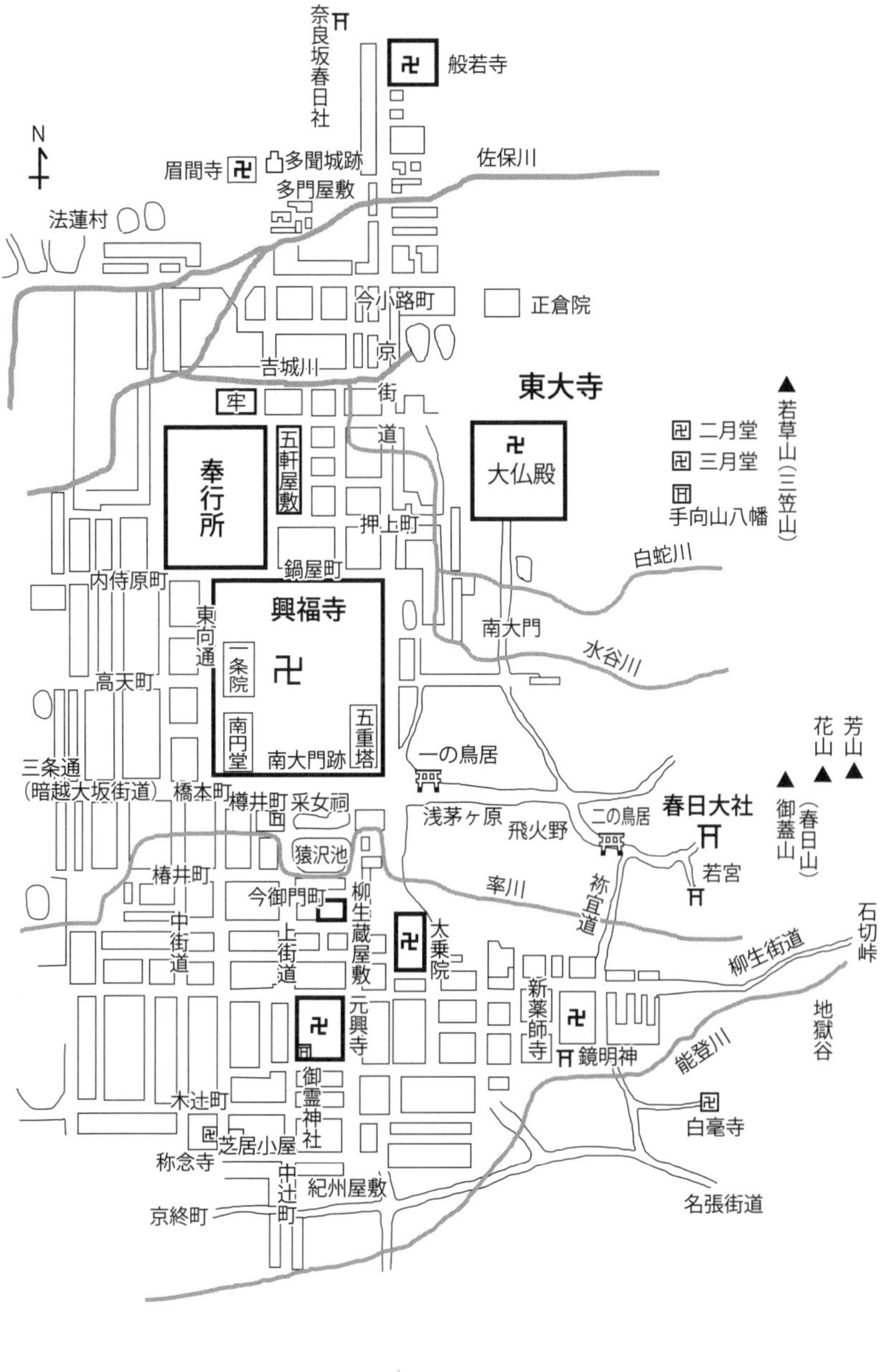

装丁／宮田麻希

過ぎし南都の日々

——おさと寧府紀事余聞——

江戸

慶応四辰《たつ》三月十五日午《うま》の上刻、我が背の君死去ましましぬ

（『上総《かずさ》日記』）


忘れ得ぬ戊辰《ぼしん》の年。弥生《やよい》十五日の午の刻。

夫から頼まれた用事を母屋で片付けているときのことでした。静まりかえった屋敷内に突然激しい音が響き渡ったのです。一瞬にして胸の鼓動が高まり、ついに別れの時がやって来たのだと思いました。直ちに離れの隠居所へ立ち返ると、夫は右手に愛用の短銃を握りしめたまま病の床で絶命していました。首の回りと着衣、布団におびただしい血が飛び散っており、喉を撃ったのだとわかりました。

わたくしは心構えができているつもりでしたが、いざ夫の死を目の当たりにすると悲しみで

我を失いました。枕元に座り込み、後を追うことばかりを考えたのです。

ほどなく家来たちが廊下を駆けてくる音が聞こえてきました。それが自分を取りもどさせました。英国で勉学に励んでいる嫡孫の太郎が帰ってきたとき、誰が祖父の遺言を伝えるのでしょう。誰が夫に代わって子や孫を見守り、夫が忠義を尽くした徳川家の行く末を見届けるのでしょう。それは残されたわたくしの務めなのです。

わたくしは親類縁者に使いをやり、心を鬼にして遺体を整えました。夫が腹に巻いていた晒《さら》し布には血が滲んでおりました。晒しを解くと、真一文字に掻き切っていました。作法通りに切腹をしてから、短銃を用いて死を確かなものにしたのです。夫は中風で左半身不随でした。切腹によって死を遂げることはかなわないとみたのです。享年六十八歳。川路聖謨《かわじとしあきら》は徳川の世とともに潔く去る道を選んだのです。薩長の者どもが江戸城に攻め入る前に徳川に殉じたのです。

知らせを受けた次男の市三郎《いちさぶろう》が浅草の屋敷から飛んできました。市三郎は八百石の御旗本、原田家の養子となっていました。市三郎はもはや自分を叱ることのない父を見て、力なく泣きだしました。長男の弥吉《やきち》は若くして亡くなり、当主である太郎は英国。市三郎だけが頼りです。わたくしは叱咤《しった》しました。市三郎もひとかどの武士です。すぐに悲しみと嘆きを抑え、家来たちとともに通夜の段取りを始めました。

夫は時節柄を考え、通夜と埋葬は格式張ったことをせず内々にと、以前からわたくしに申しておりました。江戸はすでに平穏ではなく、夜は人の往来が極端に少なくなっていたのです。三日前に慶喜《よしのぶ》公が寛永寺の大慈院に移られると、それぞれの知行所へ去られる御旗本も増えていました。原田のご隠居が上総《かずさ》の知行所へ退避されるときに、我が家のまだ幼い三男の新吉郎《しんきちろう》と四男の又吉郎《またきちろう》を、生みの母である側女《そばめ》のお梅とともに託したほどの世情でした。ひそやかにとはいえ、夫は官名を左衛門尉《さえもんのじょう》と名乗る従五位下の諸大夫《しょだいぶ》でしたので、大紋《だいもん》、烏帽子《えぼし》、太刀《たち》とせめて装束を整えました。幕臣にとって最高の官位である諸大夫は夫の誇りだったのです。

十七日の夜明け前、棺は番町三年坂の屋敷をひっそりと出て、下谷池之端の大正寺へ向かいました。川路家の菩提寺です。お供は市三郎と中間《ちゅうげん》の勝蔵、それに侍一人と草履取り一人だけでした。佐渡奉行から勘定奉行まで数々の奉行職を歴任した川路です。世が世ならば、さぞかし大勢の供連れだったことでしょう。わたくしは人の世の無常を思わざるをえませんでした。

次の日、江戸城への討ち入りがいよいよ始まるという噂が伝わってきました。難を避けるために近所の方々は立ち去っているとも。戦になると城門がみな閉まり、往来が難しくなるからです。市三郎は浅草の屋敷へ来てくれるようにと懇願しました。六十五歳になる老いの身を案じたのです。わたくしは屋敷に残って太郎の留守を守るつもりでしたが、考えを改め、親を気づかう市三郎の真情に応えることにしました。

屋敷を去るに当たって、持参する身の回りの品々以外は納戸へ収めました。残っていた武器類も穴蔵に隠し入れて土をかけました。槍や大小刀、甲冑《かっちゅう》など武器の多くは、前もって秩父《ちちぶ》にある川路家の知行所へ送っていましたが、一振りたりとも敵に渡すまいと用心をしたのです。床の間には武家諸法度《ぶけしょはっと》の軸物を掛け、敵が入っても見苦しくないようにと、庭の隅々まで掃除をしました。幕臣の妻の一分です。

日が高いうちに三年坂の我が家を離れました。実家に帰る太郎の嫁のお花とあどけないお万《ま》喜《き》が途中まで一緒です。わたくしは名残を惜しみ、何度も屋敷を振り返りました。そのたびに、庭に咲くモクレンの香りがほんのりと漂ってきました。わたくしたちを引き止めているようで、切ない気持ちでした。

小石川の揚場《あげば》に着くと、荷を運ぶ軽子《かるこ》のいつもの威勢のいい姿はなく、いずこかへ難を避けられる御旗本のご家族が、不安そうな面持ちで舟を待っておられるだけでした。舟が出るとすぐに、懐かしい船河原《ふながわら》の屋敷が目に入ってきました。川路と初めて暮らした家です。その先の市兵衛河岸《いちべえがし》には、勘定奉行のときの大きな屋敷が見えました。舟が進むにつれて、まるで走馬灯のように思い出が目の前を駆け巡ります。

舟は神田川を進み、大川へ出ました。これが常の春ならば、川風にそよぐ岸辺のサクラを愛でながらの、晴れやかな舟路だったことでしょう。ですが、いまは気持ちがあわただしく、見るものすべてが目の前を素っ気なく通り過ぎていくようでした。

吾妻橋《あづまばし》でかわいいお万喜たちと別れました。いとけない娘と若い母親は向島《むこうじま》にある実家の下屋敷へまいるのです。もう少し川を遡っていかねばなりません。かりそめの別れですが、二人の後ろ姿を見送っていると、思わず涙がこぼれてしまいました。

二年前に焼け落ちた雷門の前を通り、三十三間堂跡にある市三郎の屋敷に着きました。身を寄せて、いささか安らかな気持ちにはなったものの、すぐに夫の永久《とわ》の不在が思い出され、涙をこらえることができなくなるのでした。

その夜、土岐《とき》虎之介が薩長の動きを知らせに来ました。土岐は川路の用人でしたが、いまは寺社奉行所に出仕しているので、目下の情勢に詳しいのです。

土岐は言いました。京都からの先手が数千人も尾州《びしゅう》さまのお屋敷などに入ったので、この浅草あたりでも薩摩や長州、土州の者が往来している。江戸の武士はみな羽織と襠高袴《まちだかばかま》だが、あの者たちは筒袖《つつそで》に段袋《だんぶくろ》で、袖に錦の布をつけているのですぐわかる。慶喜公は心得違いをしないようにと厳命し、御公儀の軍はいまだに編成されていないが、幕臣にも武士の意地があるから不穏な動きは避けられない。戦いとなれば、江戸の者たちの大方は大川の向こうへ逃げ去り、必ずや橋を落としていくと。

わたくしは何かと戦を好む薩長に改めて不安を感じました。始めは攘夷《じょうい》を唱えて異国と争い、次は倒幕と称して徳川を滅ぼそうとする。そんな者たちが天下を握れば、戦や争いの絶えない世になると思わざるをえなかったのです。

虎之介はわたくしに、こうした騒ぎを避けて上総にある原田家の知行所へ避難すべきだと、強く勧めました。秩父の上吉田村にある川路の知行所は遠く、中山道《なかせんどう》を下ってくる薩長の手の者たちと出くわす危険があるからです。市三郎も同意しました。江戸を離れるのは寂しいのですが、やむを得ません。わたくしは上総に逃れることにしました。ですが、それは初七日を済ませてからのことです。妻の務めを果たさねばなりません。

世の乱れなど知らないかのように、常と変わらない、すがすがしく明るい江戸の朝がやって来ました。初七日です。わたくしは市三郎たちを伴って大正寺に向かいました。お寺は不忍池《しのばずのいけ》と加賀さまの上屋敷の間にあり、浅草から向かうと、慶喜公が慎んでいらっしゃる寛永寺の黒門前を通ります。山内には薄紅色のヤマザクラがひっそりと咲き残っていました。今年は残花を愛でる人も少なく、花は忍びやかに散っていくことでしょう。そのさまを心の中で想い描くと、今更ながらに、徳川の世の滅びが胸に迫りました。

御墓所に着き、みなで水をささげ、花を手向けて祈りました。夫に万感の思いを訴えても、応えるのは風にそよぐ木々の葉ばかりで、いっそう寂しさがつのりました。

吾妻橋から舟に乗ったのは翌日の昼過ぎでした。原田家の知行所は上総の山辺《やまべ》郡平沢《ひらさわ》村にあります。そこの名主である岩瀬利右衛門《いわせりえもん》どのの屋敷に身を寄せるのです。原田のご隠居の奥さまもご一緒で、お供は女中のやすと中間の勝蔵です。利右衛門どのが迎えに来てくれて、旅のことなど万事を取り計らってくれました。

舟が岸を離れようとすると、市三郎は別れを惜しんで涙を流しました。市三郎は幼い頃から心根のやさしい子でした。わたくしたちは互いに見つめあったまま言葉もなく、流れに引き離されていきました。

両国橋、新大橋をくぐり抜け、たくさんの川舟が集まっている小網町《こあみちょう》の河岸に着きました。ここで海を渡る船に乗り換えるのです。わたくしたちは舟を伝って陸に上がり、船宿にて出船を待ちました。

夕暮れ近くになってようやく出帆《しゅっぱん》の支度が整い、船に乗り込みました。大きな船でしたが、荷物を多く積んでいるので、畳六枚ほどの狭苦しい屋倉《やぐら》に入りました。

船が河岸を出ると、ほどなく日が没しました。昼ならば甲板に出て、四方《よも》の眺めに目を遊ばせもしたでしょう。いえ、遠ざかる江戸を見つめずにはいられなかったことでしょう。ですが、闇が深まってはそれもかなわず、町の明かりが遠ざかると、わたくしたちは互いに身を寄せあい、時が過ぎゆくのを待つばかりでした。

夜に入って小雨が降ってきました。風も吹き出しました。波の音が枕に響き、眠れません。時おりさっと降りかかる雨がもの悲しく、心細さがことさらにつのりました。しばらくすると雨はやみ、波も鎮まってきました。船縁近くにいざり出ると、まわりは空と海ばかりで、下弦の月が流れゆく雲に見え隠れしています。

ときおり月に照らされる海面を見つめているうちに、奉行として南都におもむく夫との道中が思い出されました。二十二年前の弘化《こうか》三年（一八四六）、今と同じ弥生の月でした。尾張の佐屋《さや》から桑名《くわな》に渡るときに、尾州さまが仕立ててくれた大船の美しく豪華だったこと。

奈良での暮らしは足かけ六年に及びました。あの頃を今から思えば、天災や飢饉が続いた天保の時代と、安政から後のあわただしく手荒な世に挟まれた、おだやかな歳月であったと申せましょう。空が晴れ渡り、そよ風が頬をなでる梅雨の合間の一日のように。

ゆったりとした南都のたたずまいが、そのように感じさせるのかもしれません。もちろん不作の年も洪水も地震《なえ》もありました。胸が張り裂けそうな思いもたびたびでした。当時のことは、うららかな日々も物憂《ものう》い季節も、悲しみに満ちた出来事もいじらしい物語も、すべてがわたくしの中であざやかです。わたくしは波に揺られ、夢とも現《うつつ》ともつかぬままに、過ぎし南都の日々を追憶していました。

加太越奈良道《かぶとごえならみち》

明日こゝの宿はつれより、御養父母はしめ家内一同はいか越へかゝり、南都江行

（『寧府紀事《ねいふきじ》』弘化三年三月十五日）

西の追分で一行は二手に分かれた。

「おさと、先にまいる。南都への道は険しいそうだ。気をつけていくのだぞ」

「はい。殿さまも道中御無事で」

「市三郎は母上によくお仕えするように」

「承知。父上は家来たちに迷惑をかけぬよう、ゆっくりと歩んでください」

「やられたわ。わっはっは」

川路は朗らかに笑い、花曇りの関宿《せきじゅく》を足早に去っていった。京都所司代に奈良奉行着任のあ

いさつをするため、鈴鹿《すずか》峠を越えて東海道を西へ向かうのだ。一方、おさとに市三郎、川路の養父母ら家の者は道を左に取り、山道の多い加太越奈良道を行く。一足先に奈良へ入るためである。

十二日前に江戸を旅立った主従二十三人は、何度か雨に降られたものの、川留めには一度も遭わず、順調に旅を続けてきた。もっとも、おさとは吐き気を伴った頭痛に苦しみ、島田宿までは道中をあまり楽しめなかった。川路はこのおさとの持病をゲロゲロと呼んでいたが、本人は蛙の鳴き声に例えられるのが不満だった。

遠州路に入るとゲロゲロは治まったが、そうなると土地の名物を味わいたくなる。掛川《かけがわ》の振袖餅、池鯉鮒《ちりゆう》のあんまき、四日市でなが餅と、用人の妻や女中たちとともに楽しんだ。おさとにとって上方への旅は初めてだった。

夫の川路聖謨は、豊後日田《ぶんごひた》代官所の下級役人である内藤歳由《としよし》の次男として生まれた。歳由はのちに江戸城西丸の御徒《おかち》に転じ、聖謨は九歳のときに小普請組川路光房《みつふさ》の養子となった。幕府へ出仕したのは十八歳のときで、財政や幕領内の訴訟などを扱う勘定所に支配勘定の見習いとして入ったのである。支配勘定は身分の低い御家人《ごけにん》でも能力があれば出世可能な職務だった。

川路はしだいに能力を発揮し、評定所留役《とめやく》、勘定吟味役、佐渡奉行、普請奉行と順調に出世を重ねた。ところが次は勘定奉行かというところで、老中水野忠邦《ただくに》の失脚に伴う粛正人事のあおりを受け、遠国《おんごく》奉行に飛ばされた。形のうえでは左遷であり、本人もそう思っていたが、実権を握った老中阿部伊勢守が南都に退避させたと見る向きもあった。川路の能力を惜しみ、政争に巻き込まれないように配慮をしたというのである。そうであったとしても、川路にとっては初めての蹉跌《さてつ》だった。奈良奉行は普請奉行からみて序列が数段下だったからだ。

妻のおさとは左遷かどうかなど気にしなかった。九十俵三人扶持という小身《しょうしん》御家人の養子が旗本になり、従五位下諸大夫にまで栄達したのである。望外の出世と言えよう。

道はすぐに上りとなり、加太川に沿ってゆっくりと高さを増していった。加太越奈良道は主要な往還の一つだが、東海道と比べると行き交う旅人ははるかに少なく、ひなびた趣があった。道の辺には祠が点在し、小さな石の地蔵が過客《かかく》を見守っていた。家来たちが見つけるたびに、おさとは駕籠《かご》の中から手を合わせた。

山賊の住みかと言われるほど山深い加太峠を下ると、伊賀国の柘植《つげ》の庄に入った。皿を裏返したようになだらかな霊山《れいざん》を左手に見て、柘植川に沿った平坦な道を行く。農地では早くも春耕が始まっていた。鉢巻きをした農夫が牛にすきを引かせて田を耕し、たすき掛けに姉さんかぶりの女があぜの草を刈る。その傍らで、小さな女の子が楽しそうに野の花を摘んでいる。のどかな光景だった。

村々を通り過ぎ、昼には上野の城下に着いた。上野城は津の藤堂《とうどう》家の支城である。町に入る短い坂道を登り切ると、用人の高村謙蔵《たかむらけんぞう》が、「松尾芭蕉が生まれたのはこのあたりです」とうれしそうに話した。高村は俳諧を嗜《たしな》んでいた。おさとは歌を詠むが、芭蕉の発句もよく知っていたので、町を歩いてみたくなった。

上野城は藤堂高虎が築いた巨大な高石垣で名高いが、天守はない。建造中に大風で倒壊し、以後は造られなかったからだ。町は城の南に整然と広がり、街道はその中心を通っている。伊勢、近江、山城、大和に囲まれた伊賀国は、畿内から東海道へ抜ける交通のかなめだったので、上野は宿場町としても発展した。街道には問屋場、本陣、旅籠《はたご》に加え、多彩な品を商う店が立ち並んでいる。

おさとは町のたたずまいを楽しんだ。旅籠屋の斜《はす》向かいにある菓子屋の見世先《みせさき》では、奉公人たちがよもぎ餅をつき、通行人に売り込んでいる。その先の書肆《しょし》から武家の娘が出てきた。風呂敷包みを胸に抱えている。大切な書物なのだろう。通りの向こうから天秤棒を肩に担いだ二人組の行商人が足早に歩いてくる。近江から来た商人だ。手甲脚絆《てっこうきゃはん》に菅笠合羽《すげがさかっぱ》の旅装束が板についていた。路地裏から子供の遊ぶ声やニワトリの鳴き声が聞こえてきた。にぎわいの中に、どこかのんびりとした風情のある城下町だった。

一行は町外れにある茶屋に入った。この日の行程のほぼ半分を歩いたことになるが、これから先はきつい山道が待っている。名物の豆腐田楽で昼食をとると、足を伸ばして休息した。やがて、市三郎は手持ち無沙汰になったのか、おさとに話しかけてきた。

「母上、いささか教えていただきたいことがございます。奈良と称したり南都と言ったりするのは、なぜでしょうか」

「どちらでもよろしいのですが、都があった時代は奈良と呼んでいたのです。奈良は楢、寧楽、平城なども書き、平らかに続く丘を意味する言葉です。お奉行所に着いて、平城山《ならやま》のなだらかな丘の連なりを見れば実感できるでしょう。ちなみに、平城山の東側を佐保山《さほやま》、西側を佐紀《さき》山《やま》と分けて呼ぶこともあり、それぞれ万葉集に詠まれています」

市三郎がうなずいた。

「北にある京へ都が移ると、南にある旧都の奈良は南都と呼ばれるようになりました。もっとも奈良に残っていたのは社寺ばかりでしたから、南都と言えば奈良の社寺のことを意味したのです。やがて、特に力を持っていた興福寺だけを称することが多くなりました」

「南都北嶺。並び立つのが比叡山延暦寺を指す北嶺ですね」

「そうです。市三郎も少しは学んでいるのですね」

おさとに褒められ、市三郎は小鼻をうごめかした。

「徳川の世になると興福寺の力が衰え、一方で奈良町が発展したので、近隣の村々も含めて、一帯を南都と言い習わすことが多くなったのです。それで町の呼び方が二つあるのです。奈良奉行のことも南都奉行と呼ぶことがあるでしょう」

「なるほど、長い歴史の綾でございますね」

十五歳になったばかりの市三郎がいかにも大人びたことを言うので、おさとも家来たちも大笑いをした。

「ですから、昔のような勢いはありませんが、興福寺を始めとする南都の大寺の押さえが、奈良奉行のお務めの一つなのです。そのうえ大和には多くの領地があるので、ご苦労が多いのです」

大和に城や陣屋を構えている大名は七家あったが、城主である郡山の柳沢家十五万石と高取《たかとり》の植村家二万五千石を除けば、柳生、小泉、柳本、新庄、芝村と一万石程度だった。その間に、数多くの幕府の直轄領、旗本の知行地、寺社朱印地などが散らばっていたのである。奈良奉行所は奈良町と奈良回り八か村の民政や訴訟を扱うだけではなく、異なる領地領民の間で発生した事件を処理しなければならなかった。

「では、お父上はそのご心労で、まげを結えないおつむになるのでは」

本気で心配する市三郎の言葉に、また笑いが広がった。

英気を養った一行は、荒木又右衛門の伊賀越の仇討ちで名高い鍵屋の辻を通り、下流では木《き》津《づ》川と呼ばれる長田《ながた》川の渡しへと向かった。この渡しのすぐそばには、京や大坂から物資を運んでくる高瀬舟のための舟だまりがあった。京の角倉《すみのくら》家が水運の難所を開削し、文化十二年（一八一五）にここまで舟が遡れるようにしたのである。それまで、木津川の笠置《かさぎ》から先は急流が多くて遡行は困難だった。

一行は舟だまりで休んでいる高瀬舟を横目に川を渡り、陸路を進んだ。山裾にある常住寺《じょうじゅうじ》の前で、おさとは道を振り返ってみた。午後の日の中で、伊賀の山々を背にした城下町の風景は、安らぎを感じさせた。

三軒屋までは小川に沿った道だったが、集落を過ぎると山あいの上り道に変わった。しばらく行くと、高村謙蔵がまた教えてくれた。

「おそらくこのあたりです。芭蕉が奈良への道すがら、『春なれや名もなき山の薄霞』と詠んだのは」

芭蕉が道端に座り込み、まわりの景色を眺めて苦吟《くぎん》している。おさとはそんな姿が目に浮かび、ほほえんだ。だが、ここから先はのんびりとしていられない。加茂《かも》宿まで山中の上り下りや木津川沿いの崖道が続く。なかでも島ヶ原宿の手前にある与右衛門《よえもん》坂と笠置宿に至る峠は街道きっての難所で、「笠置峠か与右衛門坂か、江戸の箱根はなけりゃよい」と謡われているほどだった。

その傾斜がきつい与右衛門坂を下り、ふたたび木津川を渡った。両岸の段丘に家々が立ち並び、藁葺きの屋根から煙が上っていた。島ヶ原には東大寺の大仏殿と同年に建立された観菩提《かんぼだい》寺《じ》がある。村人たちが正月堂という名で親しんでいる、小ぶりの美しい古刹だ。おさとは一見の価値があると聞いていたが、先を急がなければならなかった。

一行はまた山道に入り、二本杭《にほんぐい》で伊賀の国境を越えた。五畿内の一つ、山城国に入ったのである。大河原宿を抜けると左手に木津川が現れ、山のほうから「ケーンケーン」と鳴くキジの声が聞こえてきた。黄昏時が近づいていた。高村謙蔵はみなを急き立てた。険しい笠置峠を越えると、斜面にへばりつくようにして宿場があった。周囲はもうすっかり暗くなっていた。

翌朝、目覚めたおさとが外を見ると、煙雨の中にゆったりと流れる木津川があった。川の真ん中では、蓑笠姿の船頭たちが舟を流れに乗せようと棹をさばいている。対岸には岸辺からまっすぐにそそり立つ笠置山。その頂に薄い雲がたなびき、小雨に濡れたアラカシやアオキの明るい緑とヤマザクラの淡紅が山肌を彩っている。一幅の山水画のような光景だった。おさとは、上方《かみがた》の山川の繊細な美しさを感じた。

道中もいよいよ大詰めに差しかかった。昼には南都入りである。一行は旅宿を出立すると、右岸沿いの道をしばらく歩き、また木津川を渡った。空がだんだんと晴れてきた。山裾を切り開いた道をしばらく伝い、山中にある山田という里を経由して、加茂の村に抜けた。ここから奈良まではゆるやかな上り下りが多く、道程《みちのり》は二里（八キロ）に満たない。

心なしか急ぎ足となって高田村を過ぎ、梅谷村が間近くなったときのことだった。

「助けてー」

若い女の悲鳴が前方の曲がり角のほうから聞こえてきた。

すぐに、おさとが「見てきてくださいな」と言った。真っ先に中間の平次が飛び出し、中小姓《ちゅうごしょう》の手塚秀次郎《しゅうじろう》が走った。

二人が駆けつけると、着流しに雪駄履きの男三人が十六、七才くらいの娘とその母親らしき女の手をつかみ、竹林の中へ連れ込もうとしていた。

「やい、おまえら。何をしてやがる」

平次が行く手を阻むと、男の一人が「くそっ」と言って、いきなり匕首《あいくち》を突いてきた。平次は右に体を開いてこれを避け、男の手首をつかんでグイッとひねった。たまらず男は悲鳴をあげ、地面に転がった。すぐさま平次はもう一人の懐に飛び込み、腰を使って投げ飛ばした。

秀次郎は匕首を手にした頭分らしき男と対峙した。刀の柄袋《つかぶくろ》を取り、じわじわと間合いを詰めていく。刀を抜こうとしたそのとき、追いついた高村謙蔵が大声で制止した。頭分はぎくりとして逃げ腰になった。勝負をするまでもなかった。秀次郎は緊張をゆるめ、柄から右手を外した。頭分は捨てぜりふを吐くと、相棒たちに向かってあごをしゃくり、さっさと逃げていった。残る二人はあわててその後を追った。

母娘は三人に礼を述べ、おさとたちが来ると、深々と頭を下げた。おさとは二人に事情を聴いた。

「わたしらは奈良町で桶屋をしとります和泉《いずみ》屋忠兵衛の身内でございます。角を曲がったところで、あの人たちに呼び止められましてん。ほんで……」

男らは財布を奪い、娘を無理やり藪の中へ連れ込もうとしたという。母娘は加茂の親戚を訪ねての帰りだった。

話を聞いたおさとは、母娘をいたわった。

「危ないところでしたね。それにしても、世の中には乱暴な男たちがいるものです」

おさとは四十二歳になるが、こんな悪漢に遭遇するのは初めてだった。これまでの人生を大名や旗本の屋敷で過ごしてきたからだ。父は幕府大工頭《だいくがしら》の大越《おおごし》孫兵衛で、十代半ばで紀州徳川家の江戸屋敷に入り、御殿勤めを始めた。その後、将軍家斉《いえなり》の息女が安芸《あき》浅野家へ輿入れすると、請われてその侍女となった。そして三十五歳のときに川路の後妻に入ったのである。おさとは通称で、実名を佐登子という。

おさとは母娘がまた襲われては気の毒と思い、奈良町まで一緒に行くようにと誘った。母親は恐縮しつつも安心したようで、娘はうれしそうだった。そんな二人を見て、おさとはならず者を退治せねばと思った。

梅谷村を抜けると、奈良への最後の胸突き八丁だ。上りきった所が山城と大和の国境である。そこから西へ向かって尾根道が延びており、両側はカシやシイなどの照葉樹で木深くなっている。平坦な尾根道を九町も歩くと、目の前が開けた。左手にヤエザクラの古木があり、今を盛りと咲き誇っている。そよ風に舞う花の向こうには、生駒山《いこまやま》のなだらかな山容が見える。一行は花と眺めに見とれつつ、今度は坂を下った。

奈良坂春日社の手前で、道は京街道と合流した。行き来する人々の姿が目立つようになり、沿道には民家が多くなった。般若寺に差しかかると、おさとは一行を立ち止まらせた。目の前に見事な楼門が、その奥に聖武《しょうむ》天皇の創建と伝えられる十三重の石宝塔があった。おさとは門前から石宝塔を拝み、これまでの道中の無事を感謝した。ここまで来れば奉行所はもうすぐだった。

般若坂を下りだすと、家来たちのどよめきが聞こえてきた。おさとを呼ぶ市三郎の興奮した声もする。おさとは何事が起きたのかと駕籠を止め、みなが見ている方角へ目をやった。すると燦々《さんさん》と春の日が降り注ぐ目の前の森に、巨大な堂舎が鎮座していたのである。東大寺の大仏殿だ。心の中にあった幻の金堂が、どっしりとそこにあった。大屋根の上では黄金色の鴟尾《しび》がまぶしく輝いている。

大仏殿の左手から遠く吉野のほうまで、山々が青垣のように連なっていた。般若坂の先には奈良町の家並みが整然と広がり、あたかも町を守る守護神のごとく、興福寺と元興寺《がんごうじ》の二つの五重塔がすくっと立っていた。おさとは声もなく南都の光景に見入った。

陰翳《いんえい》に満ちた千年の歴史と彩り豊かな文化が、たおやかな自然がそこにあった。とうとう万葉の都にやって来たのである。

奈良坂

大坂町奉行江達同所にて召捕贋銀遣ひ、召捕来る

（『寧府紀事』弘化三年五月九日）

一

雨が小降りになったので、おさとは着替えを済ませた夫を庭へ誘った。この日は、与力たちが起請文《きしようもん》に血判を押して職務専心を誓う式があり、奉行着任に伴う行事が一段落したのである。奈良奉行所に入ってから、すでに半月あまりたっていた。この間、川路は興福寺の大乗院門跡《もんぜき》に拝謁したほか、春日社や東大寺への参詣、大和の各寺社や奈良町の有力な町人から礼を受けるなど、あわただしく時を過ごした。

おさとにとっても多忙な日々だった。奉行所の敷地は八千七百坪と幕府の遠国奉行所きって

の広さで、慶長以来の建物は古びていたが、五、六万石の大名屋敷に匹敵する豪壮な構えだった。堀と土塀で囲まれた敷地には、書院公事場《くじば》や与力詰所、吟味所など表向きの建物と奉行の役宅が立ち並び、ほかに馬場、射場《いば》、庭園もあった。おさとは、役宅の各建物や什器《じゅうき》の点検、それに家臣たちへの部屋の割り当てなど、奥向きの仕事を手際よくこなした。

二人は庭下駄を履き、相傘《あいがさ》で飛び石伝いに泉水《せんすい》へ向かった。池はけっこう大きく、コイが悠々と泳ぎ、水辺にはキリシマツツジが咲いていた。池の西側は築山で、吉野山のようにサクラの樹で満ちていた。

築山から東を見ると、大仏殿と二月堂、それに萌黄《もえぎ》色の芝に覆われた若草山が雨に煙っていた。北の多門山《たもんやま》に目をやると、濡れ木立に眉間寺《みけんじ》の伽藍が溶け込み、水墨で描かれた絵のようだった。

「ほうー、さすがはおさと、これはまた幽遠な。南都には雨もよく似合う」

おさとは色白で端整な顔に、おっとりと笑みを浮かべた。

「どうやら落ち着いたようだな」

「ええ。それにつけても、このお役所は広うございますね。馬場もあり、鹿がどこからか入ってまいります」

「狐もいるようだ。わたしは狸《たぬき》だから、定めし奈良奉行所は馬鹿と狐狸《こり》の住みかというわけだ」

川路はそう言って、大きな目で茶目っ気たっぷりにおさとの顔を見た。幕府きっての能吏《のうり》と称されるだけあって、白州《しらす》での吟味や執務中の川路は眼光が鋭く、謹厳な態度を保っていたが、仕事を離れると気さくで快活な人物だった。いつも戯れ言を言い、おさとや家来たちを笑わせている。

「では、わたくしは女狐というわけでございますね。コン」

機知に富むおさとがそうおどけ返すと、川路は大笑いした。

川路はおさとの前に三度の結婚をしていたが、いずれも死別や不和で不幸な結果に終わっていた。川路はおさとに出会って、やっと円満な家庭生活を送れるようになったのである。

おさとは雅号を高子と称し、川路の友人たちから和泉式部の再来と言われるほど、文章と和歌の才能が豊かだった。思いやりのあるやさしい女性でもあり、義理の息子や娘は言うに及ばず、家臣や女中たちからも慕われていた。川路はそんな妻を慈しんでいた。

「そうそう、おさと。日記の名を『寧府紀事《ねいふきじ》』にしようと思う。どうかな」

「それはようございます。いかにも奈良奉行の日々の手記といった趣がございますわ。では、わたくしは母上さまのために零《こぼ》れ話を書き留めておきますね」

川路は筆まめで、旅に出るたびに、見聞きした事柄を日記にして家族へ送っていた。今度もまた任期中欠かさず、江戸で留守を守っている実母に送ることにしていたのだ。

雨を楽しんだ二人は居間へもどり始めた。

「それはそうと、先だってお伝えした、母娘が悪漢に襲われた一件はどのように」

「きょう、与力筆頭の中条惣右衛門《そうえもん》に一掃を命じた。昨年からあのような者どもが街道に出没しているらしい。奉行交代のこともあり、着手が遅くなっていたという。探索には盗賊方与力の橋本文一郎と同心の池田半次郎が適任だというので、そのようにした。二人ともまだ若いが腕の立つ男たちだ」

「さすがは左衛門尉さま、迅速でいらっしゃること」

「おさとに褒められるのは久しぶりだ。いつも叱られてばかりだからな。はっはっは」

二

与力たちは誓詞《せいし》を差し出すと早々に帰宅したが、橋本文一郎だけは居残った。詰所で街道強盗の被害届を調べるためである。与力の詰所は奉行所玄関の右手奥にあり、そのとなりは同心部屋だ。

一段落すると、文一郎は池田半次郎を呼んだ。

「どないしよか、半次郎」

与力に同心と立場は異なるものの、二人は奉行所付きの明教館《めいきょうかん》でともに学んだ幼なじみだった。奈良奉行所の与力七騎と同心二十五人も徳川の御家人だが、江戸から赴任してくる旗本の奉行とは違い、地付きの役人なのである。若干の入れ替わりはあったものの、みな数世代にわたって、奉行所の近くにある組屋敷に住まいしてきた。したがって、家族ともども互いによく知っている仲だった。

文一郎はまだ二十四歳だったが思慮深い男で、推量し吟味をすることに秀でていた。二つ年下の半次郎のほうは、いささか気早な性格で武を好み、探索や捕り物を得手とした。

「文さん、長吏《ちょうり》を呼びまひょ」

「そやな、どのみち捕り物は長吏の手を借りるんやし」

「呼んできますわ。官之助《かんのすけ》はん、さっき長吏溜まりで一服してたさかい、まだいてるはずです」

長吏とは大和の非人を束ねている五人の長《おさ》のことで、奉行所の捕り方や探索、刑の執行をしている者たちを指図する頭《かしら》でもあった。長吏たちは奈良町の西外れに吟味所や仮牢《かりろう》がある共通の役所を持っており、ここを拠点に奉行所の用を務めるとともに、大和一円の町や村へ非人番と呼ばれる番人を派遣していた。非人番は地域の治安を司るために、罪人を捕縛する権限が与えられており、地域ごとに小頭《こがしら》が束ねていた。長吏はこれらの非人番や小頭、それに畿内各地の非人仲間と連絡を取り合っていたので、風説や消息を集める力は侮れなかった。身分制度の最下層に位置づけられている非人の頭とはいえ、町や村の人々は長吏を頼りにし、悪漢たちは恐れていたのである。

官之助はすぐにやって来た。精悍な面構えのがっしりした男で、いかにも頭らしい貫禄があった。年齢は四十を出たばかりだが、長吏の筆頭として重きをなしていた。

文一郎は官之助の顔を見るなりすぐに切り出した。

「官之助はん、実は」

「わかっとりま。街道筋で悪さをしまくっている連中のことでっしゃろ」

「さすが、長吏やな」

文一郎は感心した。驚きが顔に出ていた。

「わしも早う何とかせなあかんなと思うてましたんや」

「ほんで、どっから取りかかろうかという相談や。街道筋で暴れだしたんはここ一年ほどのことやが、そんときの様子を詳しゅう調べれば、手がかりをつかめるはずや。そう思うて被害の届を点検してみたんやが……」

文一郎は自分でまとめた各事件の概要を二人に手渡した。読みやすい几帳面な文字で、半切紙に犯行の日時と場所、被害者、被害、犯人の人相風体、手口が簡潔に書いてあった。

「昨年の三月から今年の三月までの間に十一件。いずれも奈良近辺の街道が舞台で、刃物を持った二、三人組の男の犯行やさかい、一見同じ連中によるものと考えられる。そやけど細部をよう見ると違う」

二人が目を通すと、文一郎は要点を述べた。

一連の事件は二組の徒党が別々に起こしている。一つは旅姿の男たちだ。集金帰りの手代たちを刀で脅し、銀《かね》を奪う。犯行場所は奈良から二里ほど離れた峠や山中。血を流すようなことはしていない。この連中がやったと思われる犯行は五件だ。

もう一つの手合いは匕首を懐に忍ばせた遊び人風の男たちで、六件ある。奈良町からさほど離れていない街道筋に出没し、所用や物見遊山のために町を出入りしている者たちをねらっている。日中、人気がないときを見計らって犯行に及び、やり口は荒っぽい。襲われた男は殴られて金を脅し取られるだけだが、女たちの中には暴行された者もいる……。

半次郎が気づいたことを言った。

「旅姿の山賊は銀子《ぎんす》と銭だけを奪い、ほかのもんには目をくれんように見えまっけど」

「確かに。一分銀に二朱銀、丁銀《ちょうぎん》、豆板銀と銀貨それに天保銭《てんぽうせん》だけでんな。ま、品物はかさばるよって、足がつきやすいちゅうこともあるんでっしゃろ。こりゃ玄人《くろうと》の仕業でっせ」

官之助が感じたことを述べると、文一郎はうなずいた。

「乱暴なことはせんと、銀《かね》を奪ってさっさと消えよる。しかもねらうんは商人だけや」

「人相わからんようにし、同じ街道で連続して襲うちゅうこともしてまへんな」

「襲った場所は暗越《くらがりごえ》大坂街道。名張《なばり》街道。それに伊賀街道。伊賀街道は奈良坂までは京街道と重なりまっけどね。その次も暗越、名張の順やから、次は伊賀とちゃいまっか」

半次郎が先走った。

「その可能性は高いやろが、街道のどっかじゃ漠然としとるな。もっと絞り込まんと」

「次にやる日取りがわかったら、網を張って一網打尽なんでっけどね」

官之助の言葉に、半次郎は半切紙をのぞき込んだ。

「五月十日、七月十五日、十月五日に十二月の晦日、今年に入って二月二十日と何ともばらばらですわ。見当をつけられしまへん」

「ただ、お盆の七月十五日や大晦日は、掛け売り代金を取り立てに出張った手代たちが、銀をたっぷり持って店にもどってくる日や。昔からようねらわれとる。ほかはわからん」

しばらく三人は考え込んだが、これ以上検討するには材料が乏しかった。とりあえずもう一つの一味の犯行についても考えてみたが、犯行日も襲った場所も行き当たりばったりに思えた。唯一共通するのは、奈良町から一里以内の人気のない場所という点だった。

「前の組と違《ちご》て、無精な連中や。小遣い銭稼ぎの小悪党としか思えん」

「街道がにぎわう春先が多いんと違いまっか」

「ほな、ほかの時季はどっかの町や村へ出稼ぎに行っとるんやろか」

「いや、奈良町に人が集まっとるときは、町中でやっとるんでっせ。ほんで、カモがおらんくなると、街道で悪さしよると」

「そやな。おん祭りやお水取り、夏の夕涼みなんかで人出がぎょうさんになると、強請《ゆすり》たかりや掏摸《すり》のたぐいはいつも多くなるんやが、特にこの一年、増えている気がせんでもない」

ぼんやりとだが、文一郎は犯人像が浮かび上がってきたような気がした。あとは尻尾をつかみ、追っかけることだった。そのためにはもっと手がかりが必要だ。とりあえず明日の探索分担を決めた。文一郎は旅姿の街道強盗に遭った手代たちを事情聴取し、半次郎は無頼漢たちに襲われた男女から話を聞く。官之助は自分の手下を街道筋に走らせ、まずは旅姿の一味の足取りをつかむことにした。

三

与力の組屋敷は奉行所のすぐ東側にあり、五家が住まいしているので五軒屋敷と言われていた。屋敷と奉行所との間は町から続く広い通り道になっており、南北を二つの総門で区切っている。門を開くのは明け六ツ（午前六時）で、閉門は暮れ六ツ（午後六時）。奉行所や五軒屋敷に用事がある人々の多くは南門から出入りしたので、黒塗りのこの門を黒門と呼び習わしていた。

文一郎は五軒屋敷にある自宅を出ると、黒門から東向通りに出た。この通りは興福寺の西塀に沿っており、両側に奈良晒《さらし》屋、小間物屋、酒味噌屋などの店が立ち並び、東向《ひがしむき》北町、中町、南町と東向の名を冠した町が連なる。この日は灌仏会《かんぶつえ》とあって、町は釈迦の誕生を祝う寺参りの人々でにぎわっていた。天気もよかったので、文一郎は灌仏会の雰囲気を味わおうと、敬田《けいでん》門《もん》から興福寺の境内へ入った。一条院を右へ曲がり、美しい八角形をした北円堂《ほくえんどう》の前を通る。基壇の上で三匹の雄鹿がのんびりと寝そべっていた。いずれも袋角《ふくろづの》が生えだしている。

目当ての南円堂《なんえんどう》に着いた。正面に花で飾られた小さな御堂《みどう》が設けられ、中に安置された釈迦像に老若男女が甘茶をかけて拝んでいる。文一郎は花祭りの清らかで明るい雰囲気が好きだった。自分も釈迦像を拝み、しばらく人々の様子を眺めた。満足すると、幟が林立している石段を下りて、三条通を椿井《つばい》町へと向かった。

これから行くのは松伯堂《しょうはくどう》という奈良筆屋で、墨で名高い古梅園《こばいえん》の先に店を構えていた。主人の甚左衛門が昨年の七月十五日に名張街道で襲われている。文一郎が店に入っていくと、さまざまな筆が所狭しと陳列されており、その奥で職人たちが一心不乱に筆を作っていた。奈良の筆作りは昔から行われていたものの、墨などと並ぶ奈良の名産品に数えられるようになったのは、最近になってからだ。

手代に来意を告げると、すぐに甚左衛門が出てきて、客間に招じ入れた。

「与力の橋本さまがじきじきにお越しにならはるとは恐縮でござります」

甚左衛門は世辞を言った。商人らしく如才ない男だった。

「新任のお奉行の直接のお指図やさかい、わしも気合いが入っとるというわけや」

筆硯紙墨《ひっけんしぼく》の文房四宝を好む文一郎は、ときどきこの店で筆を求めていたので、甚左衛門とは顔見知りだった。

「さっそくだが、山賊の件を聞かせてもらおか」

「へえ、では手代も呼びまひょ」

甚左衛門が名前を呼ぶと、すぐに先ほどの手代が入ってきた。

「山賊に出くわしたんは、手前がこの染吉を連れて宇陀《うだ》松山と名張へ出張った帰りのことでござります。ご存じのように名張には津の藤堂さまのご一門がおられ、いつも懇意にしていただいております。ほんで、お盆のあいさつも兼ねてなんでっけど、あちら方面のお得意さまの掛け売り代金を頂きに、二泊三日の予定でまいったわけでござります」

甚左衛門によると賊に遭った状況はこうだった。

夕の七ツ（午後四時）頃、奈良が間近い鉢伏《はちぶせ》峠にさしかかったときのことである。前方の道端に、体を杖で支えて休憩中の旅人がいた。軽くあいさつをして通り過ぎようとしたところ、背後で呼び止める声がした。振り返ると、すぐ後ろに刀を持った男がいた。とっさに山賊だと思って逃げようとしたが、休んでいた男も抜き身を手にして近づき、銀子をよこせと脅した。甚左衛門は逆らうと命を取られると思い、染吉に渡すように命じた。男たちは一分銀と二朱銀、天保銭がたっぷり入った風呂敷包みを受け取るやいなや、さっさと鉢伏村のほうへ去っていった。

文一郎は質問をした。

「男たちの人相風体はどないやった」

「手甲脚絆に尻からげで杖持って、振り分け荷物を肩に掛けてはりました。伊勢参宮《さんぐう》にでも行くような旅姿ちゅうか。人相はわかりまへん。菅笠《すげがさ》を目深にかぶっとったさかい。後ろから声をかけよった男はええ体格やったですわ。ほんで、仲間かどうかはわかりまへんけど、どっからかもう一人現れて、後を追っかけていきよりましたです」

「言葉はどうやった」

「へ、言葉でっか。わしらと同じやったたったん違いますか」

甚左衛門は染吉の顔を見て、自信なげに答えた。

「旦那はん、上方の言葉みたいでっけど、一人は九州者の訛りがありましたで」

染吉が口を挟み、主人の思い込みを訂正した。甚左衛門はちょっと考えてから、自分の言葉を修正した。

「そやなあ。西国の人間かもわからんなあ」

「刀は長脇差《ながわきざし》と道中差のどっちやった」

二人はきょとんとし、顔を見合わせて異口同音に答えた。

「わかりまへん。抜き身は結構長かったような気が」

二人とも刀を差している姿を見ていなかったのである。

「あんなとこで長脇差を腰に差してはったら、恐ろしゅうて近寄りまへんわ」

甚左衛門が言い訳がましく言うと、染吉も続けた。

「今日日《きょうび》、道中差を身につけて旅する人は少のうなりましたさかい、腰の物があったら目に留まると思うんでっけどね」

「そやなあ。あの連中、抜き身を手に持ったまま逃げよったですわ」

文一郎が次に向かったのは上三条町の綛屋《かせや》だ。大晦日の夕べに暗越大坂街道で手代が襲われた晒問屋である。奈良晒は南都を代表する特産品として長年繁盛してきたが、近年は越後縮《えちごちぢみ》や近江麻布《おうみまふ》に押されて衰退の一途をたどっていた。その中にあって綛屋は主人徳兵衛の才覚でどうにか暖簾《のれん》を守っていた。

紹屋は松伯堂から歩いてすぐの所にあった。高級麻織物を商ってきた老舗《しにせ》である。立派な店構えだった。徳兵衛は不在だったが、番頭の伊兵衛が帳場で大福帳をつけていた。この伊兵衛が襲われたのだ。

伊兵衛は、「うちは取引先が減っていましたんで、踏んだり蹴ったりですわ」とぼやきつつも、銀子を奪われたときの様子を過不足なく語った。

紹屋は堺や大坂の呉服屋と取引をしていたので、大晦日が近づくと、掛け売り代金を回収するために、伊兵衛が若い手代を連れて泊まりがけで出張する。襲われたのは、集めた銀子を二人で分担して背負い、暗峠《くらがり》を無事に越えて五条村に入ったときだった。こんもりと樹木が茂った場所にさしかかり、ここを過ぎれば一安心と思いつつ行くと、前方の切り株に旅の男が腰を下ろしていた。伊兵衛はこんな所で休憩とは変だと思い、さっさと通り過ぎようとすると、この男が呼び止めた。二人はぎくりとし、引っ返そうと後ろを向いた。すると別の男が立っており、抜き身を突きつけて銀子を要求した。後ろからも伊兵衛の首筋に切っ先が当たり、身動きできなかった。

伊兵衛は実直で、目端も利きそうな男だった。

「日頃、主人に『なんかあったら命のほうを大事にしなはれ』と言われていますんで、逆らわず渡すことにしたんです。ほんで、そのかわりに人相を覚えとこと思い、包みを渡すふりして落とし、拾い上げもって男をちらっと見ましたんです。色浅黒く、タヌキのように目が垂れた男でしたわ。もう片割れは大柄やったとしか言えまへんけど」

「刀は道中差やったか」

「いえ、違いますわ。右手に抜き身を持って、杖を左手につかんでましたんやが、どことのう変な気がしたんですわ。打刀《うちがたな》にしては反りが無《の》うて細く、鍔《つば》もあらしまへん。脇差にしては刀身が長うおました。鞘《さや》は差してへんかったですわ」

伊兵衛はよく見ていたが、そこまでだった。

「もう一人仲間がおらんかったか」

「人影を見たような気もせんでは……。ひょっとして、見張りがいてたかもわかりまへんなあ」

この伊兵衛も甚左衛門と同じように事件のことをよく覚えていた。文一郎はまずまずの手ごたえを感じ、残り三人の事情聴取に向かった。

池田半次郎もまた陽気に誘われて寄り道をした。多門山の組屋敷を出ると、転害門《てがい》から正倉院の前を通って大仏殿の裏手に抜けた。二月堂への石畳を上り、となりの三月堂に立ち寄る。

この仏堂の本尊は不空羂索《ふくうけんさく》観音菩薩で、半次郎は自分の守り本尊にしていた。どっしりとした立ち姿で静かに黙想する表情にひかれたのである。羂索とは鳥獣魚を捕獲するための投げ縄だが、この縄で煩悩に苦しむ衆生を漏れなく救うとされる観音だ。半次郎は同心の役目も同じだと思っていた。悪人を捕縛して、煩悩から救い出すのだ。

半次郎は拝礼を済ませると、猿沢池のすぐ南にある柳生家の蔵屋敷へ向かった。一年前、この蔵屋敷に詰めている家臣の妻女が、柳生街道で悪漢に襲われたのである。あらかじめ使いを走らせ、書面で面談の趣を伝えていた。

門番に案内を請うと、待ち受けていた若侍がすぐに座敷へ通した。建物は古びて質素だったが、ちり一つなく掃き清められ、屋敷内に凜とした空気が漂っていた。

柳生家の陣屋は本領の柳生村にあるが、南都のほうが便利だったので、先頃引退した国家老小山田主鈴《おやまだしゅれい》はこの蔵屋敷で政務を執った。小山田は陸奥国岩瀬郡の郷士の出でながら、柳生家江戸屋敷の足軽から国家老にまで出世し、財政の立て直しに尽くした人物である。

ほどなく、三十歳前後のいかにも明敏そうな男と若い女が入ってきた。

「それがしは沢田淳之介《じゅんのすけ》と申します。お見知り置きください。これなるは妻の登世《とよ》でございます。常々、当家の国家老から、奉行所のお役目には協力を惜しまぬようにと言われておりますので、なんなりとおたずねください」

面《おもて》を上げた登世はきりっとした顔立ちの女だった。半次郎はおもむろに切り出した。

「かたじけない。では、登世どの。一年前のことを思い出していただけませんか」

「はい、それは弥生の八日、病に臥せっている義母《はは》の見舞いに国元へ帰るときのことでした。供は庄作と申す小者一人でした。南都から柳生の里までは、通い慣れている道でしたから、何の心配もありませんでした。高畑の新薬師寺に立ち寄って病魔退散祈願をしたのち、能登川《のとがわ》沿いに滝坂の道を上っていき、朝日観音さまの前を通りました。ご承知のように、あの辺は道こそ石畳ですが、両側を原始の森に取り囲まれて湿気が多く、昼なお薄暗い所でございます。もう少し早ければ、塩を牛の背に乗せて運ぶ里人《さとびと》など行き交う人々の姿が多く安心なのですが、この日は出発が遅くなってしまいまして」

登世は少し悔やんだ。

「首切り地蔵さまに差しかかったときのことでした。突然、地蔵さまの陰から短刀を持った三人の男が出てきました。庄作が杖を構えたのですが、その杖を奪われて逆に頭を打たれてしまいました。男どもがわたくしを山中へ連れ込もうとしましたので、懐剣《かいけん》を抜いて抗《あらが》っておりますと、おりよく、石切峠のほうから武芸者の方が下ってまいりました。わたくしの様子を目にしたそのお方は、すぐさま大刀を抜いて構えました。見るからにお強そうな方でしたので、男どもは恐れをなし、逃げ去っていきました」

そばで妻の話を聞いていた夫が補足した。

「この方はご親切にも、いったん蔵屋敷まで帰ることにした妻に同行してくれました。諸国回遊中で名乗るほどの者ではないと、謙虚な方でした」

半次郎はうなずき、質問をした。

「して、登世どの。男どもはどのような人相風体でしたかな」

「あの者どもは堅気の商人や職人のようには見えませんでした。あのような所で雪駄《せった》を履いていましたし、まげの崩しに着物の柄、着こなしもそうです。頭分《かしらぶん》らしき男は酷薄そうな顔をしたやせぎすの男で、年の頃は三十歳前後だと思います。手下の二人はそれより四、五歳若く、少々小太りで、愚かな乱暴者といった感じでございました」

登世は男たちをよく観察していた。

「ほかにお気づきになったことはありませんか」

「言葉は上方《かみがた》のようでしたが、このあたりとは異なっていたような気もいたします」

半次郎は怪訝そうに夫のほうを見た。

「登世は江戸屋敷で育ったものですから、上方の言葉の微妙な差異がわからないのです。京言葉とか摂津や河内弁《かわちべん》の違いが」

登世の話は要領を得ていたので、さらに聞くべきことはなかった。言葉については別の被害者に確認する必要がある。

半次郎は二人に別れを告げると、大乗院の南にある福智院《ふくちいん》町の和泉屋へ向かった。和泉屋は大きな桶屋で、店にはさまざまな桶や樽が無造作に置かれていた。店の横は広い作業場になっており、職人たちが古くなった大樽のたがを締めたり、壊れた桶の修理をしたりしていた。この和泉屋の妻と娘が、おさとの一行に助けられたのである。

出てきた娘のおぬいは瓜実顔《うりざねがお》の美しい娘で、若い半次郎はいささか胸がときめいた。父親の忠兵衛も仕事の手を休めて現れ、懇ろにあいさつをした。

「せんだってはお奉行さまのご家来衆にお助けいただきまして、誠にありがとうございました。どうぞ何なりと聞いておくれやす」

半次郎はうなずき、話を促した。

「では改めて振り返ってもらいまひょか」

おぬいとその母が語ったことは登世とほぼ同じだった。物陰に隠れて通行人をねらい、匕首を取り出して脅す。金品を奪い、暴行をするために女を拉致しようとする。人相風体もほぼ一致した。おぬいからは頭分について新たな特徴を聞き出すことができた。左あごにうっすらと切り傷があり、ねちねちとした話し方をしていたので、京の遊び人のような気がしたというのだ。

聴取が終わると、おぬいは色白の頬を少し赤らめ、思い切ったように聞いた。

「池田さま。わたしらを助けてくれはった中間の方、お名前はなんと言わはるんでっか。お奉行所へお礼に伺ったとき、いやはらへんかったよって……」

半次郎は一瞬どきっとした。

「平次と申します」

半次郎はそう答えておぬいを見つめ、平次をうらやましく思った。

四

夕方、三人はそれぞれの話を持ち寄ったが、官之助の話は興味深かった。名張街道の鉢伏村にある茶店の亭主が男たちを覚えており、次のように話したという。

山賊が出た日、お伊勢参り姿の三人組が数刻の間に茶店の前を行き来した。伊勢は無論のこと、奈良と名張を一日で往復するのはきついので、どこへ行ってきたのかと不思議に思った。男たちが通り過ぎると、すぐに商人が真っ青な顔をして峠から駆け下りてきた。そして山賊に遭ったと言ったので、あの三人組が襲ったのだと直感した。三人のうち二人が頑丈そうな太い白木の杖を持っていたので、それを使って脅したのだと思う。

官之助は亭主の話を補った。

「なんぼ用心したかて、街道筋で客商売をしている者の目はごまかせんですわ。往来する人間をよう見ていまっさかいな。もっとも、やつらの顔は菅笠で見えなかったらしいでっけど。手下らは、ほかでも似たり寄ったりの話を集めてきよりましたんやが、やつら途中で消えまんねん」

現場から足取りをたどっていくと、奈良の町場に入る手前でなくなるというのだ。つまり目撃されなくなるというわけだ。

文一郎は絵図屋庄八の『和州奈良之絵図』を持ってきて、その上に消えた場所の印をつけてみた。伊賀街道は奈良坂町。暗越大坂街道は三条村の西外れ、名張街道は鹿野園《ろくやおん》村あたりだ。いずれも奈良の街道の起点である橋本町からざっと半里の所に当たる。

半次郎が推測した。

「いったんどっかに隠れ、着替えなんぞしてから、一人ずつこっそりと出ていくんやないでっか」

「わしもそう思いまっさ。人間はもののけと違いまっさかいな。ほんで、隠れるんやったら、都合がええのは寺でっせ。境内が広く人目につかんとこ。奈良坂町のすぐ南にある般若寺なんかもそうやし」

「そういうことなら、銀《かね》を奪いに行くときも寺に集まっているんやろな」

文一郎はまた絵図を見た。

「鹿野園の近くは白毫寺《びゃくごう》やな。問題は三条村や。あこの村にはこれという寺はないやろ」

「いやいや、橋本さま、大坂街道はほかの二つと違て、道があちこちから合流してまっさかい、周辺も考えに入れんとあきまへん」

「そない考えると、あの辺、南に大安寺《だいあんじ》、北に不退寺《ふたいじ》と海龍王寺《かいりゅうおうじ》、法華寺がありますわ」

「大安寺はさびれて小堂一つ。法華寺は門跡の尼寺で警護が厳重や。除外せんと……」

文一郎は方針を決めた。

「よし、明日からのことやが、長吏の組にはやつらが消えたあたりの寺を片っ端から洗ってもらおう。半次郎は刀のことを調べてくれへんか。反りが無うて細長い刀ってどんなんか。わしはこれから中条どのに報告する。近場で悪さをしている三人組は後回しや」

文一郎は、旅姿の一味に単なる強盗とは異なる何かを感じていた。中条に話すと、同じように思ったらしく、すぐに川路に伝えておこうということになった。

中条とともに文一郎が小書院《こじょいん》に入っていくと、川路は書物をひもといていた。

「いいところに来た。中条、そなたが貸してくれたこの『奈良坊目拙解《ならぼうもくせっかい》』は実にためになる。ほかの類書と異なり、町名や寺社堂塔の由来など証拠を挙げて述べているので、信頼が置ける地誌だ」

「著者の村井古道《こどう》は西城戸町《にしじょうどちょう》に住まいしている医師でしたので、とにかく調べまくったようです」

中条はこうしたことに詳しい男だった。

川路はこの書物がいたく気に入ったようで、もっと話をしたそうだったが、文一郎の話を聞かなければならない。

「街道の悪党どもの件か」

「はい。多少わかってきました。異なる二組の犯行と思われます。街道で商人を襲う連中と、近場で小遣い銭を稼いでいる者どもです。とりあえず、街道強盗のほうを重点的に捜査したいと思います。と申しますのも……」

文一郎はこれまで判明したことを話した。川路は大きな褐色の目で文一郎を見つめ、身じろぎもせずに聞いていた。そして話が終わるとすぐに口を開いた。顔が晴れ晴れとし、目が輝いている。得心がいったときの表情だ。

「街道で商人を襲う連中は、ニセの銀貨を造る材料を得ようとしているのだな。半月前に京都東町奉行所へ立ち寄ったときの伊奈遠江守《とおとうみのかみ》どのの話だが、大坂市中に贋造《がんぞう》一分銀が出回っているというのだ。ひと月もすれば京にも出てくると思うので、注意を喚起せねばならないとな。南都もそろそろ商人に呼びかけねばと思っていたところだった」

「奈良町ではまだ見つかっておりませぬ」と中条が述べた。

「うむ、この悪党どもは慎重なようだから、様子をうかがっているのだろう。あるいは、南都近辺では贋造の材料にする銀子を入手するだけで、鋳造や細工は別の場所で行い、それを使うのは大坂や京と決めているのかもしれない」

川路はそう言うと、少し考えてから、また口を開いた。

「文一郎、大坂の町奉行所へ行き、贋造銀貨について聞いてみてはどうか。犯人捕縛の手がかりが得られるかもしれない。半次郎も連れていけ」

「それはようございます。今月の月番は西町奉行所ですが、ここの与力に切れ者という評判の内山彦次郎どのがおられます。それがしも何度か面識がありますが、内山どのなら詳しい話を聞けると思います」

中条が助言した。

「内山と申すのは大塩平八郎の乱の鎮圧で功があった者だな。勘定奉行の久須美佐渡守《くすみさどのかみ》どのが『性質堅固にして才機あり』と褒めておられたよ。久須美どのは大坂西町奉行をされていたことがあるからな」

川路も内山のことを知っていた。

「大塩を慕う者からは蛇蝎《だかつ》の如く嫌われ、また遣り手ゆえに悪い噂もあるようだ。能吏に毀誉《きよ》褒貶《ほうへん》はつきものだからな」

文一郎は思いがけず半次郎とともに大坂へ出張《でば》ることになったが、貨幣についての知識は乏しく、いささか不安だった。その辺を感じたのだろう、川路は自分の知っていることを文一郎に話してやることにした。川路は勘定吟味役をしていた天保八年（一八三七）に一分金の改鋳を、翌々年には一分銀の鋳造を担当したことがあり、貨幣のことはよく知っていた。

川路は言った。明和の頃までは銀貨というと丁銀と豆板銀のことだった。これは慶長の頃から長い間使われてきたが、目方で価値を示すので、商いが盛んになると何かと不便になった。そこで明和九年（一七七二）に、価値を刻印した定額の銀貨を初めて鋳造した。これが南鐐《なんりよう》二朱銀《にしゆぎん》だ。南鐐とは良質の銀という意味だ。二朱銀は二朱金と同価値で、八枚で金一両となる。流通に便利だったので、文政一朱銀や天保一分銀も造られるようになった。一朱銀は十六枚、一分銀は四枚で金一両だ。これらの銀の含有量は高く、純銀に近い。

こうした銀貨の鋳造には灰吹法《はいふき》というやり方で精錬された灰吹銀を使う。もっとも、銀の産出量がかなり減ってきているので、最近は丁銀や回収した旧銀貨を使うことがほとんどだ。そこに輸入銀を加えることもある。

鋳造の最初の工程は取組みといい、灰吹銀と銅を配合して、決められた品位にする。次は湯入れだ。配合された材料を熔かして型に流し込む。三番目は極印《ごくいん》打ち。品質を証明するとともに偽造を防止するため、文字や印を押す。最後は銀貨の色をあざやかにして仕上げる。

川路は簡単に説明したうえで、贋造について述べた。

「つまるところ、銀貨の贋造とは銀の割合を減らし、本物の型と極印をまねることだ。それには技と経験がいる。そして完成したものを実際に使うには、見破られないようにふるまう才覚と度胸が必要だ。捕まれば引廻しのうえ磔《はりつけ》となる。苦労して造るわりには見返りの少ない商売だと思うのだが、なぜか浜の真砂と同様に尽きることがない」

「手の込んだ博奕みたいでございますね」

と謹厳な中条がうがったことを言うと、川路はニヤリとした。

「そうだな。どんな男どもか早く見たくなったぞ。それと、刀はどうなっているのかを知りたい。なにか仕掛けがあるはずだが……」

川路が居間へもどると、おさとが茶を点ててくれた。その茶を飲んでいるうちに、川路は自分がわくわくしていることに気がついた。面白くなってきたのである。のんびりと奈良で過ごすのも悪くはないと思ったが、赴任のあいさつや巡見《じゅんけん》が一段落すると、知恵を絞って解決する事件が欲しくなったのだ。それが飛び込んできた。しかも単なる街道強盗ではない。銀貨の贋造だ。川路はおさとに話したくなった。

「おさと。例の一味を追っているのだが、その過程で贋銀《にせがね》造りの一味が登場してきたのだよ」

「おやおや、また風流な」

おさとは面白がった。

「これこれ、ちゃかすな。一分銀のニセ物なので、商いなどで困ることが多いのだ。しかも公儀に対する挑戦だ。見過ごせん。とはいえ、贋銀造りには興味津々たるものがあることは否めない」

川路はニヤリとした。

「殿さま、なぜ一分銀なのですか」

おさとは疑問を口にした。

「そもそも上方は銀遣《ぎんづか》いで、物の値段を銀貨で示すことが多い。だから金貨はあまり流通していない。もっとも金遣いの江戸でも、小判は武士の俸給や大きな商いの支払いなどに用いられ、日常的に民が使うものではない。せいぜい一分金くらいまでだろう。まして銀遣いの上方だ。銀貨のほうが圧倒的に多い。だから持ち運びに便利で、金貨と交換が容易な一分銀にねらいを定めたのだろう」

「それは理解できますが、街道で商人たちを襲うのはなぜでしょうか」

「江戸と京大坂の大商人は互いに為替でやりとりをするが、南都を始め大和の中小の商人は各地の取引先と銀貨でじかに決済をする場合が多いのだと思う。また、仕入れのための銀の動きも頻繁にあると思われる。奈良の晒や筆墨、酒に加えて、大和は商品作物の生産が盛んなので、その加工場や問屋もたくさんあるからな」

「木綿とか菜種油、お茶がそうでございますね」

「そこで、街道で山賊をすれば、贋造の材料には事欠かないというわけだ。札差《ふださし》や両替商へ盗みに入るように、一回で多量の銀貨を奪うわけにはいかないが、溶かして銅を混ぜれば倍以上になる。だがこの賊ども、稼ぎよりも危うさを楽しんでいるような気がする」

「だとすると、やはり風流な悪者たちではございませんか」

「捕まれば磔になるのだぞ。面白がっていないで、少しは奈良奉行の妻らしいことを言ってくれないか」

「ほほほほ」

おさとは意に介さなかった。

「そうだ、おさと。知恵を貸してくれ」

川路は男たちの刀について語った。おさとは黙って聞いていたが、途中で何かを思い出したらしい。話が終わるやいなや、口にした。

「杖刀《つえがたな》ではありませんか」

「杖刀？」

川路が怪訝な顔をした。

「ええ。奈良にまいる前、わたくしが正倉院宝物の書物を読んでいたことをご存じでございましょう」

「ああ、覚えている。われわれの和歌の師、前田夏蔭《なつかげ》先生がどこかで入手したという書物だろう。残念ながら、わたしは暇がなくて読めなかったが、おそらく正倉院の御開封《ごかいふう》に立ち会った人物が書いたものの写しだ。徳川の世になってから、宝庫の修理や宝物の点検のために何度か御開封があり、最近では天保四年（一八三三）に行ったと聞いている」

おさとはうなずいた。

「わたくしは伝え聞く平螺鈿鏡《へいらでんきょう》とか白瑠璃椀《はくるりのわん》などの美しい品々について関心があって読んだのですが、その中に刀剣のことが書いてあり、杖刀というものが二口あったのです。聞きなれない言葉だったので覚えておりました。書かれた方も珍奇に思ったのでしょう。図も描いていました」

「ほう、で、どのような」

「一つは呉竹《くれたけ》で包んだ鞘に刀身を収めたもので、いま一つは鞘が漆塗りで柄に鮫《さめ》皮を巻いたものです。図を見ますと、いずれも鍔はなく、鞘が細く丸みを帯びており、まさしく杖のようでした。刀身もまっすぐで反りがなく、細身でした」

「なるほど。当時はすべて直刀《ちょくとう》だったからな」

「そのときわたくしは、聖武帝が杖に見せかけて刀剣を隠し持つ必要などあったのだろうかと、疑問に思いました」

「いや、おそらく儀礼用だろう。しかし、なるほど、杖に見せかけるか……。それだな。賊どもは刀を杖に隠していたのだ。杖刀、いわば仕込み刀だ。武士にとって、刀はそれらしい拵《こしら》えをして腰に差すものだ。それゆえ思いつかないが、隠し持ちたい者もいるというわけだ。この仕込み刀から手がかりを得られるかもしれん。おさと、さすがは奈良奉行の奥さまだ。いいことを聞いた。さっそく、橋本文一郎に伝えよう」

五

翌朝。文一郎と半次郎は黒門の前で落ち合うと、まだほの暗い暗越大坂街道を急いだ。奈良町を西へ三条村まで下り、両側に田圃が広がる平坦な道を歩む。垂仁天皇陵を通り過ぎて五条村に入ると、やがて森の中の道になった。

「半次郎、このへんやな。綛屋の手代が襲われたんは」

「これじゃあ昼でも薄気味悪いでしょうね」

「ここらで襲ったちゅうことは、やはり奈良近辺を根城にしているんやろな」

「そう思いますわ」

「刀の件はどないやった？」

「きのう懇意にしている刀屋に聞いてみたんでっけど、奈良界隈では、そない物騒なもんを売っとる刀屋も作っとる刀鍛冶も聞いたことあらへんと言うてました」

「そうか。土産物として重宝な小刀しか売れへんちゅう話やしな。奈良町の刀鍛冶と刀屋もかなり減っているらしいで」

「ほんで、大坂の刀鍛冶に聞けば、何かわかるんやないかと言いますねん。西町奉行所の帰りに寄りたいんでっけど」

「そうしよう。どんな手がかりでもたどってみんとな」

「それにつけても、お奉行の奥さまはお美しいばかりで無うて、聡明な方ですね」

「そやな」

森を抜け、砂茶屋川（富雄川《とみおがわ》）を越えたあたりで夜が明けた。二人は休むことなく矢田の丘陵を上り下りし、生駒川の橋を渡った。すぐに急峻な山道となった。この暗越大坂街道は奈良と浪速《なにわ》を結ぶ最短の道だが、ほぼ一直線に生駒山を上っていくため、きつい坂が続く。上りきると暗峠で、石畳の坂道の両側に茶屋や旅籠がいくつか並んでいる。その先に河内の平野が見える。果ては浪速の海だ。二人は一息ついた。

「鑑真《がんじん》和上もこの峠を越えたんでっか」

「いや、龍田《たつた》越えやろ。生駒の山が大和川の谷に落ちるあたりを通るさかい、ちょっと遠くなるが、ここより上り下りは楽だ」

二人がまた歩き出すと、河内側のさらに急な坂道を、女衒《ぜげん》風の男と十六歳ほどの百姓娘が上ってきた。風呂敷包み一つを背負い、髪に質素なかんざしを挿した娘は、しばしば後ろを振り返った。きれいな娘だった。すれ違ったあとで、半次郎が「木辻《きつじ》の遊郭へ売られていくんやろか」と言った。文一郎はうなずき、少し悲しそうな表情をした。

二人は急坂を一気に下り、河内平野に入った。ほどなく街道唯一の宿場である松原宿に着く。まだ昼時ではなかったが、二人は茶店を見つけて飯をかっ込んだ。ここから大坂へはあと三里（十二キロ）あまりだった。

二人とも健脚だったが、本町橋東詰の大坂西町奉行所に着いたときは、八ツ（午後二時）を過ぎていた。案内を請うと、与力の内山彦次郎はすぐに出てきた。内山は五十がらみの俊敏そうな人物で、文一郎が街道強盗の件を話すと、すぐに反応した。

「一年前から南都で材料調達していたというわけやな。ま、摂津界隈でもやらかしとるんやろが、わしんとこはなにしろ忙しうてな」

内山の話はこうだった。

大坂市中で贋造銀貨が発見されたのは一年半ほど前からで、すべて一分銀だ。届け出があったのは小判にすると五十両あまり。実際に出回っている額はわからない。発見されたのは呉服屋や米屋などで、両替商からは出ていない。品物を買い、それを売ったり質入れしたりして、本物の金銀貨に変えていると推測している。とはいえ、単に日用に使っているだけの可能性も否定できない。

手の者に探らせているのだが、犯人に結びつく報せはいまだにない。商人たちには注意を呼びかけている。しかし、実際に使うところを発見して取り押さえるのは難しいだろう。「一分銀」と「銀座常是《じょうぜ》」という文字にとどまらず、「定《さだめ》」と押した極印も本物そっくりで、ちょっと見では判別がつかないからだ。違いはニセ物のほうが心持ち軽いのと、表面の艶の具合だ。

内山は一息つき、茶をすすった。

文一郎は半次郎と顔を見合わせた。簡単に手がかりを得られるとは思っていなかったが、それにしても漠然としていた。内山はそんな二人の様子を見て、とぼけた口調で言った。

「ま、街道での強盗は別として、ニセ物はそのまま本物と思って流通させとっても、誰も損はせん。公儀の面子が多少つぶれ、濡れ手で粟の一味がいるだけや。もっとも、あこまで精巧に造る手間暇を考えると、そないに大きな儲けになるとは思えんけどな。ぎょうさん造られへんやろし。材料にする銀子の強奪と使うときの危険もあるわな。血煙も上げてへんのやろ。わしにはさほど悪いやつには見えん」

二人はその言いように度肝を抜かれた。

「何の役にもたたん話をしてもうたようや。手土産代わりにこれを進呈しまひょ」

内山はそう言うと、懐から小さな紙の包みを取り出し、文一郎に手渡した。

包みを広げると、一分銀だった。贋造銀貨の現物だ。自分の判断で無造作に証拠の品を渡す内山に、まじめな文一郎はあっけにとられた。

「よろしいんでっか」

「もちろん。その代わり捕まえはったら、わしにも顔拝ましておくんなはれ。頭目の野郎、おもろそうなやっちゃ」

内山は好奇心たっぷりの表情をして、あごをなでた。その拍子に何かを思い出したようだった。

「橋本はん。連中が商人を襲った日取りのことやけど、あれ、験担《げんかつ》ぎやで。みな五で割れる日やろ。京都東町奉行所の知り合いが言うてたんやけどな」

文一郎と半次郎は内山をじっと見つめた。

「修学院《しゅがくいん》の近くに赤山禅院《せきざんぜんいん》というのがあって、ご本尊の赤山明神さんが商人の信仰を集めとるんだそうや。ほんで、ご本尊の縁日が毎月五日なもんやから、五で割れる日に掛け売りの代金を取り立てると、うまくいくという噂が広まっとると。『掛け取り』つまり集金にご利益があるというわけやな。この噂は商人だけや無うて博奕《ばくち》打ちにも伝わり、五と十がつく日にしか博奕を打たん者も現れているらしい。やつらにとっては『賭け取り』というわけやが」

文一郎は計算した。確かに、一味の犯行日は五、十、十五、二十日、晦日とすべて五で割り切れる。

「ということで、贋銀《にせがね》造りの連中は博奕打ちかもわからんな。そりゃええこっちゃと、追い剥ぎをする日取りも縁起を担いでいるというわけや。次も同じようにやるんと違うか。噂がほんまもんなら、五で割り切れる日に掛け取りに行く商人は多いはずや。偶然かもわからんが、商人かて切りのいい日に掛け取りとか支払いをするから、あながち外れてはおらんと思うで」

一つ疑問が解けたように思った。二人は少し気が軽くなり、西町奉行所を後にした。

次に行くのは、奈良の刀屋が教えてくれた月山貞吉《がっさんさだよし》の鍛刀場である。奉行所から少し歩いた所にあり、東に大坂城の櫓《やぐら》が見えた。貞吉は江戸で復古新刀論の水心子正秀《すいしんしまさひで》に学び、大坂に移った刀匠だ。貞吉は不在だったが、徒弟が半次郎の問いに応じてくれた。

「杖に見せた仕込み刀でっかぁ。見たことあらしまへんな。うちの師匠は鍛えさせへんやろ思いまっせ。反りをなくして細くせんと、杖のようになりまへんわな。切るちゅうより、突くんでっしゃろけど、美しゅうないし、もろいちゅうことで」

「でも兄さん、増蔵のようなやつ、わかりまへんで」

もう一人の弟子が横から口を出したので、半次郎はいぶかった。

「二年前に破門されたやつがいてるんですわ。女に入れ込んで銀《かね》を借りまくるわ、仕事さぼるわで、師匠がぶち切れましたんや。増蔵は刀の鍛えはまだまだやったが、細工が得意で、なんでも器用に作る男やったんです」

「いまはどないしとんのや」

「大和の実家へ帰って、鍛冶屋をやるちゅう話でおました」

半次郎と文一郎は少しがっかりしたが、気を取り直して天満《てんま》の水田国重《みずたくにしげ》へと向かった。国重は備中《びっちゅう》刀鍛冶の流れだ。

二人が天神橋で大川を渡ろうとすると、後ろから「ごめんやす」という声がした。駕籠かきだ。横に避けると、忙《せわ》しげに二人を抜き去っていった。すぐ上流では伏見《ふしみ》から下ってきた三十石船が天満橋をくぐり、八軒家《はちけんや》の船着場を目ざして左岸に寄っていた。気の早い乗客が身支度をしている。右岸にある天満青物市場のかき入れ時はとっくに終わったのだろう、雁木《がんぎ》に横付けされているのは空船が二つだけだった。下流の難波橋のほうには、荷下ろしを待っているたくさんの上荷船《うわにぶね》が浮かんでいる。

半次郎にとって浪速は三回目だったが、来るたびに商人の町らしい活気があると思う。南都にはない豊かな水が流れる川と大きな橋。さまざまな色合いの派手な着物を着た女たち。人々が快活に行き交う往来。魅力があふれる町だった。文一郎もこの町が好きなのだろう。楽しそうだった。

二人は橋の北詰をそのまま北へ進み、天満天神社の横を通った。本殿は大塩平八郎の乱で焼失したのだが、三年前に氏子たちが力を合わせて再建している。

町家が切れるあたりで西へ曲がると、成正寺《じょうしょうじ》に出た。この辺は寺町で、水田国重の鍛刀場はその一角にあった。文一郎が言った。

「成正寺は大塩家の菩提寺なんやが、平八郎どのの墓は許されへんかったはずや。天保八年（一八三七）のことで、わしはまだ若年やった。大和に逃れたという噂が立って、父たちが探索に駆け回ったんを覚えている。ここらへんも、えらい焼け野原になったんやろな」

「平八郎は富商に掣肘《せいちゅう》を加え、窮民を救うために決起したと言いよったとか。ほんでも、結果は火付けで大坂の五分の一を焼き尽くし、三百人近い民を焼死させ、数多の人々を路頭に迷わせただけやないですか」

半次郎の少し怒気を含んだ言葉に、温厚な文一郎はぎくりとした。奈良奉行所の与力同心の間では大塩の評価が分かれており、みな話題にすることを避けていた。まだ生々しい事件だったのである。

二人が鍛刀場の門をくぐって案内を請うと、奥から刀工の妻らしき慎ましやかな中年の女が出てきた。半次郎は身分を名乗り、来意を告げた。しばらくすると、白装束にたすき掛けの男が手ぬぐいで汗を拭きながら出てきた。作業を中断してきたのだろう、神経がまだ張り詰めている。

半次郎が杖刀について聞くと、刀工はためらうことなく即答した。

「刀は持っている人間の誇りやないでっか。そやのに、隠し持つため杖に偽装しようなんちゅうのは論外でっせ。そんなもん、わしらよう鍛えまへん。大坂にはそんな刀工おらんと違いまっか」

けんもほろろだった。二人は鍛刀場を出ると、天満橋のほうへ向かった。あと半時もすれば黄昏《たそが》れてくるが、宿は八軒家の大和屋に決めていたので、あわてることはない。大和屋は大坂に出張ってくる与力同心の定宿で、大坂城と東西奉行所が指呼《しこ》の間《かん》だった。

文一郎は半次郎に猪口《ちょこ》を傾けるしぐさをして、天満橋の北詰にある居酒屋へ入った。のれんには泉州屋とある。大きな長方形の床机が一つと小上がりが二つあるだけの小さな居酒屋で、客はまだいなかった。文一郎はかってに小上がりへ腰を下ろすと、さっさと調理場に向かって注文をした。

「おやっさん、酒とガッチョ（ネズミゴチ）を揚げたやつをくれ。あとは適当に頼むわ」

「へえ。おやまあ、橋本さま。お久しぶりやおまへんか」

調理場から出てきた老爺が懐かしそうに言った。

「おやっさん、元気そうやな」

「へえ、おかげさんで。先代は息災でっか」

「ああ、隠居をいいことに遊んでばっかりや」

亭主は大笑いをし、奥に引き下がった。半次郎が聞いた。

「先代からでっか」

「飲み屋も継いだちゅうわけや」

すぐに伊丹酒《いたみざけ》の微温燗《ぬるかん》、切り昆布とキュウリの酢の物、タコとひろうすの炊き合わせが出てきた。二人は互いに酒を猪口に注ぐと一気に飲み干し、まずはタコを味わった。うまく炊けていた。

一息つくと、半次郎は文一郎に話しかけた。

「具体的な手がかりは得られんかったですね」

「しかしやな、五で割れる日のことだけでも収穫や。次に襲う日取りのめどがつく。そのうえ贋造一分銀の実物も手に入れた」

「仕込み刀のほうはもうちょっと手がかりが欲しかったんでっけどね」

「刀鍛冶にしてみれば、まあ邪道なんやろな。ほんでも、一人くらい作るやつがいててもよさそうなもんや」

「そうそう、貞吉の徒弟がそれに近いことをしゃべっていましたで」

「おう、女で破門された弟子やな」

どちらからともなく、二人は顔を見合わせた。

「それや。大和のどっかにいるうえ、金に困っているやつだったちゅうことは……」

「当たってみまひょ」

文一郎と半次郎は心地よく酔えそうな気がしてきた。

「揚げたてやでー」

亭主がガッチョを運んできたので、二人は仕事の話を切り上げた。ぐいっと酒を飲み干し、さくっと揚がった白身の小魚に食らいつく。淡泊な甘みが口の中で広がった。二人は猪口を手に取る間も惜しみ、次のガッチョに箸を伸ばした。


翌朝、旅人でにぎわう八軒家の船着場を横目に、二人はふたたび貞吉の鍛刀場へと向かった。風呂敷包みを小わきに抱えた手代や丁稚《でっち》が、早くも通りを行き来している。鍛刀場も活気にあふれていた。ふいごが盛んに火を燃え立たせ、刀身を鍛える鉄槌《てっつい》の音が鳴り響いている。

半次郎は昨日の徒弟を呼び出して、破門された増蔵の実家の場所を聞いた。答えは中村の霊《りょう》山寺《せんじ》の近辺ということだった。暗峠から奈良へ向かう途中にある砂茶屋の少し北だ。半次郎は礼を言うなり、文一郎を急かして歩きだした。

二人は駆けるように歩き、昼遅くには中村に着いた。村は西の京と矢田の二つのなだらかな丘に挟まれ、真ん中を北から南へ砂茶屋川が流れている。両岸は水田だ。霊山寺は西岸にあり、やや荒れてはいたが、丘の中腹には盛時をうかがわせる多くの堂塔が立ち並んでいた。創建は天平時代。東大寺の大仏開眼供養で導師を務めた天竺《てんじく》僧、菩提僊那《ぼだいせんな》の墓がある名刹だった。

半次郎は門前で出会った農婦に増蔵の家を教えてもらった。霊山寺から少し北にある、雑木林に囲まれた一軒家だという。

二人が行くと、金物をたたく音が聞こえてきた。近寄ると、納屋で三十歳ほどの男が一心不乱に槌《つち》を振るい、鍬《くわ》の刃のようなものを鍛えていた。

「増蔵やな」

半次郎が声をかけると、男は振り向いた。

「へえ、どちらさんでっか」

半次郎が奉行所の者だと述べると、増蔵はきょとんとした。

「わしには縁のないとこでんな」

増蔵はどこか間が抜けていたが、人をだますような男には見えなかった。半次郎は単刀直入に仕込み刀のことをたずねた。すると増蔵は、儲けさせてもらったのでよく覚えていると言い、のんびりした口調でこう語った。

村の鍛冶屋になって半年たったある日、なんでも作れるという評判を聞いてきたと言って、奈良の商人と称する男が現れた。男は杖に仕込んだ刀の図面を見せて、これを二本作ってくれと注文した。妙な物を作れというので不審に思ったところ、足が弱ったので旅用に杖と護身刀を兼ねたものが欲しいのだと語った。奈良にはそんな刀を作れる刀鍛冶がいないとも。二本も要るのかと聞くと、備えだと答えた。強い刀を鍛える自信はなかったが、代金をはずむと言ったので、それ以上は聞かなかった。刀を入れるため、白木の杖は少し太くなってしまったが、受け取りに来た商人は、でき上がりに満足したようだった。

増蔵はあっけらかんとしていた。半次郎は最後にどんな男だったかと聞いた。

「どない言うたらええやろ。色が浅黒ろうて、大きな目が垂れているおっさんやったな」

文一郎は思わず横から口を挟んだ。

「代金の支払いは銀貨かいな」

「もちろんですわ。一分銀をぎょうさん」

「ほぉー、そうか。一分銀か。手元にはもう残ってへんやろな」

「いんや、わしが改心して初めての大きな実入りやったんで、お袋さまがありがたいちゅうて、二、三枚ほど仏壇に仕舞い込んでいますわ」

六

文一郎は奉行所へ帰ると、すぐ川路に報告し、入手した証拠品を見せた。

「これがそれです」

一分銀が二枚。内山がくれたのと増蔵から差し押さえてきたニセ物だ。川路は手にとってじっくりと見た。

「なるほど二つとも同じ型で造っているな。極印は本物そっくりで、よくできている。重さも同じように思える。これでは見分けがつきにくい」

「銅が混じっておりますから、いささか軽いのでは。きちんと量ればわかると思います」

同席していた中条が本物を取り出して見比べた。

「いささか艶が劣るのではありませんか」

「うむ、そうだな」

川路はしばらく銀貨を見つめてから、中条に命じた。

「艶が劣るように見える一分銀は量りにかけるようにと、市中の商人へ内々にお触れを出そう」

川路は機敏に対応した。

「ところで、仕込み刀を作らせた男の人相と街道筋の賊のそれが合うということだが、この男はどこで増蔵の評判を聞いたのだろう。鍛冶屋の評判などはその村の近在にとどまると思うのだが」

「増蔵もその母親もこの男を見掛けたことはないと申しております。ですから仲間の一人が近在に住まいしており、評判を聞きつけて垂れ目に教えたとしか考えられません。そうだとすると、近辺で聞き込めば、この仲間を割り出せるはずです」

文一郎が一気に答えると、川路はうなずいた。

「何とも慎重な一味だが、それが過ぎて災いを呼ぶことになったな。仕込み刀から足がつくとは考えてもみなかっただろう。人目につかない村の鍛冶屋を利用したつもりだったのだろうが、逆に仲間の居所を教えたようなものだ。しかも証拠品となるニセの一分銀を、息子思いの母親が仕舞い込んでいたとは。いやはや」

文一郎は大坂へ行ってよかったと思った。だが、喜んでばかりはいられない。これからが本番だ。川路への復命を終えると、すぐに官之助を呼んで話を聞いた。

官之助は野太い声で、うれしそうに報告をした。

「予想通りだす。伊賀街道は般若寺、名張街道は白毫寺、そして大坂街道は海龍王寺でした。坊さんや寺男、茶店の者は、太い白木の杖が気になったようですわ。ほんで、目撃した連中の話を突き合わせると、やつらは一日に二回出入りしてまんねん。つまり、橋本さまが言わはったように、集合と解散は同じ場所にしているちゅうことですわ」

これで一味が集まり散じる拠点は三つに絞られた。犯行が順番通りなら、次は伊賀街道沿いにある般若寺が捕り物の舞台となる。

「ところで、長吏。連中は何人やった」

「これが曖昧なんですわ。杖を持っている二人は例の垂れ目と大柄な男で確かなんでっけど、もう一人は影が薄うて……。おるのかおらんのか、杖を持っとんのか持っとらんのかも……」

「そうか。不思議やな。まま、捕まえてみれば、わかるこっちゃ」

文一郎は男たちを特定する段取りを考えた。まずは中村の周辺に長吏の部下を送り込んで、金回りのいい者や不審な人物をひそかに調べ、鍛冶屋を教えた男の目星をつける。次にこの男が垂れ目と会うまで尾行する。会ったならば、今度は垂れ目の後をつけて住まいを見つける。

そのあとは垂れ目の張り込みと尾行を続け、犯行日に一味を一網打尽《いちもうだじん》にする。五で割れる日を犯行の日取りにしているという読みが正しければ、直近は二十日で、二十五日、三十日と続く。が、今年の卯月は小の月なので三十日はなく、晦日は二十九日となる。五で割り切れないが、切りのいい晦日ということで、念のため捕り方を配置しておく。いずれも空振りだったら翌月の五日だ。

当日は、般若寺に捕り手を潜ませておき、鍛冶屋を仲立ちした男と垂れ目を住まいから尾行する。全員が寺に集まったところで召し捕る。一味が二人でも三人でも、これが最良の策だ。集合場所がほかだった場合は、尾行する者たちだけで捕まえる。取り逃がしたときは大和一円の非人番に手配だ。犯行日の読みが外れたときは、直ちにそれぞれの住まいで二人を拘束する。文一郎はここまで方針を固めた。

三日後、長吏らは鍛冶屋を仲立ちした男を探り出した。平吉《へいきち》という若い百姓だった。この平吉を尾行して二日目に、垂れ目の男の住まいがわかった。高天町《たかまちょう》にある粂五郎《くめごろう》という男の家だった。垂れ目は長州から来た仏具職人の権三《ごんぞう》と称し、一年半前ほどから間借りをしていたのである。この権三はときおり奈良町をぶらぶらするだけで、三番目の男と会うそぶりはいっこうになく、般若寺に行くこともしなかった。二十日、二十五日と般若寺の張り込みは空振りに終わり、進展しないまま二十九日が来た。

空は曇り、朝のうちはひんやりとしていたが、日が昇るにつれて初夏らしい暖かさとなった。半次郎は捕り方を引き連れて般若寺に行き、官之助とその手下たちは権三と平吉を尾行するため、それぞれの持ち場についた。文一郎は奉行所で指揮を執り、吉報を待った。

昼前、一味の身柄を確保したという報せが入った。文一郎は長吏の吟味所へ連行して鋳造場を白状させ、捜索をすべて終えてから奉行所へ引き立ててくるようにと命じた。

夕方になって、半次郎と官之助は捕縛した一味三人を奉行所に引っ立ててきた。押収物は小判四十八両と多数のニセ一分銀、それに仕込み刀が一本だ。

文一郎は二人にねぎらいの言葉をかけた。

「半次郎よくやった。官之助はん、さすがの働きや。みな、けがはしなかったんやろな」

「はい。権三はわしらが拍子抜けするほどあっさりと縛に就きました。持っていた仕込み刀も抜かへんかったし、覚悟のいい男ですわ」

半次郎はいたく感心したようで、捜索と吟味の結果を次のように報告した。

般若寺で召し捕ったのは権三と平吉の二人だけで、条五郎は興福寺の使丁《してい》をしていたので、長吏の吟味所に呼び出して確保した。贋造銀貨の鋳造場は法蓮《ほうれん》村の森の中にあり、使われなくなった炭焼き小屋を借り受けたものだった。仏具作りの作業場を装っていたが、くまなく探すと鋳造道具と一分銀、小判、仕込み刀が出てきた。権三が間借りをしていた部屋からは悪事に関係するようなものは何も発見できなかった。条五郎や平吉方からも同様だった。

吟味に対し権三は、贋銀《にせがね》造りも強盗も一人でやったと主張し、平吉と条五郎は無関係だと断言した。平吉とは大坂街道を歩いているときに知り合い、銀《かね》に困っているとわかったので巻き込んだが、強盗をするときに見張りを手伝わせただけだという。また条五郎は平吉の親戚だったので部屋を借りたが、悪事には加担させていないと。

平吉は卒倒しそうなくらい震えてしまって、今のところ何も話せない状態だ。条五郎は実際、何も知らなかった。

半次郎はそれだけ語ると、首をひねった。

「ちょっと腑に落ちへんのでっけど」

「体格のええ男がおらんことやろ。三人目の」

「そうなんですわ。見張りを含めて一味は二人か三人いてて、一人はごっつい男、もう一人は垂れ目と。平吉はなるほどええ体してまっけど、山賊をするようには見えへんし。権三が言うように、ただの見張りでっしゃろ。まして条五郎は問題外やし」

官之助がきっぱりと言った。

「平吉や条五郎んとこには仕込み刀がなかったちゅうことは、仲間がもう一人いるちゅうことですわな。権三は隠してまっせ」

文一郎は考えを巡らせた。川路は、贋銀《にせがね》を使うには才覚と度胸が要るときっぱり言っていた……。間違いなくもう一人いる。文一郎はそう確信し、権三をただすことにした。

権三は仮牢から連行されてくると、土間に敷かれたむしろの上にさっさと座り、吟味席の文一郎に垂れ目を向けた。半次郎は書役として傍らに控え、官之助は権三の斜め後ろに蹲《つくば》った。

文一郎は単刀直入に言った。

「おまえが首魁《しゅかい》と思ったんやが、もう一人相棒がいたようやな。名前と居所を教えてくれへんか。痛めつけるのは性にあわん。それとも平吉を責めてみよか」

それまで落ち着いていた権三が驚いた。

「それればかりは。平吉に罪はございません」

権三はうなだれて、しばらく黙っていた。それから顔を上げ、文一郎の目を見た。

「なぜおわかりになったのでございましょう」

「見張りとは別に、商人を実際に襲ったんは二人や。ともに杖に仕込んだ刀を抜いたことは判明しとる。一人はおまえや。平吉は仕込み刀を持ってへんかった。そやから、もう一人の男がいるということになる。それとな、贋銀《にせがね》の大方は、大坂で物を買ってそれを売り払うか、あるいは質に入れて本物の金銀貨に換えているはずや。おまえの持っていた四十八両の小判はその一部やろが。これには人をだませる度胸と才覚、それに抜け目のない商人をも信用させる風貌と格好が必要や。ところがおまえらはいずれもそうやない。そやからもう一人の仲間がいることは確実や。それも大坂に土地鑑のある男やな」

権三は目をつぶった。月代《さかやき》も髭も伸び始め、精悍な表情に凄みが加わっていた。権三は口元に笑みを浮かべたかと思うと、目を開けてきっぱりと言った。

「そこまでお察しなら、仕方がございません。年貢の納め時が来たようです。一切合切白状いたします。ですが、平吉は助けてやってください。ただのつなぎ役で見張りです。もうやめさせようと思っていたところでございます。病にかかった母親の薬代を稼ごうとしただけで、贋銀造りのことは何一つ存じておりません」

「わかった。簡単に許すわけにはいかんが、悪いようにはせん」

文一郎は権三の目を見つめて約束した。権三はその言葉を聞いて、ほっとした顔になった。貨幣の偽造は天下の御法度《ごはっと》だ。捕まれば引廻しのうえ磔という重大な犯罪である。自分が引っ張り込んだ、母思いの若い平吉を死なせるわけにはいかなかった。覚悟を決めた権三はもう一人の存在を認めた。

その男の名は太兵衛《たへえ》といい、いつもは前日に大坂から来て奈良町の旅籠に泊まり、翌朝いずれかの寺で合流していた。ところが、昨日は夕刻に太兵衛の使いが平吉方を訪れ、「急用あり。

伊勢参りは取りやめ」と中止を告げた。般若寺にやって来た平吉は権三にそれを伝えたが、解散する前に捕まってしまった。権三はそう打ち明けたうえで、すべてを自供した。

権三は偽名で本名を忠三郎という。長州下関の生まれで、歳は三十八歳。錺職《かざり》人をしていたが、博奕で身を持ち崩してしまい、贋銀を造るようになった。犯行がばれると、江戸へ逃げ込んだ。江戸では博奕渡世をしていたが、三年前に大坂へ流れてきた。

筑前出身の太兵衛とは大坂の賭場で知り合った。同年ということもあって意気投合し、遊びや酒をともにするようになった。ある晩、たまたま忠三郎が銀貨偽造の話をすると、太兵衛は二人で組んでもう一度やろうと言い出した。博奕よりも緊張と興奮が高まり、面白さが倍増するはずだというのだ。忠三郎も人をだます快感をまた味わいたくなった。本物そっくりの一分銀を造る技には自信があった。

二人の思いは一致した。忠三郎が贋造し、太兵衛はそれを使う。鋳造材料は奪い取った銀貨や天保銭を利用することにした。二人は計画を練り、二年前から実行に移した。

最初の半年は、京から西へ向かう西国街道や、大坂から北へ走る能勢《のせ》街道に出没し、材料をせっせとため込んだ。このときは長脇差を使い、犯行も手当たり次第で、見張りは置かなかった。そのうちに大坂町奉行所が動きだしたという噂が流れてきた。そこで場所を奈良に移し、贋造も始めることにした。奈良にしたのは、昔から武具や錺、仏具など金工が盛んな土地なので、ごまかしやすいと考えたからだ。また、四方八方に道が通じており、街道強盗には持ってこいだった。いざとなれば逃げやすいという利点もあった。

公儀に目をつけられ、二人は慎重になった。忠三郎は奈良に移って一分銀の鋳造を試し、太兵衛が大坂で使ってみた。これを繰り返し、いけると判断すると、忠三郎は鍛冶屋を探し、杖に見せかけた仕込み刀を作らせた。伊勢詣での旅人を装うためだ。太兵衛はその間、贋造銀貨で買った品物を高値で売りさばく経路を開拓した。本物の金銀貨に替えるためだが、これには博奕渡世のころのつながりが役に立った。

準備が整うと、段取りを決めた。ふた月に一回、太兵衛は大坂から奈良へ分け前を持ってきて、街道で商人を襲う指揮をする。襲う日取りは、商人が集金に回る可能性が高い、五で割れる日のいずれかだ。毎回、太兵衛が日時と落ち合う場所を決めて忠兵衛に連絡する。襲ったあと、太兵衛は完成した一分銀を大坂へ持ち帰り、本物の金銀貨に替える。忠三郎は贋造に励む。太兵衛が分け前を持って奈良へ来る。商人を襲う……。

文一郎はそこまで聞くと、太兵衛の居場所を知りたくなった。

「で、太兵衛はどこにおるんや」

「太兵衛の住まいは天満からほど近い曾根崎《そねざき》村で、普段は立花《りっか》や茶の湯に三味線と遊芸三昧《ざんまい》の生活を送っていますよ。たまに博奕もしていますがね」

半次郎は思わず口を挟んだ。

「曾根崎村というと、国重の鍛刀場からすぐでっせ。与力や同心の組屋敷からも近いんと違いまっか」

「灯台下《もと》暗しというわけか。ところで忠三郎、おまえは太兵衛のことを話しても、やましさを感じんのか」

文一郎は、男気がありそうな忠三郎が、何のためらいもなく居所を教えたので、気になった。

忠三郎は文一郎をじっと見つめた。

「やはりお侍ですな。不愉快なんでしょうな。ですが、これは太兵衛と二人で決めたことです。街道で人を襲っても傷つけない。平吉のような手伝いには危険なことはさせない。罪は二人だけで負うと取り決めましたんでね」

忠三郎はちょっと間を置いた。

「で、奉行所は目をつけたら、どこへ逃げようとも必ず召し捕る。だから捕り方が来たら無駄な抵抗はせず、素直にお縄をちょうだいする。相方の居場所を聞かれたら、正直に白状する。責めには耐えきれないので、わざわざ痛い思いをすることはないと」

半次郎は筆を止め、忠三郎の顔を見つめた。

「捕まるということは、命を賭けた大博奕に負けたようなもんです。潔く磔になり、あの世への旅も道連れでというわけでして」

何の迷いもなく答える忠三郎に、文一郎は愚かなことを聞いてしまったと後悔した。

土間に初夏の陽光が差し込み、薫風が吟味所を吹き抜けていった。

七

八日後、太兵衛が大坂から奈良へ移送されてきた。川路からの召し捕り依頼を受け、大坂西町奉行の永井能登守が迅速に対応した。与力の内山彦次郎が指揮を執ったことは言うまでもない。

文一郎が下吟味を始めると、太兵衛もまた素直に白状した。忠三郎の申し分と相違はなかった。稼いだ金はざっと五百両ぐらいだろうと見当をつけていた。太兵衛の出所は筑前国の表糟屋郡《おもてかすやのこおり》。親は大百姓だったが、生来の遊び好きで不品行が重なり、勘当されて無宿になった。以来、江戸など各地で博奕渡世をしてきたが、天保七年（一八三六）から大坂に落ち着いているという。

次の日、白州で奉行による冒頭手続が行われた。威儀を正した川路の前に橋本文一郎と書役らが座り、牢番が太兵衛を白州に連れてきた。池田半次郎は六尺棒を持って太兵衛の斜め前に躊い、目を光らせた。川路は太兵衛が美丈夫で恰幅《かつぷく》があり、堂々としていることに驚いた。博奕打の贋銀遣いというよりは、庄屋か大店の主人のような雰囲気があった。

川路は人定《じんてい》尋問をしてから、犯罪事実のあらましを確かめた。太兵衛は聞かれるままに答え、未練がましくふるまうことはなかった。川路が吟味中の入牢《じゆろう》を申しつけると、太兵衛は深々と礼をした。忠三郎はすでにこれを終えている。二人とも罪を認め、証拠もそろっているので、あとは与力の吟味で細部を詰めるだけである。

所定の手続は済んだものの、川路は好奇心を抑えることができず、太兵衛に聞いた。

「其《そ》の方《ほう》、貨幣偽造は引廻しのうえ磔が必定《ひつじよう》と知っておろう。何ゆえに偽造したのか」

白州に正座をしていた太兵衛は軽く笑った。

「もちろん金のためですが、どうせ悪事を働くなら、面白くやろうと思ったわけでして。命を賭けるというのは博奕以上にぞくぞくしますからね。ニセ銀をばらまいて大坂の町を混乱させ、公儀の信用を貶める、といった大それた事をしたかったわけではありません。それはわたしがやらずとも、公儀が自らやられていることですから」

太兵衛の言葉を理解しかね、川路は怪訝な顔をした。

「公儀がときどき貨幣の改鋳をしなさるのは、金や銀の含有量を減らしてその分で数を増やし、差益を得ようって魂胆でございましょう。ご老中方やお役人が役目で使うお金を捻出するために。大奥の贅沢な暮らしを支える費用を工面するためでもあるんでしょうな。ま、魂胆はどうあれ、公儀自らが大がかりな貨幣偽造をやって、信用を落としているようなものです」

太兵衛の話が思いがけない方向に向かったので、川路は唖然とした。同時に勘定所の下役をしていたときに聞いた話を思い出した。

今から二十七年前の文政二年（一八一九）に貨幣の改鋳を行い、小判と一分金の品位を落としたことがある。その二年後のことだった。金貨を偽造した男が捕まった。この男は馬に乗せられて刑場へ行く道すがら、「贋金《にせがね》造りをお仕置きするなら、二本差しの役人のほうが罪は重い」と大声でののしり、市中の者たちが喝采《かっさい》をしたというのだ。この話は勘定所の中を秘事のように伝わった。

太兵衛が話したことは間違っていない。だが、川路としては言わざるをえなかった。

「太兵衛、其の方の考えは一面的に過ぎる。確かに、金銀貨を改鋳することによって、公儀は出目《でめ》すなわち差益を得る。それはその通りなのだが、幕府の懐を豊かにすることだけが目的ではない。市中に貨幣をさらに供給して、世の中の商売を活発にさせるなどの役割も持っているのだ」

太兵衛は軽くうなずいた。

「そうかもしれません。されど物の値が上がり、貧しき民は困ることになるのではありませんか。ましてその日暮らしの米すら買えない者にとっては、意味のないことです」

川路はいささか動揺した。

「其の方の話を聞いていると、公儀に対する咎めの気持ちがあるように思えるのだが」

「ないとは申しません。わたしが言うのもなんですが、民の生活を顧みないお役人が多いことは事実でございましょう」

「うーん」

「もっとも、先ほど申した通り、わたしと忠三郎は民百姓のために贋銀造りをしたのではありません。おのれの楽しみのためですから、責めを負うのはわたしたち二人です」

「ならば聞く。露見しないとでも思っていたのか。命が惜しいとは思わなかったのか」

太兵衛はよどみなく答えた。

「いやいや、いつかは明るみになると思っていました。それほどお奉行所を甘く見てはおりません。ただ、捕まるまでは楽しもうと考えていただけです。羽振りのいい商人をだます痛快さ、稼いだあぶく銭を散財する心地好さというやつです。お仕置されるのは仕方のないことです。いわば公儀相手の大勝負に負けたわけですから。とはいっても、そこは博奕打ちの悲しい性《さが》というやつでして、勝ち逃げしてやろうと思ったりもしたのですが」

川路は苦笑した。

「ま、死はどのみち早いか遅いか、老いや病気でくたばるか、人に殺されるか自死するかの違いでしかありません。それなら、死を恐れて生きていくよりは、思いっきり勝負をしたいと思ったわけでして」

「確かに、死は誰にでも等しくやって来る。『死を視ること帰するが如し』という人物もいるだろう。しかし処刑の場合、科人《とがにん》の多くは恐怖に駆られる。その恐怖から逃れようとしてか、はたまた虚勢を張ってか、引廻しの時に小唄を口にする者がいる。それでも土壇場《どたんば》や磔柱に臨めば、ほとんどの者はわめき散らすか泣き叫ぶ。処刑というのは、単なる死とは異なる残酷なものなのだ」

川路がそう言うと、太兵衛は愉快そうに笑うだけだった。

白州を終えた川路は居間にもどり、着替えた。一味を召し捕ることができたので、気分はくつろいでいたが、頭の片隅に太兵衛の言葉が残っていた。庭へ出て池辺に行くと、ハスが巻葉《まきば》を突き出していた。どんな色の花になるのか、開花が楽しみだった。川路は太兵衛と忠三郎についで考えた。悪党だが潔く、さわやかですらある。太兵衛などは道さえ間違えなかったら、ひとかどの人物になっただろう。

おさとが葛まんじゅうと茶を持ってきた。川路はおさとと一緒に、涼み台に座った。

「直助が吉野葛を手に入れて作ったのですよ」

徒士の田村直助《なおすけ》は菓子作りが上手で、羊羹《ようかん》は絶品だった。直助も進むべき道を誤った口だろう。川路は一瞬そう思い、まんじゅうを口に入れた。

「俊介と秀次郎たち中小姓が佐保川へ蛍狩りに行くそうです。市三郎も行きたいと」

「佐保川の蛍は、確か南都八景の一つではなかったかな」

「ええ、歌にも詠まれているはずですわ。狩ってきたら、お庭に放つと言っていますから、暗くなったら、見にまいりましょうよ」

「そうしよう」

川路は茶をゆっくりとすすり、また巻葉に目をやった。

「おさと。贋銀造りの一味が捕まったよ。なかなかの男たちだった」

川路はおさとに顛末《てんまつ》を話してやった。

「この太兵衛という男、仲間が捕まった日にどのような急用があったのかと聞くと、さる豪商の茶会に招かれ、断り切れなかったという」

「その大尽《だいじん》とはどちらですか」

「大名貸をしている加島屋だ。悪人にしては風流なやつだが、才の使い方を間違えたようだ」

「ですが、わたくしは堅苦しい道学者のお説教よりも、悪事と遊芸をともに楽しむことのできる才に惹《ひ》かれますわ」

おさとはそう言うと、しとやかに茶を飲んだ。

八

太兵衛と忠三郎は、橋本文一郎の本格的な吟味に淡々と応じ、洗いざらい自白した。重大な犯罪にしては吟味が円滑に進んだので、文一郎も半次郎もいささか拍子抜けしたほどであった。関係者の証言もそろい、文一郎は吟味詰り之口書《くちがき》を作成した。罪人が犯罪事実を認めたことを示す供述調書である。

数日後、川路は事件にかかわった者たちを白州に集め、口書の確認をした。与力が口書を朗読し、奉行が内容に相違ないかどうかを罪人に確認する。異議申し立てがなければ押印をさせ、それによりこの口書は効力を発する。太兵衛と忠三郎はすぐに爪印《つめいん》を押すと、川路に頼んだ。

「平吉と粂五郎には何の罪もございません。よしなにお取り計らいくださいませ」

「追って沙汰《さた》に及ぶべし」

川路は二人を見つめると、それだけ言った。

白州が決着すると、刑罰の決定が待っている。川路は口書を添えて御仕置伺書を京都所司代へ送った。奈良奉行所の判断で刑罰を科すことができるのは、所払《ところばらい》や手鎖《てじょう》、叱《しかり》、過料などに相当する軽い罪だけだ。重罪犯と入墨《いれずみ》、敲《たたき》に値するものは所司代に伺いを立てなければならない。所司代もまた、遠島と死刑に当たる犯罪は老中の判断を仰ぐので、返答が来るまで時を要した。

梅雨が明ける頃になって、やっと所司代から返答が来た。太兵衛と忠三郎は奈良町引廻しのうえ磔と決まった。平吉と条五郎の刑については川路が判断し、橋本文一郎の具申を受け入れた。すなわち、条五郎は無宿者に間借りをさせた不注意により過料三貫文。平吉はその口添えということで急度叱《きつとしかり》とした。平吉の見張り行為については、脅迫されて行ったものとして不問に付した。

軽い刑は奉行が白州で申し渡すが、死罪以上の刑の宣告は与力が牢屋敷で行う。宣告を終えると、直ちに執行することになっていた。

太兵衛と忠三郎は別々の牢に入れられていたが、久しぶりに会うと、道端で友に出くわしたような調子で言葉を交わした。申し渡しは橋本文一郎が行い、終わると二人とも深々と辞儀をした。奈良奉行所では死罪以上の者に酒や食べ物を与えるしきたりだった。忠三郎は目の前に置かれた酒を一気に飲み干し、太兵衛にも勧めた。しかし太兵衛は、「酒の力を借りて死に臨んだと思われたくない」と言って、飲まなかった。

奈良町引廻しの順路は決まっていた。奉行所のすぐ北にある牢屋敷を出ると、堀に沿って西へ進み、角を南へ曲がって中街道を歩む。それから木辻の遊郭を抜けて奈良町の中心部へと北上し、高札場《こうさつば》のある繁華な札《ふだ》の辻に出る。ここで小休止後、興福寺の西と北の通りを経て、旅籠が立ち並ぶ京街道を進み、佐保川の橋を渡って般若坂を上っていく。般若寺の前を通り過ぎ、奈良坂を下っていくと山城との国境があり、右手が一段小高くなっている。ここが終着の高座《こうざ》の磔刑場だった。

太兵衛と忠三郎が裸馬《はだかうま》に乗せられると、総勢三十人あまりの引廻しの一行は出発した。先頭を行くのは、罪名と名前が書かれた紙幟《のぼり》を持ち、罪状を唱える雑役の者たちだ。その次に帯刀《たいとう》の牢番、抜き身の鎗を持った刑吏と続き、太兵衛と忠三郎の前後を池田半次郎たち同心五名が固めた。橋本文一郎ら乗馬の与力二名がその後ろで目を光らせ、しんがりを務めるのは長吏の官之助だ。

早朝にもかかわらず、沿道には好奇心に満ちた男女が詰めかけていた。太兵衛と忠三郎は無言で、見物人などいないかのように頭を上げて前を向き、引かれ者の小唄を唄うこともなかった。町場を過ぎて、だらだらと長い奈良坂を下っていくと、森の中に百姓家が見え隠れするだけとなった。二人は景色に目をやった。この奈良坂が世間の見納めだった。

右手に小さな池が見えてきた。その後ろは小高くなっており、大きな百姓家があった。太兵衛は懐かしそうに目を細めて百姓家を見た。七、八歳くらいになる二人の男の子が庭で遊んでいた。馬の歩む音が聞こえたのだろう、一行に手を振った。太兵衛も忠三郎もそれに気づき、ほほえんだ。男の子たちが視界から遠ざかるまで、二人は名残惜しそうに見つめていた。

大勢の見物人が待つ刑場に着いた。老いも若きも、武家も女もいた。磔はめったにないことなので、遠方からも見に来る者が多かった。みな気持ちが高ぶっている。太兵衛と忠三郎は顔を見合わせて苦笑し、二言三言、言葉を交わした。

馬から降ろされた二人は、文一郎たちに礼を述べた。官之助の合図で、雑役の者たちが二人をそれぞれの磔柱に乗せ、横木に両手足を縛りつけて大の字にした。それから磔柱を起こし、根を穴に埋めて突き固めた。

用意が整うと、文一郎が首を縦に振った。二組の処刑人が鎗を二人の胸元で交差した。ざわめきが消え、静寂が一帯を支配した。一瞬の後、太兵衛の声が刑場に朗々と響き渡った。

「天網《てんもう》恢々《かいかい》疎にして漏らさず。悪事を為《な》さんと欲する者あらば、我らを見よ」

太兵衛と忠三郎は呵呵《かか》と笑った。

木辻町《きつじちょう》

人の叱りをもきかす遊女かよひして、果は相対死《あいたいじに》したり

（『寧府紀事』弘化四年三月十八日）

一

書見をしていた川路に、給人の松村藤右衛門《とうえもん》が告げた。

「殿さま、珍しいものが到来しました」

「ほう、どのような」

「とてつもなく大きなスイカです」

今辻子町《いまづしちょう》にある西照寺《さいしょうじ》からだという。西照寺には家康公の霊をまつる東照宮があり、奈良奉行は南都に着任するとすぐに参拝する。寺もまた季節になるとスイカを奉行に献上するしきた

りだった。

好奇心が旺盛な川路は中之口の玄関に急いだ。式台の上に見たこともない大きな楕円形のスイカが二つあり、中小姓の俊介と秀次郎が持ち運ぼうと苦闘していた。両手で抱えきれないほど大きい。駆けつけたおさとや女中たちも目を丸くした。

「おやまあ、なんと」

「おさと、それはしゃれか」

川路がそう言うと、みな大笑いをした。

「ほほほ、たまたまですわ。それにしても南都はまことに物成《ものなり》がよろしゅうございますね。畑のキュウリやナスもよく育ちます」

「そうそう。ご養父さまもおっしゃっていたぞ。南都の娘たちはすくすくと育ち、見目麗しいと。なんともはや、こちらは心配の種だが」

川路が俊介たちを睨《にら》みつけたので、また笑い声が広がった。二人の中小姓は心の内を見透かされたような気がして顔を赤くし、よたよたスイカを持ち上げた。井戸端まで運び、大きな網に入れて冷たい井戸水に浸すのだ。昼を過ぎて暑さが頂点に達した頃に引き上げる。待ち遠しかった。

日が生駒山の北側に傾きだすと、俊介と秀次郎は黒門に急いだ。心が弾んでいた。初めて夜の奈良町を探訪するのだ。松村藤右衛門からやっとのことで許可を得た。松村は用人たちの補佐役で、中小姓たちを取り締まるのも務めだ。冷えた甘いスイカを食べているときに話をしたので、陥落できた。実直な松村は、「羽目を外すなよ。門限までには帰るように」と注意しただけで、またスイカにかぶりついたのだった。

黒門をくぐると、同心の久保良助に出くわした。町廻りから奉行所にもどってきたのだ。良助は二人を見るなり、ニヤリと笑って冷やかした。

「若い衆、木辻町に御出陣でっか」

「これはこれは久保さま、真っ昼間から木辻に御用向きでしたか」

俊介が混ぜっ返すと、良助は高笑いをして肩をたたき、去っていった。二人はもちろん木辻町にも足を運ぶつもりだった。

若侍たちは東向通りに出て、南へ向かって歩いた。この通りは酒味噌屋や荒物屋など多くの店が軒を連ねているが、いずこも商品を陳列していたバッタリ床机を片付けている。奈良は店仕舞いが早い。

興福寺の南北と西に広がる奈良町は、二百を超す小さな町が集まってできている。家数はざっと五千。二万あまりの住民のほとんどが商人と職人という町だが、東大寺と興福寺の塔頭《たっちゅう》を除いても百を超える大小の寺や社があるので、社寺の町とも言えた。

「このあたりに、大石瀬左衛門《せざえもん》がいっとき隠れ住んでいたという話だ」

俊介が秀次郎に教えた。

「へぇー、赤穂義士がいたんですか。確か、大石内蔵助《くらのすけ》の従弟でしたよね」

「ああ、商人のふりをして、銅銭を商っていたらしい。木辻にも遊びに通ったという」

「でも、俊介さんはそんなことをなぜ知っているのですか」

「庄之助が教えてくれたのさ。あの子は和歌が好きでね、それで、おれとたまに話をするというわけだ。南都らしいだろう。奉行所の門番の息子が歌を詠むなんて」

二人は奈良町の中心である橋本町の札の辻に差しかかった。上等な店構えの晒布屋、菓子屋、道具屋などが集まっており、町を東西に貫く三条通は人々の往来が絶えない。辻を南へ行くと木辻町。北は奉行所だ。二人があたりを見回していると、団扇を持った浴衣姿の若者たちが、高札場の前を賑やかに通り過ぎていった。猿沢池か興福寺の南大門跡で夕涼みをするのだろう。二人も行ってみることにした。両方とも札の辻から三条通を東へ歩いてすぐの所にあり、そのまますべり坂を上がれば南大門跡で、坂の手前を少し右へそれると猿沢池に着く。

猿沢池の周辺には酒や茶菓を売る屋台がたくさん立ち並び、人々が楽しそうに飲み食いをしていた。二人とも早飯を食べてきたので腹は空いていなかったが、くずきりの屋台の前に立った。黒蜜をかけた冷たいくずきりを堪能する。それから池をぐるりと半周して六道《ろくどう》の辻へ出た。ここから五十二段と呼ばれる石段を上がればまた三条通で、南大門跡は目の前だ。南大門は百三十年ほど前の享保二年の火事で焼失してしまった。代わりに簡素な冠木門《かぶきもん》が建てられており、いまだにそのままだった。この冠木門の前は般若の芝と呼ばれる芝原になっており、二月に薪能《たきぎのう》が行われるときはその舞台となる。

二人はそのまま橋本町にもどり、札の辻を左に折れて餅飯殿町《もちいどのちょう》に入った。前から来た丁稚が謡曲を謡っていたので、俊介が真似をすると、丁稚は愉快そうに笑った。猿楽を生んだ土地柄とあって、奈良には謡曲や舞、囃子《はやし》を好む人が多い。芸事が好きな俊介にとって、魅力に満ちた町だった。

餅飯殿町を出ると坂道になり、途中にあるのが下御門町《しもみかどちょう》。上りきると脇戸町。火の見櫓のある町だ。奈良町は春日の山々の裾に広がっているため、東から西へと下っている。そのうえ、山から幾筋もの小さな川が流れているので、北から南へかけても畝《うね》のようにゆっくりと起伏している。脇戸町の火の見櫓は奈良町全体が見渡せる位置に立っていた。

次の高御門町《たかみかどちょう》で道は下りとなり、鳴川町に入る。小川を渡り、また上る。すると明らかに町の雰囲気が違ってきた。色里に入ったのだ。秀次郎は胸が高鳴り、顔が火照ってきた。俊介がその表情を見てニヤリとした。坂を上りきって西へ折れると、下り坂の両側にも遊女屋が密集していた。

「ここぞ名にふれし木辻町でござります」

俊介は芝居の台詞を述べるように声を出すと、いつもの口調でつけ加えた。

「正確には南北が鳴川町の遊郭で、東西が木辻町のそれと言うわけ。こじんまりしているけれど、風情があるだろう」

「はい」秀次郎は素直にそう思った。

木辻町は江戸の新吉原や京の島原、大坂の新町などに比べると規模は小さいが、西側が斜面なので、眺めのいい傾城町《けいせいまち》だった。二人は立ち止まり、のびやかに尾根を広げている生駒山のほうを見た。まだ熱を帯びているギラギラの太陽が、山の北端にゆっくりと沈んでいくところだった。二人は無言でしばらく落日を眺めた。江戸では見られない艶やかな夕日だった。

気がつくと、遊郭のあちらこちらで紅灯《こうとう》が点り始めていた。二人は町の両側の置屋や茶屋をのぞきながら坂を下った。行灯《あんどう》に大津屋と書いてある置屋《おきや》の格子の中で、年増の遊女が化粧を直していた。秀次郎がその先の揚屋《あげや》に目をやると、顔を隠すように扇を広げた男たち三人が中へ入ろうとしていた。脇差を一本差しているが、謡や和歌の心得がありそうな柔らかい雰囲気があった。春日社の禰宜《ねぎ》か一乗院や大乗院門跡の家司《けいし》だろう。二人は町木戸の手前で折り返した。

渡辺俊介は二十歳。手塚秀次郎はその二つ下で、二人とも川路の中小姓だが、背景は異なる。

俊介は苗字帯刀を許されている江戸近郊の名主の次男である。父親はやがて株を買って徳川の御家人にするつもりで、息子を国学者の前田夏陰《なつかげ》に預け、学問と剣術修行をさせていた。

その俊介が川路の家臣になったのは、奈良に来るためであった。俊介は多芸多才で、茶の湯、活花、尺八と遊芸ならなんでもこなしたが、特に和歌を好んでいた。そのため奈良にあこがれていたので、川路が奈良奉行として赴任することを聞くと、師に頼み込んで家来にしてもらったのである。夏蔭は川路とおさとの和歌の師でもあったからだ。俊介は洒脱《しゃだつ》な性格で武張ったところがなく、物腰の柔らかい陽気な若者だったので、どこでもすぐに友だちができた。

一方、秀次郎には両親がいない。父親は川路が懇意にしている旗本の武家奉公人だったが、秀次郎が生まれてすぐに病没した。女中をしていた母親もまた八歳のときに亡くなった。川路はこの旗本に頼まれて秀次郎を引き取り、手元で育てて中小姓にしたのである。川路やおさとにとっては我が子同然であり、文字通り子飼いの家臣だった。

秀次郎は一本気な性格で、武術を好み、上背のある引き締まった体つきをしていた。川路は折りを見て、御家人の養子口を見つけてやりたいと考えていた。

坂の途中で、二人は置屋から出てくる遊女とすれ違った。横兵庫《よこひょうご》に結った髪に簪《かんざし》を六本差し、ちりめん小紋に真っ赤な帯を前で結んでいる。足元は黒塗りの高下駄だ。いかにも遊女の装いだったが、白粉や紅はあまり濃くなかった。秀次郎は何気なく振り向いた。気配を感じたのだろう、遊女も振り返り、少しほほえんだ。それだけだった。すぐに女は向き直り、歩きだした。秀次郎は俊介に言った。

「きれいな娘ですね」

「あの遊女は十七といったところだな。まだ素人臭さが抜けていない。成り立てだ」

俊介はそう推測したが、秀次郎にはわからなかった。

「秀次郎もそのうち木辻で遊ぶことがあるだろうけど、深みにはまるなよ。浄瑠璃にある『悪所狂ひの身の果てはかくなり行くと定まりし』ってなことにならんようにな。殿さまと奥さまを嘆かせちゃいけないよ」

「もちろんです。そういう俊介さんは遊郭で遊んだことがあるのですか」

「ない。先輩に連れられて両国の夜鷹《よたか》と何度かあるだけだ。おれは町娘と好いた惚れたというやつのほうがいいんでね。歌をやり取りなどして」

「和歌ですか」

「ああ。そのうちに良さがわかるさ。で、どうなんだい、秀次郎は女を知っているのかい」

「一度も」

秀次郎も正直に答えた。

「まあ、南都には美人で色っぽい娘が多いから、じきにたまらなくなるさ。殿さまもおっしゃっていたろう。心配の種だって。はっはっはー」

二人は木辻町を抜け、そのまま東へ歩いて高林寺《こうりんじ》の角を左へ折れると、上《かみ》街道に入った。街道の両側には間口が狭く奥行きのある商家が並んでいる。店の入り口には暖簾《のれん》が掛けられ、漢方薬、砂糖、すだれ、蚊帳《かや》などと商う品物が書かれていた。笈《おい》を背に負った山伏の一団が二人を追い越していった。大峰山《おおみねさん》修行から京へ帰る聖護院《しょうごいん》の修験者《しゅげんじゃ》たちだ。西国三十三所観音霊場巡りをしている菅笠白衣《すげがさびゃくえ》の巡礼夫婦や、諸国から物産を担ってきた男たちも足早だった。みな旅宿へと急いでいる。夕闇が迫っているので、町を出ていく旅人の姿は見えなかった。片付けを終えた店先では、丁稚や女中が打ち水をしていた。縁台に座り、人待ち顔で団扇を使っている商家の娘もいた。

御霊社《ごりょうしゃ》を通り過ぎると元興寺《がんごうじ》だ。俊介はさっさと門をくぐって、境内に入った。あわてて秀次郎がついていくと、前方に、五重塔がどっしりと立っていた。二人は塔を見つめた。空はまだ少し明るさを残している。

「できましたぞ。秀次郎どの。『元興寺《がんごじ》の塔依然たる野分《のわき》かな』はいかがかな。即席にしてはうまいでござろう」

俊介が色白のふっくらした頬に笑みを浮かべ、いたずらっぽく言った。

「与謝蕪村《よさぶそん》です。高村さまに教えてもらったんでしょうが」

「なんだ、秀次郎どのはご存知でしたか、へっへっへー」

「この春に殿さまが奈良町の南方を巡見されたとき、俊介さんも元興寺に参詣したはずです」

「そう、拙者もお供をしたからね、いろいろとご存知というわけ。ここの塔は興福寺のよりも高いのさ。殿さまとご一緒に三重まで上ったんだけど、町がことごとく望めたぜ」

秀次郎は五重塔に近寄って、高さを実感しようと見上げた。空は暗さを増しており、相輪《そうりん》がかろうじて見えるだけとなっていた。境内の石灯籠も灯り始めている。

「この元興寺、足利《あしかが》将軍の頃までは奈良町の南半分が境内で、興福寺と二分するほどの大きなお寺だったらしい。ところが土一揆《つちいっき》で金堂を焼かれたうえ、七堂伽藍《しちどうがらん》もだんだん失われていき、代わりに町家がどんどん建っていったんだって」

「いまじゃあ、五重塔と観音堂や僧坊ぐらいしか残っていないというわけですね」

「そう。『夏草や七堂伽藍夢の跡』だ」

「今度は芭蕉のもじりですか」

「これまたご存知でしたか、恐れ入りました」

「それにしても、俊介さん。奈良には発句がよく似合いますね」

「ああ。和歌もだ。おれは南都が気に入っている」

大きな月が中天へと上り始め、雲間から地上を皓々と照らしだした。二人はまた上街道に出て北へと歩いたが、俊介は勝南院町《しょうなみちょう》に入る手前で急に立ち止まった。

「手塚氏、拙者ちと立ち寄りたき館《やかた》がござるので、先におもどり願えませぬか。この道をまっすぐ進むと猿沢池に出るゆえ。あとはおわかりでござろう。では」

俊介はそう言うなり、さっさと四つ角を右へ曲がり、去っていった。思い立つとすぐに行動をする男なので、秀次郎は驚かされることが多かった。

秀次郎は仕方なく一人でまた歩きだした。住吉明神に差しかかったとき、左手の辻子《ずし》から女の悲鳴が聞こえてきた。辻子は奈良町のどこにでもある路地で、家と家の間を抜けて通りに出られる。叫び声はすぐに聞こえなくなったが、秀次郎は声がした辻子に走った。すると中ほどにある空き地で、三人の男が浴衣姿の娘を取り囲んでいた。一人は娘を後ろから羽交い締めにして口元を押さえている。空き地の奥には小さな荒《あば》ら屋があった。

「おまえたち、何をしている」

秀次郎がただすと、男たちはぎくりとした。そのすきに、娘は羽交い締めにしていた男の足を下駄で思いっきり踏みつけ、手を振りほどいて秀次郎のもとに駆け寄った。

「いたたー。邪魔すな」

踏まれた男は毒づいた。秀次郎は娘を自分の背後にかばい、半身に構えて左手の親指を刀の鍔にかけた。月明かりだったが、三人は粗暴で抜け目がなさそうだった。秀次郎はどこかで見たような気がした。

「刀を抜くんかい、若造」

頭分と思われる男が一歩前に出てきて、凄みを利かせた。

「必要とあらば」

秀次郎は怯《ひる》むことなく言った。

二人は睨み合った。月明かりが男のあごにある傷を浮かび上がらせた。秀次郎は男から目を離さずに、手下たちの動きを感じ取った。一人はじりじりと左横に回り込み、もう一人も逆方向から囲もうとしている。

頃あいとみた頭分が「いてまえ」と言い、懐から匕首を抜き出した。手下たちも抜いた。月光に刃がきらめいた。秀次郎も刀を抜こうとした瞬間、荒ら屋の陰から「そこで何してんのや」と咎める声が聞こえた。現れた男の手に赤房の大きな十手《じって》があった。格好は町人風で、刀を帯びてはいなかったが、明らかに奉行所の同心だった。

「やば、逃げー」

子分の一人が早口で叫んだ。男たちがあわてて逃げようとしたとき、行く手に中間風の男が立ちふさがった。

「やい、逃げようたってそうはいかねえぜ」

中間がそう言うと、悪党の頭分はこの新手の男をじっと見つめた。

「おんや、梅谷で邪魔したやつやないか。そういやあ、この若造も」

頭分は憎々しげにわめくと、匕首を両手で握り、体ごと中間に突進した。

中間は男がぶつかる寸前、さっと体を左に開いて匕首をかわし、右の拳で男のあごを殴った。強烈な一撃だった。男はたまらず地面に崩れ落ちた。

それを見た手下の二人は秀次郎のほうへ向きを変えたが、同心がすばやく割って入り、ものも言わずに二人の匕首を十手でたたき落としてしまった。手練《しゅれん》の早業だった。男たちは為す術もなく、しびれる手を押さえて座り込んでしまった。

秀次郎は刀を抜かずに済んだのでほっとし、助っ人たちに礼を言うため顔を見た。すぐに誰かわかった。

「池田さまと平次さんでしたか。助かりました」

秀次郎は緊張がほぐれた。

「おおきに」と娘も礼を述べた。

はつらつとした十六か十七歳くらいの娘で、よく動く大きな目をしていた。白地に藍小紋の浴衣を着て、緋色の帯を角出《つので》しに結んでいる。下駄も緋色だ。きりりと結った島田まげが、堅実な商家で育った健康的な町娘という雰囲気だった。平次も「おさきちゃん、無事でよかったね」と言った。二人は顔見知りだったのだ。

「とりあえず、この連中を近くの番屋まで連れていきまひょ」

池田半次郎は平次と秀次郎に手伝ってもらい、ふて腐れている悪漢たちを縛り上げた。終わると、みなで番屋へ向かった。

「わたしは叫び声で駆けつけたのですが、お二人はどうして」

秀次郎が疑問を口にした。

「いえね、猿沢池を歩いていると、こいつらがおさきちゃんの跡をつけているのが見えたんです。街道で桶屋の母娘に悪さをしていた連中に似ていたんで、こいつはまずいと思って追っかけたら、池田さまとばったり出会いましてね。挟み撃ちにしようということに」

平次が話すと、半次郎が補足した。

「平次どのは先回りして辻子を出た所で待ち伏せし、わたしは連中を追ったわけや。そしたら後ろから走ってくる足音がしたもんやから、とっさに別の辻子へ回り込み、物陰から様子を見ていたと」

「わたしも悲鳴が聞こえてきた方向に走ったわけでして」

秀次郎は納得がいった。

「あの連中は夏には奈良町で悪さをしよると見込んで、同心たちが交替で忍廻《しのびまわ》りをしていた最中でね。おそらく京におられんようなって奈良に来たゴロツキどもやね」

話を聞いていたおさきが、きっぱりとした口調で言った。

「わたしら女子《おなご》の敵やさかい、池田さま、厳しく御仕置きしておくれやす」

一行が番屋に着くと、すぐに半次郎が一味の取り調べを始めたので、残る二人はおさきを家に送ることにした。

おさきの家は元興寺に間近な北室町《きたむろちょう》にあり、掛行灯には吉野屋と屋号が書かれていた。奈良町の商家らしく、軒先に猿を模した赤いぬいぐるみを吊るしている。町の人々が「身代わり申《さる》」と呼ぶ魔除けだ。屋根の上には悪鬼から家を守る鍾馗《しょうき》が立っている。おさきは家に入ってくれと言ったが、二人は急ぐからと断り、別れを告げた。

道々、平次が冗談めかして秀次郎に言った。

「気さくできれいな娘さんでしょ。秀次郎さん、南都には男と女の出会いを導く妖しい力がありますよ。奈良の娘さんを嫁にもらったらどうですか」

「平次さん、お戯れを」

秀次郎はちょっと照れた。

「でも、奈良娘と話をするのはさぞ楽しいでしょうね。平次さんはおさきさんと知り合いだったのですか」

「何ね、おさきさんの父御《ててご》の商いは桶屋でしてね。わたしらが梅谷の近くで助けたおぬいさんの父御も桶屋。商売仲間の娘さんたちも友だちというわけでして、それで、まあ」

秀次郎は合点がいった。助けた母娘は和泉屋という桶屋の内儀と跡取り娘だったが、平次はその娘とつきあっていたのだ。秀次郎はおぬいの瓜実顔を思い出し、鯔背《いなせ》な平次に惚れてもおかしくないと思った。

二人は奈良と江戸の娘たちの品定めをしながら奉行所へと歩いた。ときおり、そぞろ歩きを楽しんでいる若い男女とすれ違った。秀次郎は楽しそうに語らう若者たちを見て、南都のおおらかさを感じた。

黒門に近づくと、生暖かい風が頬をくすぐりだした。五軒屋敷のほうで風鈴がチリーンと鳴り、クチナシの芳香がどこからともなく漂ってきた。秀次郎は甘酸っぱい気分になっていた。

二

川路の日課は槍と剣術の稽古だった。この日は庭で槍をしごいたあと、松村藤右衛門と秀次郎、市三郎を相手に竹刀で試合をした。川路は槍術を宝蔵院流の伊能一雲斎《いのういちうんさい》に学び、剣術は直心影流《じきしんかげ》の酒井良佑《りょうすけ》に師事した。藤右衛門は一刀流で、秀次郎の指南役だ。秀次郎は腕をあげてきたが、まだまだ川路には及ばない。市三郎は話にならないということで、毎朝、父と一緒に稽古をするようにと言われていたのである。

稽古を終えると、川路は汗を拭いて縁側に座り、打ち合いの結果を言った。

「藤右衛門には三本のうち一つ、秀次郎には二つ、市三郎からは全部とった。まあ順当なところだろう。秀次郎はだいぶ腕をあげてきたな」

「ありがとうございます」

「で、昨夜の捕り物では秀次郎も刀を抜いたのか」

「いえ」

川路の耳には昨夜の一件がすでに入っていた。秀次郎は正直に答えた。

「相手は匕首だったのですが、それでも真剣で戦うのは怖いことだと感じました。正直言って、抜かなくてよかったと思っています」

「そういうものだ。戦国の世とは異なり、いまは人を斬った経験のある者などめったにいないし、そのほうがいいのだ。かく言うわたしは人を斬るどころか、人前で刀を抜いたことさえない。藤右衛門はどうだ」

「わたしは何度か刀を抜いたことがありますが、斬るまでには至りませんでした。真剣同士で向き合うというのは、やはり重みが違うものでございます」

川路は深くうなずいた。

「人を斬るのは容易なことではないが、切腹もなかなか難しい。これはさる方から伺ったのだが、平常心で切腹できるものかどうか試そうと、腹へ短刀を当ててみたという。すると赤穂浪士腹切りの絵に描かれた、苦しそうな表情が目に浮かんできた。そこで思った。生きている限り痛みに苦しむのは当たり前のことで、従容《しょうよう》として死ぬことなどできないのだと。ところがある日、若い男女が相対死《あいたいじに》している姿を見て、自分は考えが足りなかったと思った。二人の死が決然としており、美しかったからだ。それ以来、この男女に劣らぬように心を鍛えているという。わたしも見習わねばならん」

川路の話を聞く秀次郎と市三郎の面持ちは神妙だった。

「ま、切腹はともかくとして、おまえたちはもっと剣術の腕を磨く必要がある」

川路が話を締めくくると、藤右衛門が二人の腕前を論評した。

「殿さま、市三郎さまはまだ論外ですが、秀次郎は邪念さえ生じなければ、いい剣術使いになります。ときどき剣先に迷いが見えるのが難点ですが」

市三郎は不満顔になり、秀次郎は心外だという表情をした。

「はっはっは、木辻を思い出しているのだろう。秀次郎、剣の鍛錬をおろそかにして、女にうつつを抜かしては腰を悪くするぞ。果ては腎虚《じんきょ》になって命を落とすかもしれん」

藤右衛門は大笑いしたが、市三郎は意味がわからず、首をひねった。当の秀次郎は川路の戯れには気づかず、木辻町へ行ったことまで知っているのに驚いた。

「殿さま、どなたからそのようなことをお聞きに」

「俊介に決まっているではないか。昨夜、当番の給人に門限破りをこっぴどく叱られたのだよ。秀次郎と木辻をのぞいてから､どこぞの町人の家に行き､娘と遊んできたそうではないか」

秀次郎が藤右衛門を見ると、藤右衛門は素知らぬ顔で咳払《せき》いをした。

秀次郎は少しうらやましかった。俊介は行く所があると言ったが、夜遅くまで町家の娘と語らってきたのだ。

「奈良の娘は質素だが美しい。しかし、これが怖い」

話の途中で、おさとが女中のおみつといっしょに麦茶を持ってきた。庭で一斉にセミが鳴き出し、暑さが増しつつあった。

「殿さま、お疲れさまです。みなも召し上がれ」

「ありがとうございます」

藤右衛門と秀次郎は礼を述べた。

市三郎のほうは「母上、いただきます」と言うなり、すぐに飲み干した。父親にコテンパンにやられ、喉が渇いていたのだ。川路はゆっくりと湯飲みを傾けると、おもむろに昨夜の一件をおさとへ告げた。

「おさと、街道で母娘をかどわかそうとしていた暴漢どもを昨夜召し捕ったぞ。すっぽんの蔵六《ぞうろく》という異名《いみょう》を持つ、京で名うての悪とその手下どもだ。同心の池田半次郎が捕縛したのだよ。秀次郎と平次も居合わせ、手伝った」

「まあ、それはようございました。秀次郎、お手柄でした。けがをしなかったですか」

「ありがとうございます。ですが、わたしは駆けつけただけで、召し捕りは池田さまたちのお手柄です」

秀次郎が事実を述べると、藤右衛門がちゃかした。

「娘の甘い悲鳴に引かれて駆けつけたにせよ、お手柄であることに間違いはありません」

おみつが吹き出しそうになって口を手で押さえ、わきを向いた。それをしおに、市三郎が話題を前にもどした。

「それで、父上、奈良娘はなぜ怖いのでございますか」

「ああ、そうだった。このまえ、儒者の佐々木育助《いくすけ》が訪れたときに話してくれたのだが、奈良にはまだ源氏や伊勢物語の頃の風俗が残っているというのだ。夏の夜、娘はきれいに化粧をして家の前の床机に座り、夕涼みをする。そこへ若い男がやって来る。娘は男を招き、おしゃべりを楽しむ。次に来ると、今度は奥へ通し、菓子などでもてなす。親は気を利かせて外へ出ていく。冬には娘の腹が膨れているというわけだ」

秀次郎と藤右衛門は笑いをこらえたが、市三郎はきょとんとしている。

「遊女と遊ぶより高くつく男がいる一方で、二度、三度と下ろす娘が出てくる。よく言えば、これはいにしえから続く上方のおおどかな風俗だ。悪く言えば、奈良の娘は女郎蜘蛛《じょろうぐも》みたいなものだ。江戸者はみな女にだまされやすいから、円網《えんもう》に絡め取られないように、秀次郎もせいぜい気をつけることだな。平次はどうやらすでに捕まったようだし、俊介も手遅れかもしれない。市三郎はませているが、まだ赤子のようなものだから心配はないだろう」

川路の話に一同は腹を抱えて笑った。

笑いが収まると、おさとが奈良の女について別の話を披露した。

「風俗の違いと言えば、奈良の女たちの頭飾りや着物は質素です。江戸では銀より安いかんざしを見たことはありませんが、奈良では裕福な町人の娘でも銀流しの花かんざしです。江戸でしたら、それ相応の人物が自分の妻や娘に五十両もしない頭飾りをさせていたら、けちと言われますわ。ね、殿さま」

ちょうど麦茶を飲もうとしていた川路は、一瞬むせ、弾みで放屁《ほうひ》した。

「奈良の娘たちのお化粧はいささかお派手ですが、着るものはみな木綿で、倹約ぶりがうかがわれて好ましゅうございます。わたくしのお化粧は江戸風ですが、頭飾りはお奈良奉行の妻らしいでございましょう。ね、殿さま」

またむせた川路を見て、市三郎はひときわ大きく笑った。

三

「ヒーヨイヤナー」

「ヒーヨイマカセー」

「エーヤッコラサノサー」

昼過ぎ、奴の掛け声とともに、雲一つない冬空に毛槍が舞った。春日若宮おん祭に向かう奈良奉行の出門《しゅつもん》である。二本の槍を立て、先箱《さきばこ》、徒士、長刀《なぎなた》、奉行の駕籠、そのわきを固める近習《きんじゅ》と中小姓、引き馬、茶弁当、用人、給人と続く堂々たる行列だ。同心たちが行列の両側に付き従い、警護する。おん祭における奈良奉行の行列は、十万石の大名格と定められていた。南都の統治者であり、将軍の名代としての勢威《せいい》だ。

川路自身は華美なことは苦手で、たかが祭りに大げさなとは思っていたが、いざ十万石の格式を目の前にしてみると、さすがに誇らしさを感じざるをえなかった。もともとは九十俵三人扶持の御家人の養子である。それが大名の供揃えをできるまでになったのだ。

一文字菅笠をかぶり、白足袋に裃《かみしも》を着用した俊介と秀次郎も、晴れがましい表情で駕籠脇を務めていた。用人や給人たちもまた、熨斗目《のしめ》に麻裃という姿で厳めしい顔を作り、後ろを重々しく歩いている。奉行とはいっても、川路は知行地を持たない小旗本であり、その家来も高がしれていた。だがこの日、用人や給人たちは大名の家老格であり、俊介や秀次郎は馬廻役《うままわりやく》といったところだった。

黒門を通り抜けた行列は、鍋屋町の角を左へ曲がって進み、京街道に出た。右へ折れて急な雲井坂《くもいざか》を上がっていく。途中で俊介が後ろを振り向き、秀次郎に言った。

「池のそばにおさきさんがいるぜ」

秀次郎が左手にある見鳥居《みとりい》池のほうを見ると、おさきが手を振っていた。秀次郎はすぐに目を前へ向けて唇をしっかりと結び、いっそう胸を張った。夏の夜の捕り物があった翌日、おさきは秀次郎たちに礼を述べるため、父親とともに奉行所を訪ねてきた。それからまもなく、秀次郎はおさきとつきあいだしたのである。

俊介がまた振り向いた。

「女郎蜘蛛の円網にすっかり絡め取られてしまったな」

秀次郎は俊介のからかいを意に介さず、うれしそうに笑みを浮かべた。

行列は興福寺の東の筑地塀《ついじべい》に沿って一の鳥居まで練った。鳥居をくぐると、正面に笠を伏せたように美しい御蓋山《みかさ》が鎮座していた。すぐ右手は奈良奉行の桟敷で、行列が到着すると、礼装の与力たちが平伏して出迎えた。

桟敷のとなりには神が降臨して宿るとされている影向《ようごう》の松があった。この神宿る松を守るかのように、腰に太刀を吊り下げた興福寺の衆徒《しゅと》が、袈裟《けさ》で顔を包み隠す裹頭《かとう》をして並んでいた。武蔵坊弁慶のように勇ましく、僧兵として暴れ回った時代を彷彿とさせた。

おん祭は春日社の摂社である春日若宮社の祭礼だが、大和一国の祭りとして、この国を支配する興福寺が長年にわたって主宰してきた。しかし、徳川の世となり興福寺の勢力が衰退すると、物資や人員の調達などの運営を奈良奉行所が行うようになったのである。いまでは奉行所の力がなければ、祭礼の実施は困難だった。ほかの遠国奉行とは異なる奈良奉行の重要な任務の一つが、この神事の支援と警衛だった。

川路が着座すると同時に、松の下式が始まった。黒い束帯姿の日使《ひのつかい》がゆったりと馬を歩ませ、紅、緑、赤、白と色彩豊かな衣装をまとった神子《みこ》や稚児、八乙女《やおとめ》に細男《せいのお》らが、杉の大木が空を覆う広い参道を進む。馬上の伶人《れいじん》が楽を奏で、金春《こんぱる》座、宝生《ほうしょう》座が影向の松の前で猿楽を披露する。競馬をし、流鏑馬《やぶさめ》を行う。華やかな烏帽子素袍《すおう》姿の願主人《がんじゅにん》の登場。多数の乗込み馬、大太刀、小太刀、何百本もの槍の行進……。

江戸の神田祭や山王祭ほどの人出と活気はなかったが、川路も秀次郎たちも、このきらびやかな行列が表す伝統と格調そして諸芸の粋に圧倒された。

四

非番の日、おさきが東大寺の二月堂に秀次郎を誘った。真冬にしては風もなくおだやかな一日で、こういう日に二月堂の舞台から見る夕陽がとてもきれいだという。

「おん祭の秀次郎さまのお姿、凛々しかったです」

「過分なお言葉です。おさきさんもひときわ目立つ娘っぷりでした」

二人は顔を見合わせ、笑った。

一の鳥居の前で落ち合った二人は参道を歩いて、二の鳥居の手前で左へ曲がった。カシやシイ、スギなどが密生する森のあちらこちらに、サザンカの赤い花やフユザクラの白い花が咲いている。子連れの母鹿が二人の目の前を横切り、静かに去っていった。

白蛇川《はくだ》の木橋を渡り、手向山《たむけやま》八幡と三月堂の前を通り過ぎる。じきに二月堂が見えてきた。二月堂は京の清水寺と同じように、斜面に長い柱を立てて建物を支える懸け造りである。二人は柱組みの美しさに見とれた。

石段を上って回廊から礼堂の床をせり出した舞台に出る。眼下に大仏殿の大屋根があった。

眺めは素晴らしく、南北西の三方を遠く広く見渡せた。奉行所は大屋根に隠れて見えない。秀次郎が欄干にもたれて景色を楽しもうとすると、おさきが袖を引き、本尊を拝むように促した。二月堂の本尊は十一面観音で、大観音《おおかんのん》と小観音《こがんのん》の二体あり、どちらも絶対秘仏である。秀次郎は誰も見たことのない本尊に向かって手を合わせ、ふたたび舞台から下界に目をやった。

黄金色の鴟尾《しび》の向こうにゆったりと横たわっているのは生駒山で、翼を広げて大和の地を守っているかのようだ。右手には佐保山のこんもりとした丘が連なり、眉間寺《みけんじ》の堂舎と与力同心が住む多門屋敷が見えた。その前を佐保川が流れている。上流は奈良晒の晒し場だ。

左手前の木立の先には、五重塔など興福寺の伽藍や塔頭があった。奈良町の低い屋並がその南と西に広がる。秀次郎は目を凝らし、耳をそばだてた。技をふるう職人の息づかいが聞こえ、にこやかにあいさつをする商人の表情が見えるようだった。

秀次郎の想いがわかったように、おさきが言った。

「うちはここに来ると、人が生きるってどないなことかわかるような気がするんよ」

「そうだね」と秀次郎はうなずいた。

生駒山に沈もうとする冬の日が、澄み切った空気の中で赤味を増していた。斜光が大地に降り注ぎ、空の青も地の緑もその色合いを少しずつ変えていく。

秀次郎は心の奥に感動が染み込んだ。

「わたしはあの生駒山の頂に登ったことがある。殿さまの巡見のお供をしたときだ。あそこからの眺めも素晴らしかった。摂津や河内、和泉の国々が目の前に広がり、左右に六甲と犬鳴《いぬなき》の山々が立っていた。大坂の町の向こうには淡路島が見えた。富士のお山が見えないのは残念だけど、上方も捨てたものじゃないと思った。帰りは夜になり、通り道にある家々の軒には提灯が吊るされていた。帰館するお奉行のために明かりを灯したんだ。殿さまはとても感じ入っていた。奈良人の温かさがうれしかったからだ」

おさきはニッコリした。

「うちは頂には登ったことあらへんけど、小さいときにおかあちゃんと一緒に暗峠を越えたことがあります。峠を下ると額田《ぬかた》という村があって、そこの親戚んとこ訪ねていったんです。重《ちょう》陽《よう》の節句んとき」

「へぇ、まさしく『菊の香にくらがり登る節句かな』だね」

秀次郎は知ったかぶりをしたことに気づき、あわてて言葉を付け足した。

「芭蕉の発句だけど、一緒に登った用人の高村さまが教えてくれたのさ」

言い訳をする秀次郎がおかしくて、おさきは笑った。

「それじゃあ、峠を下ると河内やから、次はこれでどないだす。『河内女《かふちめ》が手染めの糸を繰り返し片糸にありとも絶えむと思へや』」

「おさきちゃんは歌をたしなむのかい」

「うちにはそないな学あらへん。寺子屋で習うのは女大学とか往来物で、歌は百人一首しか知りまへん。これはおかあちゃんが教えてくれはった万葉の歌です。機織りにたとえて片思いの女の執念を歌ったんやて。河内女《かわちおんな》は情が濃いんよ。うちかて河内の血も入っているよって、だましたらあきまへんで」

「め、めっそうもない」

秀次郎が泡を食ったので、おさきはおかしそうに笑った。

「そう言えば、歌のやりとりは楽しいと俊介さんが言っていた。殿さまと奥さまも、ときどき歌を詠んで評し合っている。わかるような気がしてきたよ」

「そうでしょ。うちは自分では詠めへんけど、口ずさむのは好き」

秀次郎は、江戸の娘とはひと味違う魅力を持った、明るく開放的な奈良娘にますます引かれていった。

五

京の帰りはすっきりと晴れ、往路の小雪はまやかしだったとしか思えなかった。春が間近い。大和街道を行く旅人たちはみな楽しげで、松村藤右衛門、秀次郎、平次の三人ものどかな気分だった。二日前、藤右衛門は所用で京へ出張してきたのだが、秀次郎と平次の二人は川路が同行させたのである。夏に奈良町で悪漢たちの捕縛を手伝った褒美というわけだ。二人とも南都への赴任時には加太越奈良道を来たので、京を見ていなかった。

伏見で豊後橋《ぶんごばし》を渡り、秀吉が築いた太閤堤に歩みを入れた。堤の両側には家々が立ち並び、茶店もある。向島《むかいじま》の街道集落だ。通り抜けると、右手に大池の眺望が広がった。石清水《いわしみず》八幡宮が鎮座する男山を背景に、ゆったりとおだやかな表情だ。カモやツル、ツグミといった渡り鳥が気ままに遊んでいる。遠くの小舟の上で漁師が投網《とあみ》を打ったのが見えた。網がきれいな円弧を描いて水の中に沈んでいく。堤から少し離れたヨシ原では、農夫が冬枯れたヨシをせっせと刈り取っていた。左手には大池より小さい二ノ丸池があり、その先に宇治の山並みが見えた。

一里（四キロ）もある堤は小倉村で終わり、茶畑や田んぼの間を行く道に変わった。この大和街道は奈良から京へ上るときは京街道と呼ばれ、ちょうど真ん中に長池という宿場町がある。京と奈良は十里の行程なので、長池は異名を五里五里の里という。ここで休憩を取ることにした。藤右衛門はすでに何度か京を往復していたので、行きつけの茶店があった。店は寺田芋という土地特産のサツマイモで作った菓子が売りものだ。

くつろいだ気分になったところで、平次が藤右衛門に話しかけた。

「松村さまの御新造の伯母御は内裏に入っておられるとか」

「ああ、装束掛りの女官をしている」

「みやびやかな世界なのでしょうね」と秀次郎も話に加わった。

「おぞましい嫉妬と当てこすりが渦巻く嫌な所らしい。大奥と同じで、女が集まるとやることは東も西も変わらんのさ」

「あっはっは。男にもそんなやつがおりますぜ」

「そうだな。洋の東西、男女を問わずだ。で、美人の嫁さんは元気にしているかい。おまえさんがかわいがりすぎて、体を壊してはいないかと心配をしているのだが」

松村は平次をからかった。平次は昨年の暮れにとうとう奈良娘を妻にしたのである。相手は和泉屋のおぬい。おさきの友だちだ。平次は照れもせずに切り返した。

「毎晩たっぷりかわいがっておりますんで、ますます元気になっておりますです。はい」

松村と秀次郎は吹き出した。

「それにしても、平次の祝言はまことに南都らしかったな。いや、楽しかったぞ」

平次の縁組みは藤右衛門が聞き届け、祝言にも出たのである。酒盛りが始まると、「四海波《しかい》静かにて国も治まる時つ風……」と媒酌人が金春流《こんぱるりゅう》で謡い出し、出席した客が「ヤア、ポンポンく」と鼓を打つように桶の底をたたく。それをいつもは鯔背《いなせ》な平次がどてらを着せられて、借りてきた猫のように神妙に聞いている。いかにも奈良の桶屋の婿になった江戸者という姿だったのである。藤右衛門が川路やおさとにそのことを話すと、二人とも大笑いであった。

平次は矛先をかわそうと、話を藤右衛門に転じた。

「松村さまも夜ごと槍の稽古に余念が無いようで。そのかいがあって、お子がまたできたとか。殿さまがこうおっしゃっているそうですよ。家来たちはよほど暇を持て余しているようだ。南都に来てから子供がどんどん増えていると。うれしいのか嘆いているのかわかりかねますがね」

藤右衛門はまた抱腹絶倒し、秀次郎は顔を少し赤らめた。

「平次にはいつもやり込められるな。それでおまえさん、江戸へ帰るときは嫁さんを連れていくんだろう」

「はぁい。いとしい女子を奈良に置いとくわけにはいきません。何しろ奈良の男どもはおとなしい顔をしているくせに、手が早いですからね」

「それはおまえさんのように気が多い江戸者のほうだろう」

「はっはっは。恐れ入りました。それで、向こうの親は跡継ぎが欲しいもんで、子供は置いてけと」

「なるほどな。娘はやるが、孫はこっちのものというわけか」

藤右衛門はしきりにうなずいて、厠《かわや》へ行った。そろそろ出発するときだった。平次は背に荷を負い、秀次郎に言った。

「松村の旦那はおさきちゃんのことをご存じなんですかい」

「いえ。知っているのは平次さんと俊介さんだけです」

「おさきちゃん、祝言をあげたそうにしていますよ。そろそろどうです。松村の旦那や用人のみなさんにぱっとしゃべって、三三九度ってえのは」

「平次さん、ご冗談を。わたしが妻をめとるなどまだまだ早いですよ」

秀次郎は懐に手を入れ、京土産のかんざしにふれた。

六

京から帰って間もない初天神の日。秀次郎はおさきを天満天神社に誘うため吉野屋へ出掛けた。暖簾をかき分けて店に入ろうとすると、奥の中庭でおさきが見知らぬ若い男と親しげに話をしているのが見えた。おさきは男に甘えているようだった。見てはいけないものを見てしまったような気がした。秀次郎は動揺し、店先にいた丁稚に急用を思い出したとその場を繕って、きびすを返した。

奉行所にもどっても、気持ちが治まらなかった。胸の中で嫉妬と怒りが荒れ狂っていた。そんな秀次郎に俊介が話しかけてきた。

「おや、おさきさんと初天神に行ったんじゃなかったのかい。拙者は勤めのため忍び逢いがかなわず、ちとうらやましかったのでござるが」

秀次郎は軽口をたたく俊介に憤懣をぶっつけた。

「俊介さん、奈良の娘は蓮っ葉なだけです。江戸の娘の方がずっと情が濃くてかわいいですよ。奈良娘は男に言い寄られるとすぐに媚びを売る。水茶屋の女みたいなものです」

俊介は秀次郎がいらだっていることに気づいた。

「おまえ、なんかおかしいぞ。おさきさんと何かあったのか」

「なんでもありません。勘ぐらないでください」

取りつく島もなかった。俊介はぴんときた。

「女とつきあっていると、いろんなことがあるさ。でもな、ほとんどは思い過ごしなんだ。頭を冷やしたほうがいいぜ」

俊介の言葉も秀次郎の心には届かなかった。おさきに振られたという思いでいっぱいだったからだ。怒りが鎮まっても、心の水が漏れてしまい、渇きの病にかかったようだった。酒で潤したい気分だった。女のぬくもりが欲しかった。

日が暮れると、秀次郎の足は木辻町へ向かっていた。当てずっぽうに京屋という茶屋を選び、格子の横にある入口から中へ入った。間口はさほど広くないが、奥行きがあり、中庭の先には離れ座敷まであった。刀を預け、いっさいを茶屋にまかせた。すぐに二階の奥まった座敷へ通された。八畳の部屋は屏風で仕切られており、行灯と煙草盆、火鉢が用意されていた。奥には薄紅色をした布団が敷かれ、その隅に着物を掛ける衣桁と鏡台があった。屏風には鳥や獣が戯れている絵が描かれていた。

男衆《おとこし》が酒肴《しゅこう》を運んできた。秀次郎は杯を傾け、女を待った。遊女は初めてだった。自分では物怖じしない性格だと思っていたが、いささか落ち着かなかった。

木辻町は官許《かんきょ》の色里だが、江戸の新吉原や京の島原とは違い、格式張ったところがないと聞いていた。上級の遊女は大夫も天神もおらず、その次の鹿恋《かこい》女郎だけで、揚代も銀十二匁と安い。鹿恋は客に呼ばれても禿《かむろ》や男衆がついてくることはなく、自分で持ち物を運んでくるのだという。見世で客をとる、もっと安い見世女郎もいたが、秀次郎は茶屋に鹿恋女郎を呼ぶほうを選んだ。川路が藤右衛門たちに語ったことを思い出した。「奈良は諸式高値だが、色と酒は江戸の半値だ。これでは若い連中の世話が焼ける」と。

ほどなく、「お待っとうさんです」という声がして、襖《ふすま》が開いた。秀次郎は女の顔を見つめた。きれいな女だった。姿は艶めかしい遊女だが、どこか楚々としていた。はかない笑みが頬に浮かび、悲しみが沈んでいるような瞳をしていた。

「佐保乃《さほの》と申します。よろしゅうお願い申します」

女は上がりかまちに両手をついて丁寧に辞儀をしてから、座敷に入ってきた。

佐保乃が座につくと、秀次郎は律儀にあいさつを返した。

「それがしは奈良奉行川路左衛門尉の家臣、手塚秀次郎と申す。お見知り置きを」

佐保乃は口元をほころばせた。すると瞳の中の悲しみが消え、少女のような朗らかさが宿った。秀次郎の血流が早まり、どこかで会ったような気がした。

「手塚さま、ご身分が……」

「あ、いや。まあ、名乗ったからには仕方がありません」

遊び慣れていない秀次郎は正直だった。佐保乃はニッコリとうなずき、「お一つどうぞ」と言って、盃に酒を注いだ。まだ寒い季節だったが、秀次郎は春が訪れたような気分になり、おさきのことは頭から消え去っていた。

この夜、秀次郎は南都に来て初めて外泊をした。

七

夕暮れになると、秀次郎はじっとしていられなかった。佐保乃に会いたかった。金を手文庫からかき集めると、すぐに木辻へ飛んでいった。あの日からもう何度も通っている。

佐保乃が京屋に来ると、秀次郎はすぐに抱き締めた。佐保乃は肌が白く艶やかで、ほっそりしているわりには、胸と尻が豊かだった。口を吸うと、目をつぶって応えた。おさきは奔放だったが、佐保乃は受け身でしっとりとしていた。

行灯の火影が天井に映っていた。佐保乃は腕の中で安らいでいる。秀次郎は揺らめく光を見つめていたうちに、気がついた。

「佐保乃、わたしは去年の夏におまえと会っている。あの女はおまえだった」

佐保乃は驚きもせず、答えた。

「はい」

「なぜ黙っていたのだ」

「思い出してくれはるのをお待ちしていました。あの夏の夜、秀次郎さまが振り返りはったときにわかったのです。二人はこうなる定めやと」

「定め?」

「ええ。それを確かめるため、秀次郎さまの口からお聞きしたかったんです。わたしはあの時、前から来はった秀次郎さまを見て、真っ直ぐでやさしそうなお方やと思いました。ほんで何となく振り返ったとき、目と目が合いました。その瞬間に感じたんです。こうなるんやと」

秀次郎は自問した。こうなるのが定めというのなら、おさきはどうなるのだ。同じ日に二人の女と出会い、ともに深く知る仲となった。定めはどちらにあるというのだ。いや、定めなどあるはずもない。

佐保乃が見つめていた。秀次郎は心の内を悟られまいと、佐保乃にたずねた。

「本当の名は？　大和の生まれなのか？」

「わたしの名はえいです。在所は河内の若江《わかえ》村で、父親は佐久右衛門《さくえもん》といいます。木辻の遊郭に売られてきたんは、秀次郎さまとすれ違うふた月ほど前のことでした」

秀次郎の何げない問いが誘い水となり、佐保乃は堰を切ったように木辻へ売られてきたときの話を始めた。誰かに聞いてほしかったのだ。

「うちの家は小さな田んぼと畑で米と綿を作っていました。貧乏なりに弟と親子四人で何とか暮らしてたんでっけど、お父ちゃんとお母ちゃんが病気になってしもて、お銀《かね》を借りたんです。じきに、わたしが身を売るしか手立てがなくなってしまいました」

佐保乃は淡々とつらい話をした。秀次郎の脳裏からおさきが消えていた。

「木辻町に売られていくときは、身を切られる思いでした。お父ちゃんは布団の上に起き上がり、力のない目でわたしを見て、すまんと言って手を合わせはるんです。やせ細ったお母ちゃんは涙を流して、うちを抱かはるばかりやった。まだまだ小さい弟はうちの袖を握りしめ、姉やん、姉やんと叫びながら追いかけてきて……」

佐保乃の思いが胸に響いた。秀次郎は生まれてすぐに父親を、八歳の時に母親を亡くしている。兄弟もいなかった。天涯孤独の身だった。だが、育ててくれたおさとと川路がいる。川路家の一族郎党がいる。だから寂しいと思ったことはない。それでも、佐保乃の寂しさと悲しみが理解できた。いや、自分も心の底では感じているのかもしれない。

「奈良へ行くには生駒山の暗峠を越えます。わたしは何度も振り返りました。山道の向こうに、広々とした河内の田んぼや小川や池や鎮守の森が見えました。上りきったとき、わたしは思いました。もう家に帰ることはできないんや、生きて父母と弟に会うことはできないんやと」

秀次郎は佐保乃を抱きしめた。きゃしゃな肩だった。佐保乃は虚ろな声で話を続けた。木辻町へ来てすぐに父親は病死し、母親は首を吊った。弟は檀那寺《だんなでら》に引き取られたと。秀次郎はかける言葉がなく、ただ、強く抱きしめてやることしかできなかった。

八

「ちょっと話が……」

秀次郎が川路に命じられた書物の筆写をしていると、平次が庭からやって来て、話しかけた。

「きのう、女房がおさきさんと会ったんですが、秀次郎さんがこの頃来てくれないと嘆いていたそうです」

秀次郎は一瞬逃げ出したくなった。

「でね、おさきさんから言づてを頼まれましてね。宵の五ツ（午後八時）になったら采女祠《うねめのやしろ》で待っていると。来るまで毎日待つそうですよ」

秀次郎はほとんど脅迫じみていると思った。ほかの男に心を移したくせに、会ってくれとは虫がよすぎる。だが、無視してばかりいるのは男らしくない気がした。ここはおさきに会って、縁切りをしようとはっきり言うべきだ。そうすれば後ろめたい気持ちを持つことなく、佐保乃のもとへ通うことができる。そう思ったものの、あとのことまでは考えが及ばなかった。

秀次郎は「なんとかします」と答え、書写にもどったが、はかどらない。おさきと話す必要はあるが、佐保乃に会いたい、抱きたいという気持ちがそれ以上に強かった。だがもう四度も木辻に行っている。俊介やほかの中小姓仲間に何度か銀子を借りたので、もう彼らには頼めない。銀《かね》を工面するのも頭が痛かった。

興福寺の十三鐘《じゅうさんがね》が五ツを告げようとしていた。月は出ていない。秀次郎は提灯の明かりを頼りに猿沢池へと急いだ。おさきは池の前にある采女祠で確かに待っていた。少し懐かしさがこみ上げてきたが、秀次郎は「やあ」と言っただけで、相手の反応を待った。時鐘が聞こえてきた。

「どないしてはったん。つれないやないの」

おさきは膨れっ面をしつつも、うれしそうに言った。気が引けた秀次郎は、その場逃れの言い訳をした。

「何かと忙しかった」

「嘘や。この前来はったときに、わたしに新しい男の人ができたと思いはったんでしょ」

図星を指され、秀次郎は顔が赤くなった。

「あの人はわたしの従弟で、ちっちゃいときからお兄ちゃんみたいな人です。秀次郎さまのような特別な人と違います」

秀次郎の心はだんだん落ち着かなくなった。

「用事を思い出して帰らはったと丁稚が言うたんで、焼き餅焼いていたとは気づかへんかった。でも、ひょっとして誤解してはるんやないかと思い始め、早うそれを解きたかったんよ。そやけど、なんやかやで十日もたってしもて」

おさきは残念そうに唇をかんだ。心なしか面やつれしているようだったが、嘘をついているようには見えない。早まったのかもしれないと秀次郎が思ったとき、おさきが急に口を押さえた。すぐに秀次郎は懐紙《かいし》を取り出して与え、背中をさすった。やがて、吐き気は収まった。

「おおきに。急いで来たよって、少し気分が悪うなっただけです。やっぱり秀次郎さまはおやさしい。よかった。うちに愛想尽かししはって、ほかの女の人と仲良うなったんやないかと心配してたんよ」

一瞬、秀次郎はぎくりとし、動揺を隠そうとした。おさきはクスッと笑った。

「嘘です。心配なんかしてまへん。秀次郎さまはお侍や。ふしだらなことはせえへん」

冗談とわかり、ほっとしたものの、おさきの無邪気さが秀次郎にはつらかった。

九

秀次郎がおさきと会った翌日、興福寺の薪能が始まった。春日若宮おん祭の後日《ごにち》の能《のう》とともに南都きっての神事能で、七日間行われる。川路は猿楽が苦手だったが、奈良奉行としては出席せざるをえず、秀次郎と俊介が供を命じられた。舞台は南大門の前にある般若の芝で、楽屋も橋掛りもない。かつての壮大な南大門は焼失してしまい、簡素な冠木門に代わっているが、その基壇の上に一乗院と大乗院の両門跡が座し、石段には裹頭《かとう》姿の衆徒が立ち並ぶ。奉行の桟敷は舞台に向かって左手にあり。左手は町人たちのための見物席となっていた。

川路が着席すると、篝火《かがりび》が舞台の左右で盛んに燃えだした。薪がはぜ、炎が揺らめく。役者が静々と登場し、最初の演目「鶴亀」が始まった。月光が背後の闇を照らし、元興寺五重塔の相輪が浮かんだ。いやが上にも幽玄さが増してくる。

演目は「田村」「羽衣」と進んだ。川路もその後ろに控えている俊介も端然とした姿勢を崩さず、舞台を注視していた。しかし秀次郎は何も見ていなかった。何も聞いていなかった。おさきと佐保乃、それに銀《かね》のことばかりを考えていた。

シテの天女が、羽衣がなくては天上に帰れないと謡った。その悲しみが耳に届いたのだろう。秀次郎は舞台を見た。羽衣を返してほしければ舞えと言い、先に返せば舞わずに天に上るだろうと疑う漁師。

天女が応えた。


いや疑いは人間《じんかん》にあり、天に偽りなきものを

自分のことだ。秀次郎はもだえた。天真爛漫なおさきを疑った。その結果、木辻へ憂さ晴らしに行き、佐保乃におぼれて回を重ねた。自分を信頼し、慕ってくれるおさきを裏切ったのだ。薪のはぜる音が自分を責めているようだった。秀次郎は後悔の念に駆られた。居ても立ってもいられなくなり、手を堅く握りしめて耐えた。だが胸の奥から、「定めなのです」と言う、佐

保乃の声が聞こえてくる。

　秀次郎の様子がおかしいことに気づき、俊介が声をかけた。

「大丈夫か。顔色が悪いぜ」

「いや、何でもありません」

　秀次郎は平静を装った。だが、おさきに済まないという気持ちと、佐保乃へのつのる思いで、心が張り裂けそうだった。

　もんもんとして眠れぬ夜を過ごした翌朝、秀次郎は女中のおみつを探した。おみつは気のいい江戸女で、小さいときからかわいがってもらったので、頼み事がしやすかった。秀次郎は、佐保乃に会いたいという思いを押さえられなかった。

　見つけると、秀次郎は人目を避けて頼んだ。

「おみつさん、銀子を貸してくれませんか。急な入り用ができたのですが、持ち合わせが少なくて。給金が入ったら必ず返しますから」

「いいよ。でもね、秀ちゃん。おまえさん近頃銀《かね》遣いが荒いんじゃないの。悪い遊びを覚えたんじゃないでしょうね。まだ若いんだから体と頭を鍛えるほうが先だよ。殿さまも奥さまも、あんたのことをいつも心にかけておいでじゃないか。それに応えないと。わかったかい。で、いくら要るの」

秀次郎は銀三十匁と言った。おみつは奥へ引っ込むとすぐにもどってきて、秀次郎に二朱銀を六枚手渡した。頼んだ額より多かった。秀次郎はおみつを直視できず、無言のまま頭を下げた。おみつの気持ちはうれしかったが、同時にやましさも感じていた。

秀次郎はもう銀を借りる当てがなかった。上司の給人や用人に借りるのは気が引けた。給金が入るまではまだ間があった。入っても、どのみち返済で右から左だ。秀次郎は進退きわまってきた。

日が暮れて入相《いりあい》の鐘が鳴ると、秀次郎はおみつに借りた銀子を懐に突っ込み、木辻町へ急いだ。佐保乃を抱いて、おさきのことも銀のことも忘れてしまいたかった。松村や用人たちがおさきのことを知ったら、早く祝言をあげろと急かすに決まっている。好きな遊女がいると相談すれば、そんな女は捨てろ、木辻には行くなと言うだろう。それができれば世話がない。

十

凛《りん》とした朝だった。川路は秀次郎を居間に呼んだ。秀次郎はどんな話になるのかわかっていた。木辻で遊んでいるという噂が川路の耳に入ったのだ。

広い庭では雇いの者たちが掃除をしていた。板縁に立っていた川路は、秀次郎が入ってきても話を切り出さず、芝の上で枯れ草や松葉を焼く作業をじっと見つめていた。正座をして言葉を待つ秀次郎は、いたたまれない思いがした。

やがて川路がおもむろに口を開いた。

「朝な夕な手入れをすればいい庭になり、捨て置くと草が生い茂る。この頃のおまえは手入れの悪い庭のようだ。暇を持て余しているのなら、文を読み、武芸に励め」

秀次郎は「はい」と素直に答えた。自分のことを心配して言ってくれるのだ。秀次郎は川路の言う通りにすべきなのはわかっていた。だが、もはや自分の気持ちを御すことができなくなっていた。

昼過ぎに、吉野屋の丁稚がおさきの言付けを持ってきた。読むと、勤めを終えたら店に来てほしいという内容だった。秀次郎は捨て置こうと思ったが、それではおさきがかわいそうだと思い直し、吉野屋に出向いた。

秀次郎の顔を見るなり、おさきはうれしそうに言った。

「お父ちゃんが、秀次郎さまといっしょに江戸へ行ってもええって」

おさきは、秀次郎が自分と夫婦になるのは当然のことだと考えている。そんなことを二人で話し合ったことはないのだが、自分を見つめている笑顔に負けて、秀次郎はつい応じた。

「わかった。江戸へ連れて帰る」

その言葉を待っていたかのように、おさきの父親が出てきてあいさつをした。

「手塚さま、娘のこと、よろしゅうお願い申し上げます。祝言は春日さんの藤の花が咲く頃がええでんな。和泉屋さんとこより盛大にやりまっせ。わっはっはっはー。では寄合がありますよって」

父親は言いたいことだけ言うと、さっさと外へ出ていった。父親も二人が夫婦になることを確信しているのだ。

母親がうれしそうに茶菓を運んできて、何くれとなく世話を焼きだした。秀次郎をすでに婿扱いをしている。おさきが母親に甘えた声を出した。

「お母ちゃん、二人にしてんか」

「はいはい。手塚さま、わがままな娘でっけど、末永うお願い申しますよ」

母親の言葉に、秀次郎は自分が女郎蜘蛛の円網に囚われたカゲロウのような気がした。江戸へ連れていくとは言ったものの、心の底からそう思っているのかと問われれば、確信は持てなかった。おさきと話していても、佐保乃を思ってしまうのだ。

吉野屋を出た秀次郎は、どの道を通って奉行所へ帰ったのか覚えていなかった。自分の部屋に寝転んで天井を見ていても、佐保乃の悲しげな顔が浮かんでくる。そばにいたい。だが、おみつに借りた銀子も尽きた。借りる当てはもうない……。

ふと思い出した。用部屋に日用のための銀があるはずだ。その中から黙って拝借する。二朱銀を七、八枚だけのことだ。わかるはずがない。給金が入ったら、こっそり返しておく。いや、やはりやってはいけない。武士としてあるまじき行為だ。たとえ一時的な拝借だとしても、お家のものに手をつけるなど許されることではない。殿さまの信頼を裏切ることになるではないか。秀次郎の心は乱れた。

しかし、一線を越えてしまった。

喉がからからになった秀次郎は台所へ行き、瓶《かめ》からひしゃくで水を汲み、喉に流し込んだ。もう一度飲もうとしたとき、「秀次郎」と呼びかけるおさとのやさしい声が聞こえてきた。一瞬、秀次郎は胸が高鳴り、慚愧《ざんき》の念に駆られた。が、もう遅かった。

「熱でもあるのですか。冷たいお水をそんなに飲んで。顔色もよくないですよ」

「あ、いえ、大丈夫です。喉が渇いたものですから」

振り返った秀次郎の声は震えていた。

「奥さまこそ、台所のことは女中たちに言いつければよろしいではありませんか」

「殿さまがお酒の供にお味噌が欲しいとおっしゃったので。それぐらいはわたくしが」

おさとは秀次郎を見つめた。

「そうそう、秀次郎。けさ、殿さまにお説教されたでしょう。わたくしには何もおっしゃいませんでしたが、あなたのことが心配だからですよ。なにか厄介な事でもあるのなら、わたくしに話すのですよ。一人で抱え込んでいては体に毒です」

秀次郎は目が潤みそうになったが、「はい」と答えて一礼をし、台所からさっと出ていった。おさとが秀次郎を見たのは、これが最後となった。

十一

松村藤右衛門は算術が得意で、川路家の会計を任せられていた。毎日、出納帳と現金とを照らし合わせている。この日は何回やっても二朱銀が八枚足りなかった。奉行所に盗人が入るはずはなかった。藤右衛門は思案のすえ、俊介たち中小姓を一人一人呼んでたずねた。思った通り、秀次郎は借金をしていた。藤右衛門は悩んだ。秀次郎は家来といっても、川路やおさとが幼い頃から息子のように育ててきた男である。藤右衛門にとっても剣術の愛弟子であった。これぐらいの金銭なら穏便に済ませたかった。しかし、ことがことだけに無視するわけにはいかない。金額の多寡ではないのだ。藤右衛門は用人たちと相談のうえ、川路に報告をした。

話を聞いた川路は、がっくりと肩を落として考え込んだが、やがて秀次郎を呼ぶようにと命じた。秀次郎はすぐに居間へ入ってきた。顔面が蒼白だった。露顕したとわかったのだ。正座した膝の上で手が震えていた。川路は理由を言わず、通告した。

「手塚秀次郎、其の方に暇《いとま》を遣わす」

秀次郎は言い訳をせず、すぐに身の回りの品をまとめて役宅を出た。暇を出された家来は即刻屋敷を退去する決まりであった。おさとに会って詫びを言いたかったが、許されるはずはなく、合わせる顔もなかった。

秀次郎は黒門を出ると二月堂に向かい、そこでぼんやりと時を過ごした。江戸から来てまだ一年にもならなかった。それなのに二年も三年も過ごしたような気がした。川路や松村たちの信頼を傷つけたことは悔やまれるが、一方で、こうなる定めだったと思う気持ちもあった。心が決まった。佐保乃を取る。先々のことは何も思いつかなかったものの、もう迷いはなかった。おさきには吉野屋の親がついている。自分が身勝手であることは承知している。約束を果たせないことは詫びるしかない。

日が傾きだすと、秀次郎は町にもどり、大刀と着物を質に入れた。それから木辻町をめざし、京屋へ入った。佐保乃がやって来ると、秀次郎はいつもと同じ態度で接した。暇を出されたことはまだ言いにくかった。今夜は泊まるとだけ伝えた。佐保乃は喜んだが、どこか沈みがちだった。

秀次郎は佐保乃を抱くと、狂ったように口を吸い、体をむさぼった。佐保乃もまた進んで応じた。満ちると、二人は抱き合ったままじっとしていた。何も話さなかった。そのうちに秀次郎は気づいた。涙が胸を濡らしている。

「何かあったのか」

秀次郎が心配すると、佐保乃は身体を離し、ぽつりと言った。

「少し歩きまへんか。称念寺へ」

二人は茶屋を出て、近くの称念寺へ向かった。寺には遊女の無縁墓があり、出入りが自由なので、遊女たちが仲間の供養にいつも訪れていた。夜になると、無縁墓にはろうそくがともり、境内をほのぼのと照らす。亡くなった遊女たちだが、亡くなっても引き取ってくれないことが多いのだ。親兄弟を助けるために苦労した遊女たちだが、十六、七で売り飛ばされ、五年も苦界《くがい》に身を沈めたあげく、身体を壊して二十二、三歳で亡くなる。身請けされ、あるいは年季が明けて、曲がりなりにも幸せな家庭生活を送ることができる女はまれだった。

墓に手を合わせると、佐保乃は話を切り出した。

「昼過ぎのことです。なじみ客の茶問屋のご隠居から使いが来はって、わたしを身請けしたいと。前からほのめかされてはいたんでっけど、まさか、本当になるとは思っていなかったんです。木辻に来て一年もたってへんよってに」

秀次郎は息をのんだ。言いようのない不安を感じた。佐保乃を取られる。

「この四月に山城の上狛《かみこま》にあるお屋敷を出て、奈良町に隠宅を構えるんやそうで、わたしをお妾《めかけ》として迎えたいというお話でした。使いの番頭さんは、月々のお手当ては十分に出すと言わはったそうです。でも、わたしはいやです。あの方は体を弄ぶだけです。自分のものにしはったら、もっと慰みものに……」

佐保乃の目から涙が流れ出していた。秀次郎は見知らぬ老人に怒りを感じると同時に、切なかった。自分の無力を痛感した。自分は佐保乃に何をしてやれるのだろう。秀次郎は無縁墓を見つめた。遊女たちに対する同情心がつのり、佐保乃を苦界から救い出したいという思いが高まった。

「秀次郎さまと別れるのはいやです」

秀次郎は佐保乃を引き寄せて抱き締めた。どうすればいいのかわからなかった。自分に何ができるのか。秀次郎は思案に暮れ、力なく言った。

「佐保乃。おまえを身請けできればいいのだが、わたしにはそのお銀《かね》がない。それどころか殿さまに迷惑をかけ、暇を出された」

「えっ、では、わたしのせいで」

「頼るべき親兄弟も、帰る家もない……」

星がまばたき、秀次郎の孤独が見えた。鵺鳥《ぬえどり》が遠くで不気味に鳴いている。佐保乃は秀次郎の腰にしがみつき、背を振るわせた。

「わたしも帰る家はあらしまへん。このまま木辻にいても、四、五年のうちに死ぬんやと思います。いっそ、思い定めたお方と」

佐保乃の目が静かに燃えていた。

「ともに……」

頼りなげだった。秀次郎はさらに強く、佐保乃を抱きしめた。自分を必要としている。契りを結んだ女が救いを求めている。ともに命を絶つことでしか解決できない救いだ。どうせ人は死ぬのだ。大事なのは死すべき時を過たぬことだ。その死に方だ。自分を慕ってくれる女のために命を捨てる。死出の道連れが欲しいというだけでもいい。この女のために死ぬ。

「死のう、佐保乃。ともにこの世を去ろう」

二人は時を待つために茶屋に引き返した。佐保乃は途中で何かを思いだし、いったん自分の置屋にもどった。出てくると、風呂敷包みを手にしていた。

茶屋の部屋には酒が用意されていた。佐保乃がいつの間にか頼んだのだ。二人だけのささやかな宴が始まった。向かいの茶屋から三味線の音が聞こえてきた。もの悲しい音色に誘われ、秀次郎は耳を澄ました。女が唄っている。

〽 ゆうべあしたの鐘の声　寂滅為楽《じゃくめついらく》と響けども　聞きて驚く人ぞなき
花は散りても春は咲く　鳥は古巣へ帰れども　行きて帰らぬ死出の道

佐保乃が伊勢の『間《あい》の山節《やまぶし》』だと教えた。木辻の遊女が好んでいる唄で、親しい姉女郎が唄っていると。

秀次郎は思った。この町の通りですれ違ってから八月。枕を交わしてからひと月あまりしかたっていない。切々と唄う女の声が、過ぎし日々を思いださせる。これが定めというものなのか。いや、人に定めなどあろうはずがない。すべては自らが招いたことなのだ。いやいや、遊女の境遇もそうだと言えるのか……。

秀次郎は頭《かぶり》を振って、佐保乃を見つめた。目がうっすらと湿っていた。秀次郎は抱き寄せた。

「この世のなごりに」

ほのかな行灯の光が、互いを求める二人の姿をふすまに写し、やがて消えた。

秀次郎はいつの間にか寝入っていた。気がつくと、後夜《ごや》（午前四時）の鐘が遠くで鳴っていた。夜明けが近い。身体を起こすと、佐保乃がつましい百姓娘の姿で目の前に座っていた。秀次郎は一瞬夢の中かと思った。

「お目覚めですか。わたしです。十六で木辻に来たときの姿にもどりました」

佐保乃は化粧を落としており、素顔はさらに清らだった。娘らしい島田まげに結い直し、質素なかんざしを一つ挿している。秀次郎は、自分の母親が女中奉公に上がったときも、こんな姿だったのだろうかと思った。視線に気づき、佐保乃は言った。

「お母ちゃんがくれた大切なかんざしです。これを身につけ、若江村の佐久右衛門の娘えいとして冥土へ旅立ちたいのです」

秀次郎はうなずき、自分も体を浄めると、身を整え、脇差を腰に差した。元服のときに川路から拝領した大慶直胤《たいけいなおたね》だ。

「おえい。まいろう」

二人は死に場所を求めて茶屋を出た。月は出ていなかったが、暁が近いとあって薄明が道行きを助けた。おえいは遊郭で果てることを嫌がった。遊女たちのつらい思いが残っている部屋で命を断つより、花が香る広々とした戸外で死にたかったのだ。だが、町の出入り口にある木戸は避けなければならない。おえいは称念寺の裏手にある抜け道を教えた。二人はそこから木辻を抜け出たが、繁華なほうへ行くと、人に出くわす可能性がある。秀次郎は南の京終《きょうばて》に大きな池があることを思い出した。

池へと導くゆるい坂を下ると、家の数はだんだん少なくなり、樹木や畑地がとって代わった。生気にあふれた草の匂いと花の香りが漂ってきた。おえいは秀次郎の手をしっかりと握りしめた。

「ほんまに」

「決めたことだ」

空が白み始め、草地の向こうに京終池が見えた。南と西の二方は土手になっていて、さえぎるものがなかった。東は雑木林だったが、池の手前に一本のサクラの大木があり、花が咲き乱れていた。西側の土手の向こうに生駒山がぼんやりと浮かび上がっている。二人は死に場所を見つけたと思った。

おえいはサクラの下に座り、生駒山をじっと見つめた。

「わたしの故郷はあのお山の向こうです。家族みんなで楽しく暮らした河内の村。お父ちゃんとお母ちゃんにはもうすぐ会えるんやけど、弟はどないしてるんかな」

秀次郎は、自分には話すべきことがないと思った。父親のことは知らない。母親を思い出そうとしても、その姿はもはや鮮明ではなく、すぐに川路とおさとの姿にとって代わられた。大切な二人だった。それなのに裏切ってしまった。このうえは、作法にのっとり、見苦しくなく切腹する。それが武士として自分を育ててくれた川路への、せめてもの償いだ。おえいは心の臓をひと思いに突き刺し、苦しむことなく死なせてやる。

おえいは裾が乱れないように腰ひもで結び、一枚の紙をそばに置いて石を乗せた。

「書き置きか。なんとある」

「秀次郎さまと死のうと決めて、その願いがかなったと」

秀次郎はおえいをしっかりと抱き、その匂いを、そのぬくもりを味わった。しばらくして離れ、言った。

「よいか」

おえいは胸の下で手を合わせ、眼を閉じた。東の空が赤く染まり、おえいのまわりに花が散り落ちてきた。秀次郎は直胤の脇差を抜き、一呼吸置いてから、おえいの心の臓を一気に突き刺した。おえいは声を立てることなく、後ろに倒れた。秀次郎はすぐさま刀を引き抜くと、腹をむき出して正座し、真一文字にかき切った。意識が薄れていく中で、秀次郎はおえいの横に倒れ、その手を握りしめた。

十二

日が昇り、相対死をしている若侍と百姓娘が京終村で見つかったという注進《ちゅうしん》が、奉行所に入った。報せを受けた川路は息をのみ、すぐさま松村藤右衛門に検使を命じた。異変に気づいた俊介が追いかけた。秀次郎ではないかと、みな胸が騒いでいた。

おさとは不安な気持ちで俊介の報せを待った。前夜、夫から秀次郎に暇を出したことを聞き、早まったことをしたとなじったのである。

やがて俊介がもどってきた。若侍はやはり秀次郎で、娘は実名をえい、源氏名を佐保乃という遊女だと告げた。秀次郎はためらい傷などなく腹を見事に切っており、娘は苦しみのない安らかな死に顔だったとも言った。俊介はまた、そばに書き置きが残されていたと付け加えた。秀次郎に殺されたわけでも、無理強いされたのでもないというあかしであり、おえいの心遣いだった。

川路は言葉を失い、おさとはむせび泣いた。市三郎や川路の養父母、家来や女中たちは気が動転し、おろおろするばかりだった。

川路は悲みに沈んだ。八歳のときから手元で育てた秀次郎である。文字通り子飼いの家臣だった。暇は取らせたものの、憎いわけがなかった。きびしい処分をしたからだと川路は後悔した。遊女の毒に当たって死んだのだと嘆いた。おさとは情のないことを言うと、川路を責めた。

「では、遊女に狂った秀次郎がお家のお金に手をつけ、行き場がなくなって死を選んだというのですか。この世をはかなんだ遊女が秀次郎を死出の旅路の道連れにしたというのですか。まるで浄瑠璃みたいなお話ではありませんか。あなたの物の見方は一面的です。人の気持ちを推し量ることのできないお役人の考え方です」

川路は返す言葉がなかった。

「秀次郎は助けてくれる親兄弟のいない孤児だったのです。そんな秀次郎を不憫《ふびん》だとは思わないのですか。遊女も気の毒です。好んで遊女になる者などおりません。貧しさがそうさせるのです。死ぬことでしか身も心も解き放つことができないつらい立場なのです。秀次郎は自分が好いた女とともに死ぬことを選んだ、心やさしい子です」

おさとは自分の居間に引き籠もり、泣き崩れた。奉行所は沈痛な雰囲気に包まれ、日頃のざわめきが消えてしまった。庭にいる生き物たちでさえ息を潜めているようだった。

涙が涸れ果てると、おさとはいくぶん落ち着きを取りもどし、秀次郎のことを考えた。すると疑問が生じた。秀次郎が進んで遊郭に行くとは思えなかった。川路は家来たちに押しつけこそしなかったが、自分自身は色里で遊ぶことをしない。秀次郎もまたまじめで、好奇心や血のたぎりはあるだろうが、自分を律することができる若者に育っていた。その秀次郎がどうして木辻町へ行ったのか。憂さを晴らしたいという不満や悩みがあったのか。おさとは秀次郎の心情が知りたかった。

おさとは俊介を呼び、相対死に至る事情を探ってほしいと頼んだ。

「わたくしは秀次郎の心の内を察してやることができなかった。今更わかってどうなるというものでもありませんが、せめて……」

おさとの目がまた涙で潤んでいた。俊介は従うしかなかった。

おえいを抱えていた木辻町の置屋は大津屋という店だった。この店には、おえいと仲がよかった朝霧という姉女郎がいた。俊介が店に行くと、朝霧は身請け話があったことを教えてくれた。秀次郎についても知ってはいたが、心中するとは思わなかったという。

吉野屋はまだ相対死したことを知らなかった。俊介が伝えると、おさきは衝撃で気を失いそうになった。それでもすぐに立ち直り、目に涙を浮かべてはいたが、俊介の質問にしっかりと答えた。見掛けによらず気強い娘で、泣き言は一切言わなかった。俊介には、それがかえって痛々しく思えた。

奉行所へもどった俊介は、秀次郎がおさきとつきあっていたことを告げたうえで、一切を語った。おさとは黙って聞いていたが、話が終わると、悲しそうに言った。

「秀次郎はいらぬ嫉妬をして、おえいさんのもとに走ってしまったのですね。互いに想い合う心や恩愛の情に飢えていたからでしょう。おえいさんもこのまま行くと、苦界で若くして亡くなるか、老人の慰みものになるしかなかった。寄る辺のない二人の魂が結びついてしまったのですね」

「奥さま、秀次郎がおさきさんと夫婦になることを承知したのは、なぜでございましょう」

俊介がたずねた。

「秀次郎のやさしさがそう言わせたのです。もしかすると、そのときはまだ二人の間で心が揺れ動いていたのかもしれません」

おさとの話はうなずけた。俊介は意を決して、告げるべきかどうか迷っていたことを言葉にした。

「子ができていました」

「えっ」

「おさきさんは二か月ほどだそうです。きのうわかったばかりだと」

おさとの唇が震えだし、目から涙があふれてきた。

「なぜもっと早くわからなかったのでしょう。知っていれば秀次郎は死を選ばなかった。あの子は責任感が強く、子供が好きだったのです。子ができたとわかれば……」

おさとの悲しみはつのり、目の前に秀次郎がいるかのように気持ちを吐き出した。

「秀次郎、あの晩、なぜわたくしに相談をしてくれなかったのですか。子を生《な》すことができなかったわたくしは、市三郎も秀次郎も俊介もおみつも、みな我が子のように慈しんできたつもりでした。なのに、わたくしの恩愛が足りなかったのですか、秀次郎……」

おさとは号泣した。

家康公の命日がやって来た。この日、奈良奉行は東大寺と西照寺の東照宮へ参詣するしきたりだった。川路が行列を整えて奉行所を出ていくと、おさとはお忍びで外出をした。おみつと俊介、平次が従った。秀次郎が亡くなってから、おさとは持病と気鬱で伏せりがちだったが、やっと癒えたのだ。まもなく秀次郎の四十九日が来る。おさとは自分の手で墓に花を手向け、冥福を祈りたかった。

川路は秀次郎の墓があることを知らないはずだった。用人と与力が相談のうえ、奉行所が懇意にしている寺へ、ひそかに埋葬したからだ。秀次郎の亡骸と一緒におえいの髪も墓へ入れた。髪は藤右衛門と俊介が遊女たちからもらい受けた。おえいは遊女たちの手によって称念寺に葬られている。与力同心は見て見ぬ振りをし、川路にも黙っていた。相対死した男女の死体は埋葬することができず、取り捨てにするのが決まりだ。奉行が知れば背くわけにはいかなくなる。川路は遺体の処置ついては触れなかった。

西照寺からの帰り道、川路は供をしていた藤右衛門を呼び寄せ、「例の寺に寄り道をしてくれ」と言った。藤右衛門は即座に理解した。寺の門前に来ると、川路は駕籠を止めて引き戸を開けた。目に映ったのは本堂の横を歩いていくおさとの姿だった。そのかたわらに身籠もっている女がいた。川路ははっとし、自分の役人的な頑なさがつまらなく思えた。一瞬ためらったが、川路はおさとを追った。

墓のほうからクチナシの甘やかな香りが漂ってきた。秀次郎はこの花の純白が好きだった。

伊勢音頭

引廻しのもの、例のいせ音となと唄こえ高く、庭へ出ればきこゆ
（『寧府紀事』弘化四年六月二十一日）

一

〽 ハアーヨーオイナー
明日はお立ちか
お名残惜しや
六軒茶屋まで送りましょ

夫の身支度を手伝っていたおさとの耳に、牢屋敷のほうから唄が聞こえてきた。引廻しの罪

人が唄っているのだ。若い声だった。

「あの者はどのような罪を犯したのでしょう」

おさとはなぜか気になった。

「人を殺め、引廻しのうえ死罪《しざい》となった」

川路は冷徹な口調で言った。おさとはもう少し知りたかったが、いまここで聞くわけにはいかない。夫はこれから白州で軽い罪の者たちに刑を告げなければならなかった。

継上下《つぎかみしも》を着用した川路が部屋を出ていくと、唄が近づき、遠ざかっていった。

〽　ヤートコセ　ヨーイヤナ　アララ
コレワイセ　ヨーイトコイセ

引廻しの罪人は、裸馬《はだかうま》に乗せられて奈良市中を練り歩き、京街道へ出る。磔にされる者はそのまま山城との国境《くにざかい》にある刑場へまっすぐ行くが、死罪と獄門は途中から牢屋敷のほうへ折れて、西へ五町ほどの首斬り場に向かう。ここに掘られた穴の前の土壇場に座り、斬首されるのである。死罪は死体を試し斬りにし、獄門は首を晒《さら》す。

この引廻しの道中で小唄を唄う者がいた。俗に言う、引かれ者の小唄だ。おさとは初めてこれを聞いたとき、奈良雇いの女中に唄の名をたずねた。返ってきたのは伊勢音頭という答えだった。その後も引廻しは何度かあったが、唄わない者もいることに気がついた。南都に赴任して間もない頃、ニセの銀貨を造って磔になった太兵衛と忠三郎の二人もそうだった。伊勢音頭といっても、異なった節や文句があることもわかってきた。だが、引廻しはそうたびたびあることではない。おさとは違いをたずねる機会を失い、頭の片隅に疑問として残った。

今朝の唄は罪人の多くが唄うものと同じだったが、いつもの捨て鉢な、あるいは強がりの響きがなかった。哀愁や安らぎといったものが感じられたのである。おさとの関心は高まり、折りを見て、夫にこの罪人について聞いてみようと思った。

空に雲はなく暑い一日になりそうだったが、引廻しの一行が去っていくと、ひんやりとした空気があたりに漂った。

川路が書院公事場《くじば》に端座すると、罪人たちの呼び込みが始まった。遠島以下の刑は奉行が白州でじかに告げるが、死罪以上の刑は与力が牢屋敷へ出向いて申し渡す。

科人《とがにん》が自白して罪を認めると、奈良奉行所はその供述調書である吟味詰り之口書と御仕置伺書を京都所司代へ送り、刑罰の判断を仰ぐ。奈良奉行所が単独で決められるのは、入墨と敲《たたき》を除く、所払や手鎖、叱、過料などに相当する軽い罪だけだった。

返答書が所司代から届くと、入牢者に刑を告げて速やかに執行する。この朝、与力が宣告した死罪の者は四名。引廻しが付加された一人を除いて全員が盗人《ぬすっと》である。川路が申し渡した十二名の者も、万引や掏摸《すり》などの窃盗犯がほとんどだった。

窃盗の初犯は敲、再犯は入墨だが、三犯になると死罪である。また、たびたび盗みを働き、合わせて十両以上を手にしたと判明した場合も死罪だった。公儀は窃盗犯に手を焼いており、容赦なく対処した。大和も盗人と博奕が多く、川路の悩みの種だった。

夕餉《ゆうげ》のあと、川路が書を書いていると、おさとが庭に誘った。風がなく蒸し暑い梅雨の合間だったが、五つ半にもなると、池のそばの涼み台には微風が吹き通っていた。草陰で平家蛍が一匹、二匹と飛び廻り、青い光を弱々しく点滅させている。月が出て、泉水がキラキラと輝いた。二人はしばらく月と風と静寂を楽しんだ。

「おさと」

やがて川路が口を開いた。

「わたしもそなたも親に恵まれ、幸運であったな」

「どうかなさったのですか」

夫のしんみりとした言いように、おさとは思わず顔を見つめた。

「罪人の中に十五歳未満の幼年が二人いたのだ。十三歳と十二歳だ。親に捨てられた子供たちで、食うに困って小盗《こぬすみ》をした。百文や二百文くらいのわずかな額なのだが」

「気の毒に。で、どのような罰を」

「二人とも無宿なので、非人手下《ひにんてか》だ。身分を非人に落とし、長吏《ちようり》に引き渡した」

「まあ、まだ幼い者を」

おさとは少しなじった。

「それが決まりなのだよ」

川路は弱々しく言い訳をした。おさとは追討ちをせず、知りたかったことをたずねた。

「けさ引廻しとなったのはどのような者ですか」

「定吉《さだきち》のことか。秀次郎と同じ十九歳だった」

おさとの表情がさっと変わった。秀次郎が遊女と相対死をしてからまだ数か月しかたっていなかった。川路は秀次郎にふれたことを後悔し、急いで定吉について語り始めた。

定吉は、金剛山《こんごうざん》が間近に迫る葛上《かつじよう》郡船路村の百姓の次男で、十歳の時に一里半（六キロ）ほど離れた御所《ごせ》町の大きな油問屋に丁稚として入った。まじめに働いた定吉は十七歳で手代に昇進し、いっそう仕事に励んだ。やがて同じ村から女中奉公に来た娘を好きになった。二人は定吉が番頭になったら所帯を持とうと約束し、故郷の村で油屋をする夢を育んでいた。そうしたある日、定吉が南都の取引先に出張っているときに不幸が襲った。主人の道楽息子が娘を手籠めにしたのである。娘は定吉に合わせる顔がないと、首を吊ってしまった。帰ってきた定吉はそれを知り、この息子を責めたが、息子は娘のせいにして取り合わなかった。

「そこで定吉は怒りのあまり殴り殺してしまったのだ。明らかに非は相手にあったが、いかんせん、主家の跡取りを殺めたのだ。引廻しのうえ獄門となるところだが、獄門だけは何とか避けられた」

「御仕置伺書に添え書きをされたのですか」

川路は答えず、青白く発光する蛍をじっと見ていたが、やがてぽつりと言った。

「あの世というものがあるならば、今頃、定吉は娘と会っているだろうな」

おさとは川路の言葉で悟った。

「定吉の伊勢音頭には、もうすぐ一緒になれるという思いがあったのですね」

「おそらくな」

川路はまた黙った。

おさとが川路をそっと見ると、愁いに満ちた面持ちになっていた。

「御仕置を申し渡した幼年の者たちのことを思うとやり切れない。罪を犯して非人手下に落とされても、食っていけないとなれば、また同じことになる。大人もそうだ。親に勘当される。凶作で土地を手放す。犯罪に手を染める。理由はさまざまでも、人別帳《にんべつ》を離れて無宿人になると、多くは盗みでもしないと生きていけないのだ。挙げ句の果ては死罪となる。論語に言う『小人窮すれば斯《ここ》に濫《らん》す』だ。江戸の人足寄場《にんそくよせば》のようなものがあればと思う。寄場にはいろいろな働きがあるが、衣食住を提供して、正業に就くための技を身につけさせることが一番大切だ。その働きをより強くしたものが欲しい。窮した民を救うための蓄えの制も必要だ」

「生み出せばよろしいではありませんか」

川路はおさとを見つめた。

「口幅ったいことを申し上げれば、奈良のお奉行は科人を罰することだけが、人々の我欲の調停をすることだけがお役目ではないはずです。殿さまはサクラの少ない南都を見て、人々の安らぎのために植樹を進めたいと、いつもおっしゃっています。それと同様に、いえ、それ以上に価値のあることではありませんか」

「うむ」

川路はまた考えに浸った。微風はいつの間にか止んでいた。おさとは手に持っていた奈良団扇で、川路をゆっくりと扇いだ。

二

入牢者の処罰が済むと、前日までに非人番たちが捕まえ、とりあえず長吏役所の仮牢に拘束していた十人の科人が奉行所へ送られてきた。

川路は彼らの調書に目を通した。人定質問と犯罪のあらましを問う一通《ひととおり》紀《ただし》を行い、未決勾留の手続きをするためだ。その後の実質的な吟味は与力がするが、この冒頭手続と、吟味詰り之口書を科人に読み聞かせての確認、遠島以下の判決申し渡しは、奉行が白州で行う決まりになっていた。川路はこれに加えて、科人が奉行に直接訴えたいときや与力の求めがあれば、自ら進んで吟味をした。

白州が開かれ、最初にもっとも兇悪な者が呼び込まれた。河内国柏原《かしわら》村生まれの無宿、伊之助という十八歳になる男だ。伊之助は九歳で盗みを、十三歳で手下を引き連れて押し込みをした。それから十八歳になるまで大坂、京都、大和でさまざまな悪事を働き、敲や入墨、所払などの刑を受けている。最後は畝傍《うねび》山のすぐ北にある今井町の両替商に押し入り、番頭を殺して金を奪ったが、奈良町で捕まった。

川路は伊之助を見て驚いた。江戸ならば歌舞伎役者と言っても通用する美男子で、兇悪な人間には見えなかったのだ。

「伊之助とやら。其の方、なかなかの悪の才子《さいし》だそうな。その年で手下を持ち、悪行を重ねるとは、人は見掛けによらぬものよ」

伊之助はニヤリとした。

「お奉行さんよ。見掛けで人を判断するんか。たいした男やないな」

「ほほう。減らず口もなかなかだ」

「たわけが。侍だ、奉行だと威張っても、刀抜いたことも人斬ったこともないやろが。人斬ってみい。気ぃさっぱりするで。それとも抜くのが怖いんか」

「おやおや『小人の過つや必ず文《かざ》る』といったところだな」

伊之助は意味がわからなかった。それでも自分が馬鹿にされたと感じたようで、悔しそうな顔をした。川路はもはや相手にせず、無表情に冒頭手続を進めた。伊之助は神妙に受け答えをしていたが、最後に吟味中の入牢を言い渡されると、「見とってみい」と捨て台詞を吐き、白州から引き出されていった。川路はその後ろ姿を見て、引廻しのうえ獄門になるだろうと思った。

二人目は摂津国難波《なにわ》村無宿の吉五郎だ。博奕で身を持ち崩した店者《たなもの》で、三十四歳になるまで各所で盗みを働き、入墨の身となっている。もっぱら空き巣ねらいだったが、上街道の丹波市《たんばいち》村で木綿問屋へ押し入り、捕まった。脇差を抜いて銀子を強奪したのだが、すぐに追いかけてきた者たちに囲まれてしまった。吉五郎の死罪も間違いない。ほかは家蔵忍入《いえくらしのびいり》の盗が一人と小盗の常習犯二人、こそ泥のたぐいが五人だった。今回も初犯の幼年者がおり、川路は眉を曇らせた。

白州を終えると、新たな入牢者たちは牢屋敷の本牢へ送られた。牢番は常勤が一人で、ほかに奈良市中の髪結《かみゆい》が昼夜二名ずつ交代で当番をした。髪結の牢番は入牢者を白州へ連行するときの縄取りもし、刑の執行日には帯刀して警護に当たった。髪結は世襲で、奈良町に二十二人と定められており、目明《めあか》しも兼ねていた。

牢番たちは帳簿と照らしあわせて入牢者の確認を行い、本牢にぶち込んでいった。着衣は自前の着物を取り上げ、夏用の麻のひとえを支給した。が、帯は紙製だった。首吊りを防ぐためである。牢屋敷には細かい決まり事があり、牢番は隅々まで目を光らせていた。ところが、科人たちが求めると筆墨と紙が与えられ、外部に手紙を出すことができた。いかにも南都らしい習わしと言えた。

本牢の入牢者はすべて入れ替わったが、揚屋《あがりや》には女犯《にょぼん》を否認している厄介な所化《しょけ》がまだ残っており、女牢にも博奕でいかさまをして遠島となった女がいた。女囚は難波から出る島送りの船を待つためである。

三

「親父さま、一太刀で首を落とすのは、おれにはまだ無理ですわ」

官之助が道場に入っていくと、せがれの住之助《すみのすけ》が情けない声で訴えた。住之助は次の処刑日に初めて首を刎ねることになっていた。官之助は住之助の気持ちが痛いほどわかったが、長吏としてあえて言った。

「あかんやないか」

「ほんでも」

「見ててみい。こないや」

官之助は腰の刀を抜くと、足を左右に開いて上段に構え、呼吸を整えるやいなや、すばやく振り下ろした。シュッと空気を斬る音がした。鋭く早い太刀筋だった。

「いつも言うように、うまく斬ろうと思うたらあかん。無念無想や。たとえりゃ、包丁で大根を次から次へと輪切りにしていくようにやな、首を斬ることだけ考えて、おのずと手が動くようにするんや。手伝い人足が首を穴のほうへ伸べさせよったら、間髪入れずに斬り落とせ。極意はそれだけや。相手のことは何も思うんやない」

住之助は目を潤ませていたが、素直に「はい」と答えた。

官之助は我が子がふびんだった。長吏の子として生まれたばかりに、つらい思いをしなければならない。奉行所の役目を果たすために、十六歳になった長吏の跡継ぎが通過しなければならない道だった。

その一方で、と官之助は思った。たかが十両盗んだだけで命を取られる科人がいる。些細な罪でも再々犯を理由に処刑される人間がいる。凶悪な悪漢たちはさておき、多くは貧しいゆえに罪を犯してしまった者たちなのだ。それは本人の罪なのだろうか。世の仕組みがまずいからではないのか。為政者の無策がそうさせるのではないのか。

だとすれば、その後始末を、召し捕りと処刑を、最下層の身分に置かれている非人にさせるのは卑怯《ひきょう》なことではないのか。非人には親子代々の乞食《こじき》や芸能者、非人手下の刑を受けた者もいるが、多くはもともとが百姓だ。災害や飢饉、領主の収奪などで生活が困窮し、村を出て物乞いせざるをえなくなった農民たちではないか。奉行所の務めをする者たちはその中から選ばれているだけのことだ。

人を差別することも、むろん許せることではないと思う。大和の非人番は村人たちから頼りにされ、あるいは恐れられているが、人別帳に加えてもらえない村や、羽織や雪駄などの着用を禁止している村もあるのだ。畏怖の念を持たれている長吏といえども、いつ露骨な差別を受けるかわかったものではなかった。

だが、定めの中で生きる身にとって、そんなことを考えてもしかたがなかった。いつの日か、変革の時が来るだろう。その日を待つしかない。もっとも、異国船が浦賀に来航したとか、薩摩と交戦したなどの風説が伝わってくる今日この頃だ。意外に早くやって来るかもしれない。

いやいや、人の意識はそんなに簡単に変わるものではない……。

「えい」

裂帛《れっぱく》の気合いが官之助の想念を断ち切った。いま父親として為すべきことは、せがれの心が闇に落ち込むのを防ぐことだ。

「住之助、これからもっと試練が続くんやぞ。悩んだときは興福寺へ行き、三面六臂《さんめんろっぴ》の阿修羅《あしゅら》と向き合え。怒り、苦悩、悲しみ、喜びといろんな表情を見せる阿修羅と話をするんや。そしたら、いつの日か、阿修羅がおまえの心を解き放ってくれる」

「はい」

住之助は簡潔に答え、また真剣を構えた。首を突き出した罪人を想定して刀を振り下ろす。それを何度も繰り返した。官之助は床の間に正座をして、せがれの稽古を見守った。

官之助の初めての斬首も十六歳の時だった。思い返せば、官之助も当夜はもちろんのこと、その前の晩も眠れなかった。おびただしい血を流すことも、首のない死体を見ることも、恐ろしくはなかった。罪人とはいえ無抵抗の生身の人間の命を取ることに、おののいたのである。覚悟を決めて土壇場に臨み、さばさばしている罪人もいたが、直前まで泣き叫び、助けを請う者のほうが多かった。その声を聞き、その目を見るのがつらかった。一度で執行できず、苦しませることもあった。じたばたされて頭に斬りつけてしまうこともあった。そのたびに気持ちがすさみ、考え込んだ。阿修羅と向き合った。

無明長夜《むみようじようや》から抜け出ることができたのは、二十人目の首を刎《は》ねたときだった。おれは単なる処刑人ではない。妄執に囚われて人の道を踏み外した者を、やむを得ず悪事に手を染めた哀れな人間を、苦しまずにあの世へ送ってやる抜苦与楽《ばつくよらく》の役目を果たしているのだ。そう確信したからだ。

以後、官之助は罪人が一瞬であの世へ旅立てるようにと、よりいっそう修練を積んだ。処刑の朝は仏に祈りをささげ、身を清めてから土壇場に向かった。相手が若い者であろうと女であろうと無念無想で首を刎ねた。そのさまを見て、長吏である父親は後継者として官之助を認め、任務を斬首から探索や捕り物に変えたのだった。

「長吏」

配下がそばへ来て、官之助に呼びかけた。

「富蔵《とみぞう》がもどってきましたで。法華寺村の庄屋んとこへ押し込みましたわ」

「なにー、富蔵がもどったんか。あのガキィ、飛んで火に入る夏の虫にしたるわ」

官之助はすぐさま刀を腰に差し、命令した。

「お奉行所にも伝えてんか。いい機会や、住之助ついて来《き》い。探索用の背負袋忘れたらあかんで」

四

法華寺村は長吏役所から十四町（約一、五キロ）ほどだった。官之助と住之助が引廻しに使っている馬を駆って急行すると、村人たちが手に棒や鎌を持って屋敷を取り囲んでいた。屋敷構えは大和の平野部によく見られるもので、四方に土塀を巡らせ、中に母屋と米蔵や納屋、馬屋が立ち並んでいる。母屋はゆるやかな瓦屋根に急勾配の藁葺き屋根を組み合わせた大和棟で、庄屋の住まいとあって、ひときわ大きく美しかった。

長屋門は閉じられており、その前にいた村の非人番が駆け寄ってきて、官之助に状況を説明した。

「一味は三人ですわ。庄屋はんが出掛けると母屋へ押し入り、ばあさまをとっ捕まえて、ほかの者は追い出しですわ。座敷の雨戸を締め切ったんで、様子はわかりまへん」

「ゆっくり物色しとるっちゅうわけやな」

官之助が門のすき間からのぞくと、男たちの一人が内玄関の前で見張っているのが見えた。

日没まで小半時（三十分）もなかった。

「逃げ出すちゅうても、こないに囲まれたら無理やろ」

「いえ、長吏。中に馬がおるんで、それで門突破されたらお手上げですわ」

「そう言や、富蔵のガキ、馬に乗れたんやったな」

「長吏どの」

そばにいた押し出しのいい中年男が呼びかけた。

「この家の主の新左衛門《しんざえもん》でござります。お役目ご苦労さまにござります。なにとぞ無事に母を助けてくださりませ。銀子は惜しうありません。なにとぞ無事に」

新左衛門は涙ぐんで、頭を下げた。

官之助はあいさつする間も惜しんで、急ぎ足で土塀を一周してくると、新左衛門にたずねた。

「母御は気丈な方でっか」

「へえ。わしは今でも頭が上がらしまへん」

「それと、瓦屋根にある煙出しからは中をのぞけまっか」

「へえ。大きく取っておりますよって」

官之助は母屋の部屋の配置などを聞き、住之助に命じた。

「煙出しから中を見て、一味がどこにいるか教えてくれへんか。のぞき筒を持っていけ。母御の場所を知りたいよってな。男一人がそばで匕首《あいくち》でも突きつけとるやろ」

「はい」

「音立てんなや。連絡は手しゃべりでな」

官之助はあとの手順も住之助に指示してから、新左衛門を見た。

「座敷の戸を少々破ってもよろしいな」

孝行息子の庄屋は一も二もなく、「へえ」と首を縦に振った。

官之助と住之助は母屋の内玄関から死角になる裏手の土塀まで走り、村人が用意したはしごを上った。官之助はそこに待機し、住之助はそのまま土塀の上を少し進む。土塀と母屋の間にある大きなクスノキに移るためだ。

住之助は枝を伝って急傾斜のわら屋根に降り、瓦屋根の煙出しへ忍び寄った。背に負った袋から細長い筒を二本取り出し、それを継ぐ。それから先端に鍵の字型の短い筒をはめて、煙出しの中へ差し込んだ。住之助はひとしきり筒をのぞき、土塀の上で待っている官之助に向かって、手しゃべりを始めた。日は傾きつつあったが、官之助にはよく見えた。

すぐに官之助は土塀から屋敷内に飛び降り、母屋の左端にある別間へ忍び寄った。大和棟の基本は二列二間の四間取りだが、奥に別間が増設されていた。この別間は庄屋の好みで書院風に設えられ、床の間のわきに書院窓があった。官之助はここから家の中へ忍び込もうと考えたのである。母屋の右側は広々とした土間で、その一部は座敷や居間と結ぶ板の間になっている。住之助の手しゃべりによれば、庄屋の老母はここにおり、監視している男は匕首を持っている。土間の右端には竈《かまど》が並んでおり、その上に煙出しがあった。竈の横にある格子窓にはもう一人の男が長脇差を片手に張りつき、外をにらんでいる。家の中の物色はもう済んだらしい。

官之助が鳥笛を鳴らすと、住之助は屋根で猿が騒いでいるふりをした。男の一人が「やかましい猿やな」と反応したので、官之助は書院窓の格子をそっとこじ開けると、身を滑り込ませた。刀を抜き、座敷から居間へ忍び入る。一瞬の後、板の間を隔てる帯戸《おびど》を蹴り倒し、物も言わずに跳躍した。宙で官之助の刀が一閃した。老母のそばにいた男の右手が斬り落とされ、ヒ首が転がった。官之助は老母を背後にかばいながら、駆け寄ってきた男と対峙した。富蔵だ。

「長吏か。この野郎」

富蔵は憎々しげに言い、刀を振りかざして官之助に向かった。

官之助は無言のまま、老母のほうへ回り込もうとする富蔵に切っ先を突きつけ、峰を下にした。富蔵は剣先を払い除けようとした。が、腕が違いすぎた。官之助は一刀流の達人である。払われたと見せかけて小さな円を描き、刀を右手首に鋭くたたきつけた。富蔵は手がしびれ、刀を落としてしまった。即座に官之助は刀を返し、今度は首を打った。富蔵はあっけなく崩れ落ちてしまった。

玄関口にいた残る一人は、一瞬の間に二人の仲間が倒されたことに驚き、抵抗する力を失っていた。

官之助は老母に声をかけた。

「大丈夫でっか、刀自《とじ》」

「おおきに。長吏はん。強うおますな」

老母は斬り合いにも動じることがなく、確かに気丈夫だった。

住之助が長屋門を開けたので、みなが駆けつけた。庄屋の新左衛門は官之助に「おおきに、おおきに」と何度も頭を下げると、老母の手を取って涙ぐんだ。官之助は非人番たちに手を斬った男の手当と全員の縛りを指示し、額の汗を拭いた。

富蔵は十年前まで奉行所の小使をしていた男だった。二十歳前後のときで、正直で役に立つ男だったので、奉行所の者たちに重宝がられていた。ところが、いつの頃からか盗みを働くようになり、捕まった。女遊びを覚えたためだとか、博奕に狂ったからだと言う者もいたが、調べてみると、それほど遊んではいなかった。そのうえ本人も動機を話さなかったので、盗みをした理由は結局わからなかった。

一度捕まると吹っ切れたのか、富蔵は所業が凶悪になっていった。押し込み先で女に乱暴したり、路上で武士を襲ったりなどは朝飯前で、数え切れないほど人を殺した。南都の富蔵の悪名は京大坂まで広まり、その召し捕りには奈良奉行所の面目がかかっていたのである。

官之助が水を一杯求めて飲み干すと、住之助がたずねた。

「親父さま。なぜ富蔵を斬らんかったんですか」

「んーん。あいつはさんざん悪事を重ねてきたやつなんで、種々白状させねばならんことがある。それに、もともとは奉行所の小使やさかい、わしの手で殺すのは忍びなかったちゅうこともあるわな。母親はまだ牢屋敷のそばに住んどる。それはともかく、住之助、おまえも今日はようやった」

住之助は褒められたものの、複雑な心境だった。親父は忍びないと言うが、結局のところ、おれが富蔵の首を刎ねることになるのだ。

五

与力の橋本文一郎は困り果てていた。富蔵がのらりくらりを繰り返し、吟味にまともに応じようとしないからだ。若い文一郎をもてあそんでいると言っていい。理詰めの吟味が得意な文一郎は、身体を痛めつける牢問《ろうもん》はできれば避けたかった。文一郎は奉行に相談してみようと、小書院へ向かった。

川路は文一郎の顔を見るや否や富蔵の様子をたずねた。気になっていたのだ。文一郎は憮然《ぶぜん》とした表情で答えた。

「富蔵は何を考えているのやらわかりません。わたしが問い質しても、肝心なことには答えようとせず、人殺しや強姦のやり口を事細かにしゃべりまくるだけです。吟味をはぐらかそうとしているのか、わたしをからかっているのか。始末に負えません。弱りました」

「好きなように言わせておけばよい。どのみち引廻しのうえ獄門だ」

川路はそっけなかった。

「ですが」

「あのような者は、以前のニセ銀《がね》造りどもと同じで、銀《かね》が欲しいというよりは、悪事そのものに魅入られているのだ。いや、富蔵の場合はむしろ、心の内に潜んでいた悪性が表に出てきたのかもしれん」

文一郎は少し得心がいった。

「いずれにせよ、同じ土俵にのっても仕方がない。言いたいだけ言わせておけ。そのうちに飽きて自分からしゃべりだす。話さなければ牢で朽ち果てるだけのことだ」

川路は富蔵のような極悪人には冷たかった。小盗や幼年者を悪事の道から救い、再犯、再々犯者を出さないことのほうが大事だと思っているのだ。

「伊之助はどうだ」

「口書は取れました」

「ほう－。ああいう悪智恵が働く才子は割り切りが早いか」

「それから、ほとんどの者は爪印を押すという言質も取れましたが、一人だけ残っておりま す。これがまた難儀でして、馬に乗せてくれるなら爪印を押すが、そうでないなら押さないと言い張っているのです。わけがわかりません」

与力が取り調べを終えて口書を作成すると、科人はその内容を認めるというあかしに、奉行の目の前で印判を押すことになっている。武士の場合は花押《かおう》で、印判を持たない者は爪印をするのが決まりだ。

「どの者だ」

「杉松です」

「王寺村の十六歳になる者だったな、無宿の。年の割には心が幼く、愛嬌のある……」

「そうです。で、実はこの杉松、数奇な運命をたどっておりまして、当奉行所とも因縁浅からぬものがございます」

「因縁？」

「はい。それは天保二年（一八三一）の夏、早朝のことでした。わたしの父が大坂に出張るため、黒門の通用口を開けると、門の前に赤子が捨てられていたのです。小紋の打ち掛けにくるまれており、生まれて二十日ばかりのかわいい男の子だったと父は記憶しています。名は後日つけられましたが、それが杉松でした」

川路は意外な話に興味を引かれた。

「なぜそんなことがわかったのだ」

「杉松の出所は王寺村ですので、村役人に問い合わせをしました。そうしたところ、杉松は養子で、もともとは奉行所の門前に捨てられていたと判明したのです。そこで当時の奉行所記録を当たると、見つけたのは父であったというわけです」

「確かに奇縁だ」

「ちょうど門番夫婦にも子ができたばかりで、乳の出もよかったことから、父はとりあえず杉松を門番に預けました」

「門番の子というと、あの和歌が好きな庄之助のことか。俊介と仲のよい」

「そうです」

「これはまた、なんとも……。いっとき庄之助と乳兄弟だったとは……」

「父は大坂から帰ってくると、お奉行の梶野土佐守さまに今後のことをご相談申し上げました。その結果、もらい受けたいという者が出てくるまで門番夫婦に預け、入り用は奉行所が出すということになりました。その半年後、どこで聞きつけたのか、王寺村の百姓の仁兵衛《にへえ》と申す者が、養子にしたいと願い出たのです」

「そこまではいい話だ。して、そのあとは」

文一郎は、村役人の返答と大坂町奉行所の調べ、杉松本人の吟味でわかったことを詳しく語った。

仁兵衛は綿作を主とする本百姓で、杉松は跡継ぎの一人っ子として大事に育てられた。ところが、天保の飢饉が酷くなった七年の夏、杉松が六歳の時である。大和川へ流れ込む葛下川《かつげ》があふれ、堤の決壊を防ごうとした父親が亡くなった。凶作に加えての災いだった。残された母親と祖母、杉松の三人は暮らしに困り、村の庄屋たちが施す救い米と、周囲の助けに頼るようになった。秋の収穫がふたたび激減すると、それも滞るようになり、母親と祖母は相次いで病に倒れた。杉松は幼いながらも二人に食べさせようと、近隣の村々を物乞いして回った。だが、それで飢えをしのげるわけもなく、二人は亡くなってしまう。杉松は乞食仲間に身を投じ、糧を求めて大和や河内の町や村をうろつくようになる。

二年後、杉松は大坂を根城にしていた。同じような境遇の子供たちとともに、堀川の斜面に建っている土蔵の下をねぐらとし、やはり物乞いで何とか生きていた。堀川は市中に四通八達《しつうはったつ》していたので、追い出されてもねぐらには困らなかった。やがて仲間に唆《そその》かされて盗みを働くが、すぐに捕まってしまう。杉松は非人手下の刑を受けて天王寺長吏の支配下に組み込まれ、長八《ちょうはち》という小屋持ちの非人に預けられる。

長八は大黒舞《だいこくまい》や節季候《せきぞろ》などの門付け芸で金品をもらい受けている男で、杉松はそうした勧進物を運ぶ袋持ちをさせられた。そのうちに、杉松も自分で工夫した芸を披露するようになる。愛嬌があり身軽な杉松の芸に、町の人々は喜んだという。長八も好人物だったので、この時期の杉松は貧しくとも楽しく暮らしていた。

十五歳になったとき、杉松の運命はまた暗転した。親とも慕っていた長八が病死したのである。杉松は長八の親戚だという鶴橋村非人番の勘助《かんすけ》に引き取られ、使い走りをするようになる。ところがこの勘助は小悪党で、役目を笠に着て泥棒の上前をはねているような男だった。

勘助は稼いだあぶく銭で博奕を楽しんでいたが、ある日負けが込み、多額の借金をしてしまう。困った勘助は杉松が身軽なことに目をつけた。忍入《しのびいり》の手口を教え込んで、商家へ盗みに入ることを命じたのである。

杉松は二度の盗みを働いたが、そのたびに勘助は稼ぎが悪いと言って殴った。杉松は言いなりになるのが嫌になり、勘助の小屋から脱走する。引き取られてから半年後のことだった。杉松の足は自然に河内から大和へと向かうが、奈良町で路銀が尽き、また忍入の盗《とう》をしてしまう。捕まったのは二件目のときだった。

文一郎が話を終えると、川路はしばし瞑目《めいもく》した。金額の多少にかかわらず、家蔵《いえくら》忍入の盗は死罪が決まりである。しかし杉松の来し方を知ると、それが公儀の定めとはいえ、酷な気がした。川路は自分で吟味をしてみることにした。

川路が奉行席に着座すると、杉松が白州に入ってきた。まだ幼年の面影を残しており、人がよさそうな澄んだ目をしている。川路はやさしくたずねた。

「杉松、大和へ来たのはなぜかな」

「ちっちゃい頃に大和で育ったからや。王寺村やったと思う。なんでか、帰りとうなったんや。川で遊んだことや、お父《とん》とお母《かん》の顔をぼんやりと覚えているんや」

「では、すぐに王寺村へ向かわずに、奈良に寄ったのはどうしてかな」

「わからん。気がついたら暗峠越えとった」

奉行所の門前に捨てられていたことなど、杉松が知る由もなかった。

「道はわかっていたのか」

「わしは摂津も河内も大和も道はみなわかるで。物乞いして歩いたからやと思う。目ぇつぶっていても、どこでも行けるで」

杉松は自慢げに言った。

川路にはそれがいじらしく思えた。

「そんなおまえなら、家蔵忍入の盗は死罪とわかっていたであろうに、なぜしたのだ」

「御仕置のことはようわからん。銀《かね》がいっぱい欲しかったからや。勘助親分はお大尽から銀を頂いても悪いことやないと言うてはったで。余っているんやから、ええと」

「いや、他人さまの物を黙って取ってはいけないのだよ。それが世の決まりなのだ」

杉松は不満そうだった。

「ふーん。なら、わしが物乞いして飯を食うのも、橋の下で寝るのも、歩いてばっかりしてるのも、世の決まりなんか」

杉松の思わぬ逆襲に、川路は返答に窮した。

「歩き回って物乞いするのも、人にああせえこうせえ言われるのも、嫌んなったんや。盗んだ銀で飯をたっぷり食い、馬に乗って王寺村まで行くんや。ほんでお父とお母の墓にお参りするんや。長八親方が、孝行息子はそうするんやと言うてはったで」

杉松の思わぬ言葉に、親思いの川路は目頭が熱くなった。

「気持ちはわかるが、盗みで捕まったら、それもできなくなるではないか」

「わしの思い通りにならんのは、いつものことや。そやけど、お父とお母に会うとき、馬に乗っていくことはできるやろが」

杉松の話に川路は当惑した。

「死罪になったら乗せてくれるんやろ」

この言葉で、川路は理解した。杉松は引廻しのことを言っている。引廻しの馬に乗って死出の旅路につき、あの世で父母に会おうと考えているのだ。杉松の親を慕う心根が、川路には切なかった。しかも杉松は自分が捨て子だったことを知らず、養父母を実の親と信じている。

「しかし」と、川路は感傷を捨てた。

「おまえは馬に乗せるほどの罪は犯していないのだから。与力の言う通りに、わたしの前で爪印をすればいいのだぞ」

「いやや。馬に乗せてくれるまではせん。どないしたら乗れるんか」

川路は困った。死罪に引廻しが付加されるためには、忍入の盗の場合は、合わせて五度以上の盗みを働いていなければならない。杉松の場合は奈良で二度、大坂で二度という話だった。だが待てよ、と思った。勘助のような男がそれだけで許すだろうか。杉松がやつから逃げるまでには日数《ひかず》があったのだから、もっと盗みをさせていたはずだ。杉松は盗みを隠しているのか、あるいは忘れている。それを白状すれば引廻しにできる。だが、刑を重くするためだけに、新たな自白を示唆するのは心が痛む。いやいや、十五歳以下の幼年なら罪一等を減じることはできるが、杉松は十六歳になっている。どのみち死罪を免れることはできない。ならば、思い通りに馬に乗れたほうが仕合わせではないか。

杉松は悩む奉行を邪気のない目で見つめている。川路は負けた。

「奉行は御仕置をこれこれにすると、前もって約束することはできないのだ。馬に乗れるかどうかは罪を犯したやり方や数によるのだ。もしまだあるのなら、盗みを洗いざらい述べれば、乗れる見込みは高くなる」

川路の返答を聞くと、杉松は記憶をたどり、大坂では盗みを五回したと述べた。なぜ黙っていたのかと問われると、忍入の盗は何回しようとも、捕まれば馬に乗れると思っていたからだと答えた。

川路は杉松を何とか助けたかったが、いくら思案しても手立てはなかった。杉松の命を救ったはずの奈良奉行所が、今度は奪うことになるのだ。川路はやるせない思いがした。

後日、文一郎が裏付けを取って書き直した口書に、杉松は爪印を押した。

一方、富蔵はまだ煙に巻くようなことばかりしゃべっていた。文一郎は川路の指示通りに言いたいだけ言わせると、吟味を小半時（三十分）ほどで切り上げた。

その富蔵に変化が起きたのは、同心の久保良助と長吏の官之助が本牢へ連れて帰るときのことだった。一行は奉行所の北門を出ると、角を左へ曲がった。途端に良助と官之助はぎくりとした。富蔵の母親とばったり出くわしたのである。

富蔵は無宿となっていたが、生まれ育った家は北魚屋《うおや》西町で、牢屋敷の並びにあった。父親は幼い頃に亡くなり、富蔵はこの家で母一人の手により育てられた。母親は同じ家に住み続けていたので、出くわす可能性はあったが、実際にそうなるとは、良助も官之助も思っていなかったのだ。

富蔵は一瞬にして凍りつき、うつむいてしまった。母親もまた表情を変え、息子へ声もかけずに家の中へ引き返した。が、すぐにまた家から出てきて、腰ひもで縛られた我が子の後ろ姿をじっと見送った。官之助が振り向くと、白いほつれ髪がわびしく震えていた。

六

ときおり訪れていた冷気がなくなり、暑さがつのってきた。揚屋の女犯僧は相変わらず否認をしていたが、ほかの入牢者たちは富蔵も含めて全員が爪印を押したので、川路は御仕置伺書を所司代へ送った。

執務を切り上げた川路はもう一つするべきことを思い出し、中小姓の俊介を呼んだ。

「俊介、官之助を呼んできて、居間へ通せ。今日は長吏溜《たま》りにいるはずだ。それから、おさとに二人分の酒と肴の支度をするように伝えてくれ」

「かしこまりました」と俊介は答え、引き下がった。

ほどなく、居間に面した庭から官之助の声がした。

官之助は白砂に片ひざをつき、「お呼びでございますか」と言った。奉行に呼ばれ、いささか緊張していた。

「長吏、堅苦しいことは抜きだ。座敷へ上がれ。遅くなったが、富蔵召し取りの労をねぎらいたい」

「恐れ入ります。ですが座敷に上がるなどめっそうもない。身分が異なります」

「よいではないか」

「いえ、それでは世に対して示しがつきませぬ」

官之助は固辞した。川路の申し出はありがたいが、甘えるわけにはいかなかった。非人の頭として町の人々に一目置かれてはいたが、気を許すと思わぬ反撃を食らうというおそれが習い性になっていた。川路は官之助のきっぱりとした態度を見て、折れた。

「わかった。では縁側に座れ。ともに心地よい風を楽しみつつ、飲もうではないか」

川路にそう言われると、官之助は断りようがなかった。指示に従い、板縁に腰をかけた。川路も庭下駄をはいて、茶飲み話でもするかのようにその横に座った。それを見計らったように、おさとが女中のおみつとともに酒と膳を運んできた。官之助はびっくりして平伏しようとしたが、川路はそれを押しとどめ、酒を注いだ。

「そのようなことはどうでもよい。そなたの素晴らしい働きで、奉行所の面目が立った。感謝するぞ。さ、飲め」

「かたじけのうございます」

官之助はうれしそうに盃を干した。

「殿さま、働きとはどのような」

そばに座ったおさとがたずねると、川路は法華寺村で富蔵を捕まえた一件を話した。おさとは熱心に耳を傾け、「官之助どの、お手柄でしたね」とたたえた。

「ありがとうございます」

官之助は照れて顔を真っ赤にした。川路は頬をゆるませ、手元に置いた刀を官之助に差し出した。

「奥州の兼定《かねさだ》だ。そなたに遣わす」

驚く官之助に、川路は刀を押しつけた。

「よく斬れるぞ」

「もったいのうございます。わたくしごときに」

官之助は感激のあまり目を潤ませた。川路は話題を変えた。涙は苦手だった。

「で、その富蔵が、なぜか急にしおらしくなったとか」

「はい」

官之助は母親と遭遇したことを述べ、それからは気ままな言動がなくなり、吟味を素直に受けるようになったと話した。川路は何度もうなずいた。

「やはり母は偉大なものよ」

おさとが二人に酒を注いだ。官之助は恐縮し、大切そうに口へ運んだ。

「ところで官之助、ちょうどいい機会だ。引かれ者の小唄のことを教えてくれないか。長吏は引廻しに立ち会うので、存じているはずだ。おさとが知りたがっている」

官之助はおさとに向かって軽くうなずき、おもむろに語り出した。

引廻しの罪人たちがいつ頃から小唄を唄いだしたのか、それがなぜ伊勢音頭なのかはわからない。しかし、上方では昔からお伊勢参りが盛んで、人々は参宮の旅にあこがれていた。念願かなってお参りをした者は伊勢音頭を覚え、土産として国へ持ち帰った。だから唄を知っている者は多いはずで、その影響があることは間違いない。

伊勢音頭にはさまざまな唄があるが、罪人のほとんどはヤートコセ節を唄う。これは「弥長世《ヤートコセ》　恰弥成《ヨーイヤナ》　安楽楽《アララ》　是者伊勢《コレハイセ》　善所伊勢《ヨイトコイセ》」という決まり文句の囃子がついている唄だ。これさえついていれば、詞や節を多少変えても伊勢音頭らしくなる。このヤートコセ節にもいくつかあるが、中でも一番多いのは、お伊勢さんへのあこがれを唄う『道中唄』だ。お伊勢参りをしたことのない罪人は大概これを唄う。二番目は『別れの唄』。外宮《げくう》から内宮《ないくう》へ向かう途中にある古市《ふるいち》の妓楼《ぎろう》の女と参詣客の別れを唄ったもので、伊勢へ詣でたことのある者の多くが選んでいる。

また、ヤートコセ節と同じ伊勢名物の唄ではあるが、いささか異なるものに『間《あい》の山節《やまぶし》』がある。古市の一帯は間の山と呼ばれており、ここを根城にしている女芸人のうち二人が、お杉とお玉という名を継ぎつつ、唄を伝えていると聞く。これも広まっているはずだが、男の罪人が唄っているところは見たことがない。「ゆうべあしたの鐘の声、寂滅為楽《じゃくめついらく》と響けども」と始まる唄で、音色が哀切なためと思われる。ちなみに、木辻町の遊女はこの唄を好んでいるらしい……。

話が一段落すると、おさとがしみじみと言った。

「遊女たちは『間の山節』を唄って、自らの運命を思い、心の中で涙を流しているのでしょうね」

「おそらくは」

「女の罪人も伊勢音頭を唄うのですか」

「南都では引廻しになる女はほとんどいなかったので、確かなことは申し上げられません。ですが、わたくしが唯一知っている者は、『間の山節』を唄っていました。この女はさる商家の本妻でしたが、番頭と密通をしたうえに夫を殺害し、引廻しのうえ磔になったのです」

「女には『間の山節』に漂っている無常観がしっくりくるのであろう」

川路は自分の感想を述べたが、おさとは少し笑みを浮かべただけで、話を変えた。

「以前、定吉さんが唄っていたのは『別れの唄』ですね」

「その通りです、奥さま。定吉が幼年の時分に、父親か祖父がお伊勢参りをしたことがあるのでございましょう」

「それで、家族が唄っていた『別れの唄』を覚えていたというわけですか」

「おそらく。さらに思えば、所帯を持つはずだった娘に、いつかはお伊勢へ行こうと約束をしていたのかもしれません」

「その娘さんと死に別れとなってしまった……」

「伊勢音頭を唄いながら刑場に引かれていく者たちの多くは、わたしどもと何の変わりもない人間で、ひょんなきっかけから悪事に手を染めてしまったのです。定吉は怒りから人を殺めてしまいましたが、ほとんどは飯が食えたらこんなことはしなかったという、運の悪い者たちなのです」

川路が唐突に問いかけた。

「官之助。杉松を直吟味したとき、引廻しになりたいわけを馬に乗りたいからだと申しておったのだが、わたしには今一つわからなかったのだよ。なぜ杉松がそんなにも馬に乗りたいのか」

おさとが川路の顔を見た。

「お奉行。それはあこがれなのです」と官之助は答えた。

「貧しきがゆえに罪を犯した者たちや十六、七歳くらいまでの盗っ人の多くは、馬に乗ったこともお伊勢参りをしたこともありません。ですから首を刎ねられる前にせめて馬に乗って、高い所から町を見下ろしてみたいと思うのです。この世の見納めをしたいのです。引廻しが見せしめのためであろうがなかろうが、処刑を目前にしている者にとっては何の意味もありません」

官之助は思いを馳せているような目をした。

「杉松は生まれてからこのかた、物乞いのために歩いてばかりでしたから、馬に乗ってみたいという気持ちはより強かったかもしれません」

川路の目がきらりと光った。合点がいったのだ。

「一度は行きたいと願っていたお伊勢参りのつもりで馬に乗り、『道中唄』を唄う。それが望みとは異なり、死出の旅路と知るゆえに、なおさら高らかに唄うのです。そこには満たされなかった思いなどさまざまな感情が込められており、引かれ者の小唄と一概に言えないものがあるのです」

「引かれ者の小唄を負け惜しみだとか強がりだと一面的に嘲《あざけ》るのは、うまく世を渡っている人間の思い上がりなのかもしれませんね」

おさとがそう言うと、官之助は同意しつつも、付け加えた。

「おっしゃる通りですが、死に臨んでも見栄から逃れられず、強がりで唄う罪人がいることもやはり事実です。人の気持ちはなかなかに込み入っています。お奉行が悪の才子と言われる河内無宿の伊之助などはこちらのほうでしょう」

「そうだな。官之助の言う通りだ」

「奥さまは『奈良の朝起き』という言い回しを御存じでしょうか」

「ええ。鹿を殺めると罪に問われるので、家のまわりに死鹿がいるかどうかを確かめ、いればほかに移すために、朝早く起きるということですね」

「さようでございます。一方では『奈良の寝倒れ』という言い方もあるのです。小唄どころか、引廻しの馬上から他人の妻や娘を見掛けると、自分の内縁の妻だから死に水を取れなどと偽りを述べたり、卑猥《ひわい》な言葉を投げかけたりする罪人がいます。町の人々はそれを嫌い、引廻しのある日は朝寝をして門戸を開けないからです。心底腐ったどうしようもない小悪党どもが大勢いることも否めません。もっとも、怖い物見たさに起きてくる人々もおりますがね」

官之助が一息つくと、おみつが旨味に満ちた匂いを運んできた。鰻の蒲焼きだ。おさとが勧めると、官之助は一切れを口にし、感に堪えない表情をした。

「美味しゅうございます。これは江戸の味でございますか」

「ええ、蒸してから焼き上げたものです。と申しても、わたくしが料理したわけではありませんが」

川路があとを引き取った。

「高村謙蔵は江戸の下町流の蒲焼きが得意で、おさとの養生のためにときどき焼いてくれるのだ」

「高村さまが焼かれたのですか。それはそれは」

「さ、飲め」

川路はうながした。官之助はまたぐいっとやり、しみじみと言った。

「まあしかし、本当の極悪人は唄いませんね。淡々としたもので、逆にその人物の底知れない恐ろしさを感じるほどです。虚無の世界に生きていると言いますか……」

川路とおさとは深くうなずいた。

七

「牢抜けの企みが発覚しました」

風がそよともしない蒸し暑い昼下がり、用人の富塚俊作が血相を変えて小書院へ飛び込んできた。川路が相続争いの訴状調べをしていたときのことだった。与力の橋本文一郎と斉藤平三郎がすでに牢屋敷へ向かったという。牢抜け騒ぎは川路が奈良に来てから初めてのことであり、奈良奉行所が開かれて二百数十年間、牢抜けを許したことは一度もなかった。川路はいざという時のために家来たちを待機させ、与力からの知らせを待った。

牢屋敷は緊迫した雰囲気に包まれ、帯刀した非番の牢番たちが続々集まっていた。斉藤平三郎は同心たちと本牢の周囲を固め、橋本文一郎が詰所で牢番に話を聞いた。

「仙蔵さん。びっくりしたで。どんな企みなんや？」

仙蔵は元林院町《がんりいんちょう》の髪結で、年はいささか食っているが、頼りになる牢番の一人だった。

「へえ。本牢に火を付けて、どさくさに紛れて抜け出そうちゅう魂胆らしいですわ」

「やるのはいつと？」

「それはわかりまへん。例の富蔵が急に七転八倒したもんで、医者に診せようと本牢から出しましたんや。そしたら仮病やと言って、わしに企みを告げたんですわ。ほんで、とりあえずお奉行所にお知らせしようと思いましたんで、まだ聞いてまへん」

「富蔵はどこに？」

「穿鑿所《せんさくじょ》に入れてますわ」

文一郎は穿鑿所へ行き、富蔵に事の次第をただした。話はこうだった。

すべてを自供した富蔵は引廻しになることを覚悟したが、そんな姿を母親に見せるのは忍びないと思い始めた。そこで昨日、処刑の前に自分を絞め殺してくれと牢仲間の一人に頼んだ。それから深夜まで眠れずにいると、火付けをして脱獄をする相談が聞こえてきた。富蔵は寝たふりをして聞いていたが、牢屋敷が火事になれば、母親の家も類焼すると思った。そうなれば母親は焼死するおそれがある。企みをつぶそうと思い、牢番に告げた。ただ暗闇の中でのひそひそ話だったので、誰が話しているのかわからなかった。いつ決行するのかは話していなかった。

富蔵の話に嘘はなさそうだった。すぐに罪人たちの身体と牢内を探って火付け道具を見つけ、企みを白状させなければならない。文一郎は一計を案じた。富蔵が流行病《はやりやまい》かもしれないのでみなの身体の具合を調べるとして、一人ずつ穿鑿所へ呼び出し、身体検査と尋問をする。終わった者は拷問《ごうもん》小屋に留置しておき、全員いなくなった本牢内を徹底的に捜索する。文一郎は斉藤にこの計略を伝え、牢番たちを使って実行に移した。

文一郎は富蔵を除く十二人の男を次々に問い質していった。しかし九人までは何も知らず、隠している様子もなかった。杉松の番になったが、きょとんとした顔をしている。

「わしは火付けなんかせえへん。食いもんも家も焼いたらもったいないやないか。ほんで、わしは馬に乗りたいよって、牢抜けもせえへん」

文一郎は苦笑したが、理に適っていると思った。次は杉松と同じ十六歳になる友吉《ともきち》だった。友吉は伊之助の弟分だが、小盗の再犯なので、入墨刑となる。三犯目は死罪だ。

友吉はふてくされた顔つきで穿鑿所に入ってきたが、文一郎は歩き方が妙なことに気がついた。そばにいた同心の久保良助と長吏の官之助もわかったようだ。

文一郎はわざとからかった。

「まだ若いちゅうに痔持ちのようやな」

文一郎が目配せをすると、良助と官之助は友吉を取り押さえ、尻をむき出しにした。調べると、案の定、小さな火打ち石を肛門の中に隠していた。

友吉を問い詰める前に、文一郎は考えた。火を付けるには火打ち石と火打ち金《がね》、火口《ほくち》それに付け木が不可欠だ。肛門の中に隠すならあと二、三人は要するが、残りは一人で、友吉の兄貴分の伊之助だから、やつは間違いなくそうしている。とすると、あと一人か二人はすでに調べた連中の中にいる。伊之助は若いくせにしたたかなやつだから、やつを調べる前にそっちを捕まえておく必要がある。

文一郎は友吉に言った。

「なかなか重宝な尻を持っとんな。火打ち金なんかも隠しているんやろ。もっと調べんとあかんな」

「そうでんな。なんなら医者を呼んで、友吉の尻の穴を切り開いてもらいまひょか」

久保良助がくそまじめな表情を作って同調した。

友吉はぎくりとし、泣きそうになった。

「わしの穴、そないにでっけえもん入らへん」

取り押さえている官之助が必死で笑いをこらえた。

「ならば伊之助やな。『兄《あに》やんは陰間《かげま》茶屋におったよって、でっけえ穴しとる。そこに火打ち金を入れとるでぇ』と友吉が白状したちゅうたらどないでっしゃろ」

「そやな。連れてきてくれへんか」

良助が牢番に命じると、友吉はあわてた。

「待ってえな。そないなこと言わはったら、兄貴に殺されますわ。火打ち金を隠しとんのは吉五郎だす。あのおっさん、でっかいよって」

調べてみると、吉五郎は確かに火打ち金を隠していた。伊之助のほうも、まげの中に少量の火口と付け木を仕込んでいた。これなら自分は痛くもかゆくもない。文一郎は伊之助のずるさを見たような気がした。

「伊之助。観念せえ」

「アホくさ。そうやすやすと首ちょん切られてたまるかいな」

伊之助は顔をゆがめた。美男なだけに、よけい陰惨な表情になった。

「そないに力んでもしゃあないで。もう仕舞いや。牢で小唄の稽古でもしといたらどや」

良助はそう言って、牢番の仙蔵に伊之助を引っ立てさせた。ほかの者たちも牢に返されたが、富蔵だけは残された。川路の判断を仰ぐためだ。

文一郎が顛末を報告すると、川路は嘆息した。

「ずる賢い伊之助は、吉五郎のような大人すら簡単に操ることができるのだな。やはり人は見掛けによらぬものだ」

火付け道具を手配したのは、伊之助から賄賂《わいろ》をもらった牢屋敷の小使だった。この男も牢に入ることになった。

牢抜け騒ぎの後始末は次のように決まった。伊之助と吉五郎はどのみち死罪以上になるだろうから、それまでは監視を強めるだけにしておく。友吉は伊之助の言いなりで、まだ若いので罪は問わない。富蔵は重罪犯なので、通報してくれたが、罪一等を減ずることはしない。ただし、伊之助が密告に気づいた場合に備えるとともに、何者かに自分の絞殺《こうさつ》を頼んだことを考慮し、用心のため一人牢へ移す。

この判断を受け、官之助は富蔵を一人牢へ連行したが、道すがら一つ質問をした。

「ほんで、富蔵。どいつに殺してくれと頼んだんかいな」

「皮肉なことに伊之助や。こないなったら、きれいさっぱり刑場の露と消えていくだけのこっちゃ」

富蔵は笑った。

仕事を終えた官之助が長吏役所へもどると、住之助が道場で首を刎ねる稽古をしていた。心なしか以前より振りが鋭くなっている。

「上達したやないか」

官之助が褒めると、住之助はうれしそうに答えた。

「法華寺村で親父さまの太刀筋を見さしてもろうて、わかってきたような気がしますわ」

「うむ。時に臨んだら果敢に行うことや」

官之助はそう述べ、住之助に父と型を演じるよう命じた。

ときおり刃が光った。寸止めだが真剣である。互いに相手を斬り殺してやるという気魄《きはく》に満ちていた。二人の額から汗が吹き出たとき、奉行所から呼び出しが来た。官之助はいよいよだと思った。住之助が首を刎ねる日が決まったのだ。手下に命じて御仕置の準備をしなければならない。

八

空には雲一つなく、蝉《せみ》の鳴き声が早くも煩《うるさ》かった。

麻上下を着用した橋本文一郎は、同心の久保良助らを引き連れて牢屋敷へ入ると、本牢の前で名前を呼び上げ、刑を告げた。吉五郎は死罪。杉松は引廻しのうえ死罪。富蔵と伊之助の二人は引廻しのうえ獄門を申し渡された。

官之助は手下に処刑の支度を命じ、死罪以上で希望する者に酒を与えた。死罪だけの者はすぐに刑場へ連れていかれ、首を刎ねられる。つまり、住之助が初めて首を刎ねる相手は吉五郎ということになる。酒を飲む気も失せた吉五郎は、泣き叫びながら刑場へ引きずられていった。

次いで引廻しの一行が出発した。読み上げられた順に富蔵、伊之助と馬に乗せられ、牢屋敷を出ていく。富蔵は酒を飲まず、唄おうともしなかった。同心の久保良助が「唄わないのか」と聞くと、「大人気ない」と答えた。自分の家の前を通るとき、富蔵は一瞬つらそうな表情をしたが、淡々とした態度は崩さなかった。紙幟を持った雑役の者たちが富蔵の名前を読み上げても、母親は出てこなかった。

二番目の伊之助は酒を飲み干し、馬の背に乗った。

「獄門とは上出来や。わいは何の悔いもあらへん。おもろかったでえ。今日は一世一代の晴れ舞台。大勢の供連れで馬に揺られ、地獄への道行きでござります」

伊之助は芝居がかった声でそう叫ぶと、馬の歩みに合わせて唄いだした。

〽　皆さまさよなら　お静かに
また来春《らいはる》も　来ておくれ
来春来るやら　来ないやら
姐《ねえ》さん居るやら　居ないやら
これが別れの　盃と
思えば涙が　先に立つ

杉松の番がやって来た。酒を少しだけ口に含み、苦い薬を飲むような表情をしてあおった。せがれの住之助と同じ十六歳である。官之助は不憫《ふびん》になり、声をかけた。

「やっと馬に乗れるな」

「うん。うれしい」

杉松は素直に答えた。死を恐れているようには見えなかった。

「杉松は王寺村の出やったな。あのあたりはでっかい川があって、気持ちええとこだ」

「うん、お父《とん》と遊んだことある。ちょっとだけ覚えているで」

杉松は無邪気な目で官之助を見つめた。

「わしは字読めんし、知恵もあらへん。そやけど銭の区別はできるし、何でも食えるで。今日からは酒も飲めるようなった。酒飲めるとこ、お母《かん》に見せたいな。ほんでも、あの世で会ったとき、お母はわしだとわかるんかな。心配や」

杉松は馬に乗ると、すぐに「アア――　ヨーオーイ　ナーアー」と高い声で唄い出した。その声が合図であるかのように、杉松を乗せた馬は出発した。唄は蝉に負けず、澄み切った青空にどこまでも伸びていく。

〽　伊勢に行きたい
伊勢路が見たい
せめてな　一生に一度でも

唄に誘われて町の人々が道に出てきた。白帷子《しろかたびら》を着て後ろ手に縛られた、まだ幼年と言ってもいい罪人の姿を見て、涙を流す女たちがいた。後ろを歩く官之助もまた、心の中で泣いた。親のいない杉松は生き延びるために盗みを働き、長吏の子として生まれた住之助は、定めとしてその首を刎ねなければならない。

夫の着衣を整えているおさとにも聞こえてきた。川路は身をゆだねたまま、ぼんやりと庭を見ている。

「『道中唄』ですね」

「そうだな。王寺村の杉松だ。十六歳だが心は幼く、父母はいない」

川路は聞かれもしないことまで答え、黙してしまった。唄が近づいてきた。飾り気のない澄んだ声だった。おさとは切なさがつのってきて、着付けの手を止めた。川路の肩が小刻みに震えていた。

〽　わしが国さは　お伊勢に遠い
お伊勢恋しや　詣りたや
ヤートコセ　ヨイヤナ　アララ
コレワイセ　ヨイトコイセ

翌日、阿修羅と向き合う住之助の姿が興福寺にあった。

禰《ね》宜《ぎ》道《みち》

過日之出火、付け火のよし風聞あり、奉行所近辺のこと残念に付いろ〴〵を
（『寧府紀事』弘化四年十月十六日）

一

半鐘が気ぜわしく鳴っていた。音は近い。おさとはすぐに目覚め、川路を揺すった。

「半鐘です。起きてください」

「盗人でも入ったのだろう」

川路は目を閉じたまま、少し寝ぼけた声で応えた。

「どろぼうで半鐘は鳴りません」

一瞬にして川路は飛び起きた。四十六歳になるが、槍と剣術の稽古を欠かさないので、動き

はまだすばやい。雨戸を開けると、奉行所の建物が火に照らされ、庭で火の粉が舞っていた。かなり近いが、風はなかった。川路はいささか安心した。奉行所の火の見やぐらの太鼓も鳴った。ふすまの外から用人の高村謙蔵が落ち着いた声で、「すぐそこです。黒門の前にある石切町です。お支度を」と言った。川路は手早く火事装束を着用し、纏番《まといばん》を先頭に与力同心らを従えて出馬した。

出火したのは深夜の九ツ（午前零時）だったが、見る見る燃え広がり、五十町（約五、五キロ）先にある郡山の柳沢家からも火消しの応援が駆けつけた。火は朝になって消えたが、火元となった家のほかに、通りにある八百屋、まんじゅう屋、飛脚屋など七軒ばかりを焼いた。幸いなことに死傷者は出なかった。川路は火事が治まったのを見届けた後、現場に近い興福寺の一乗院を見舞った。別状がないことを確かめて奉行所へもどると、家来や女中たちが総出で炊き出しをしており、火事場以上の騒ぎになっていた。

昼が過ぎても奉行所は後始末で大忙しだった。川路は類焼者へのお救い米などについて与力や奈良町の惣年寄《そうどしより》らと相談し、奉行所出入りの町人には白米四斗、そのほかの者へは白米二斗と決めた。拝借金を願う者には無利息の年賦で貸すことにした。奈良町の人々の中には、米や縄、むしろなどを持ってきて、名を告げずに置いていく者もいた。近くの大名家からも見舞いの使者が来たので、用人たちはその応対に追われた。

「おさと。やれやれだな」
一段落すると、川路は茶をすすり、おさとに話しかけた。

「奈良では三、四十年もなかったほどの大火だと、みんな魂消《たまげ》たようだ。ふだんは冷静な与力筆頭の中条惣右衛門《そうえもん》も、『こんな火事は見たことがない』と興奮気味だった」

「火事と喧嘩《けんか》は江戸の華と申しますが、実はわたくしもこれほど間近に火事を見たことがなかったので、びっくりしました。堀の土手に上がって見ていたのですが」

「よく見えたであろう。しかし、ここの火消し人足は江戸と比べると格段にのろい。大縄で家を引き倒すさまなどを見ていると、じりじりしてくるほどだった」

「それは仕方がありませんわ。奈良には火事が少ないあかしです。当地の人々はよほど火の始末がよろしいのでしょう。このたびはともかくとして」

「江戸とは異なり、あまり風が吹かない土地柄ということもあるのだろうな。それはそうだが、火消しをもっと鍛えねばならん」

「お堀の土手から焼け跡を見たのですが、火元の家には土蔵がたくさんあったのですね。石灯籠《いしどうろう》が大小二十本あまりと小さな祠《ほこら》までも。なかなかの大尽のようでした」

「その石灯籠は借金の形に取ったものだ。火元の白銀《しろがね》屋弥兵衛という男は金貸しで、とてもしみったれた男だ」

「白銀屋、ですか」

「町の者はそう呼んでいる。高利をむさぼるわけではないが、けちなうえに銀をため込むのが好きだからだ。以前、一貫五百匁の銀を返せと、千百年もの歴史がある旧家を相手に訴えを起こしたことがある。たかだか小判二十五両ほどでだ」

「千百年も前と言えば、大仏さまが造られた時代ではありませんか」

「そうだ。聖武帝の御代だ。その旧家のある村は菩提山正暦寺《しょうりゃくじ》の朱印地なので、断絶するのは忍びないと、住職が百匁を与えた」

「紅葉の美しさで知られるお寺ですね」

「上等な諸白《もろはく》の酒を初めて造った寺でもある。それはともかく、白銀屋は寺が与えた銀子からも利息を払えと言ってきたのだ。わたしは奉行の手元金で助けようかと思ったが、当主はどのみち家の命運は尽きていると断り、潔く身代《しんだい》限りの道を選んだ。白銀屋には惻隠《そくいん》の情というものが欠落している。金貸しにそういうものを求めても仕方がないのだろうけれども、情けなさ過ぎる」

「ほんに、いつの世も分限者《ぶげんしゃ》ほどお金に執着するものでございますね」

「それゆえに、金は天下の回り物と言いはするが、本当に必要としている者へは回ってこないのだ。もっと世のため人のためにその財を使えばいいものを」

川路は嘆いた。

「火事見物の者たちの中には、いい気味だと話している者もいたという。江戸ならば、さらに火を呼んだだろうな」

「南都はおだやかな気風なのでしょうね。それで、火事は失火でございますか」

「まだわからぬ。よもや奉行所のそばで付け火ということはないと思うが」

二

火事騒ぎも治まった頃、おさとは念願の春日詣でに出掛けた。奈良に来てから一年半になるが、初めてのことだった。奉行の妻はなかなか外出できないうえに、昨年の秋は江戸で家督の弥吉が亡くなり、この春には中小姓の秀次郎が遊女と相対死するなど、不幸な出来事が重なったからだ。そのうえ持病が出て、体調がすぐれないときが多かった。

朝のうちは曇りがちだったが、出発するときには秋晴れとなったので、おさとの心は喜びでいっぱいとなった。表向きの参詣とあって、行列は奈良奉行の奥方としての格式を整え、猩々緋《しょうじょうひ》の駕籠に乗った。同心が先払いをし、用人給人、侍、徒士《かち》、女中らが付き従う。通りには大勢の人々が詰めかけ、めったにない奥方の行列を見物した。おさともまた、すだれ越しに風景を楽しんだ。

春日社の二の鳥居に着くと、神主が待っており、大宮と若宮を案内した。それから手向山《たむけやま》八幡、二月堂、大仏殿にお参りし、若草山のふもとにある茶屋で昼食をとった。

食事を終え、草を食んでいる鹿の姿を見ているうちに、おさとは若草山へ登りたくなった。体調はよかった。夫の任期中に若草山をおとずれることはもうないだろう。おみつたちは体を案じたが、それを振り切った。まだ四十三歳である。持病さえ出なければ元気だ。古人《いにしえびと》のように若草山から大和の山水をじっくりと見るのが、江戸にいたときからの夢だったのだ。おさとは動きやすい着物に着替え、わらじをはいた。若草山は低い山だが、下から見上げると傾斜はきつい。ゆっくりと一歩一歩踏みしめ、頂にある鶯《うぐいすみささぎ》の陵まで登った。

そこからの景色は、大和に入ったときに初めて見た生駒山のそれをはるかに上回っていた。大和の平野を端から端まで一望し、南から西へかけて吉野の峰々、金剛山、葛城山《かつらきやま》、二上山《ふたかみやま》、生駒山がのびやかに連なっていた。北は山城の山々が京まで延び、木津川は言うに及ばず、宇治の西にある広大な大池と淀川までもが見晴らせた。川も池も光り輝き、田は黄金色に染まっていた。

おさとは時が過ぎゆくのを忘れて見入った。色白の頬が紅色に淡く染まり、ひとみはぼんやりとして夢見心地だった。いにしえの和歌の数々が脳裏に浮かび、大和と山城の風光が心に刻み込まれていった。

奉行所へもどるとすぐに、おさとは見聞したことを書きとめた。紀行をまとめるためである。夕餉の時には夫と市三郎を相手に長々としゃべった。それでも足りなくて、若草山から十四日の月が出ると、おさとは二人を庭に誘った。月見もさることながら、とにかく春日詣での話をしたくて仕方がなかったのだ。

「ほんに見るものことごとくが風雅で、どこもかしこも歌に詠まれた名所ばかりでございました。早く筆を執りとうございます」

おさとはまるで新しい着物をすぐに着たがる少女のようだった。

「はっはっはー。少し休んでからにしなさい。身体をいたわらねば」

「そうですよ。母上。当代の和泉式部のお気持ちは察しますが、お体を大事にせねば」

「まあ、市三郎、お上手なこと」

おさとは、市三郎の殊勝な口の利きように照れたが、うれしそうだった。

「それにしても、若草山の上から見ますと、広々としている興福寺もお奉行所も小さく見えるものですね」

「母上。若草山から奉行所の煙が見えましたか」

「煙ですって」

川路が答えた。

「若草山に人がいると市三郎が言うので、おさとかもしれないと思い、築山から望遠鏡でのぞいてみたのだよ。人は見えるが、誰とは判明しなかった。そこで落ち葉を燃やし、煙を上げてみたのだ」

「ああ、おみつが煙を見たと申しておりましたが、どこの煙かまではわからなかったようです。わたくしは風景に見とれていたので、気づかなかったのですけれど。そうそう、煙といえば、大切なことを思い出しました。山をおりて、茶店で休んでいたときのことです。女主人がおみつに、この前の火事は付け火だという噂は本当かとたずねたのです」

市三郎も門番の息子の庄之助からその話を聞いたという。出火原因はまだ判明していないのだが、付け火という風聞が広まっているらしい。捨ててはおけない噂だった。

翌日、川路は盗賊方の与力同心を書院に招集した。盗賊方は火事方と兼務で、与力同心とその見習いを合わせれば、十四、五人になる。手足となっているのは、牢番と目明しの役を務めている奈良町の髪結に、大和の非人頭である長吏とその手下たちだ。

「呼び立てたのはほかでもない。みなの耳にも入っていると思うが、過日の火事は付け火であるとの噂が流れている。これを放置しておくわけにはまいらぬ。奉行所の近辺で生じたことでもあり、公儀の威信にかかわる。出処をつきとめて、真実であるとの感触を得たならば、速やかに科人を召し捕ってもらいたい」

「かしこまりました」

盗賊方を束ねている与力の橋本文一郎が答えた。

「それから、これを機会に申し述べておく」

川路は力に満ちた大きな目の光を強めた。与力たちの間に緊張が走った。

「ほかでもない、悪党召し捕りのことである。わたしが奈良に来てからの吟味物を調べてみると、みなが召し捕ってくるのは少々の盗みを働いた者や幼年の者が多い。目配りが行き届き、働きがよいことは認めるが、それに引き替え、重き罪の者がおろそかになっているように思う。むろん、飢えや渇きに耐えきれず小盗《こぬすみ》をする者や、出来心で軽き盗を行う者を見つけてくることも役目ではある。しかし世の人々のためには、強盗や火付けのような重罪と博奕《ばくち》にきびしくすることのほうがより大切なのだ。重き科人たちを見逃さぬようにと、召し捕りにたずさわる者たちを督励《とくれい》せよ」

文一郎がたずねた。

「恐れながら、お奉行。それは小盗の者どもを見逃せということでございましょうか」

「いや、小盗を召し捕るなというのではない。大なる悪党を優先して捕らえよと申しておるのだ。さすれば、小盗などおのずと少なくなる。軽き盗を働いた者たちが二度三度と罪を犯し、首を刎ねられることも減るであろう。そのためには重き罪を犯した者から縛し、厳罰に処することが肝要なのだ」

「見懲らしや戒めのためでございますね」

川路は「うむ」と肯定した。だが、それだけで幼年者の盗みや小盗、再犯、再々犯が減るとは考えていなかった。もう一つ別の策が必要だったが、それはまだ胸の内にある。まずは人々の暮らしを守るために火付けのような凶悪犯を召し捕ることだ。加えて、犯罪の温床となる博奕を減らすことが先決だった。

文一郎は納得した。

「承知いたしました。わたくしどもも、いささか安きに走るきらいがあったかもしれません。さっそく、ご趣意を長吏ならびに目明しどもに申し聞かせます」

三

おみつは夜が明けるかなり前に目が覚めた。俊介と操り浄瑠璃を見に行くので、気が高ぶっていた。江戸の女の例に漏れず、おみつも芝居が好きで、娘のときからたびたび歌舞伎や操り浄瑠璃の見物に出掛けていた。亡くなった夫の新八と出会ったのも芝居がきっかけだった。新八は川路の徒士で、おみつが芝居見物の帰りに酔漢に絡まれていたところを助けてくれたのである。それが縁となって二人は所帯を持ったが、二年もしないうちに新八は病気で亡くなってしまった。おみつの実家は小商いをしており、跡取りの弟が妻を迎えたばかりだったので、実家に帰るのも気が引けた。おさとはその気持ちを察し、おみつを女中として雇った。

それ以来、おみつはおさとによく仕え、ときおりの芝居見物を楽しみに生きてきた。そこへ天保の改革である。芝居小屋が浅草猿若町《さるわかちょう》に移転させられたうえ、社寺の境内で興行する宮地《みやち》芝居が禁止となったので、芝居に行く回数がめっきり減ってしまった。それでも歌舞伎は年に何度か楽しめたが、操り浄瑠璃のほうは人形師がいなくなり、江戸での観劇はほとんどできなくなった。加えて川路の奈良奉行への転任である。おみつは操り浄瑠璃の楽しみを忘れかけていた。

ところが三月ほど前のこと。秋になったら大坂から操り浄瑠璃の一座が南都へやって来るという話を、俊介がどこからか聞き込んできた。本場の浄瑠璃を見物する絶好の機会である。おみつは俊介といっしょに行くことにし、この日を心待ちにしていたのである。

早起きしたおみつは、弁当を俊介の分と二人前作り、少し考えてから量を増やした。まだ若い俊介は当然だが、大柄なおみつも食欲が旺盛だった。桟敷席に陣取って食事も芝居茶屋の世話になるのは晴れがましいが、平土間で見物し、みんなで持参の弁当を突っつく楽しさも捨てがたい。それに南都の人たちの多くは、見栄を張らずに弁当持参だと聞く。「郷に入っては郷に従え」である。

おみつは弁当作りをすませると、精いっぱい化粧をして着飾った。もうすぐ三十路になるが、気分はまだ若いつもりだった。出掛けるときにおさとにあいさつをすると、こころよく送り出してはくれたものの、いささかうらやましそうだった。

おみつは黒門を出ると、俊介に言った。

「御用向きでなければ、殿さまはお役所を離れることがおできにならない。奥さまも供連れなどに費用がかかるので、外出は控えていらっしゃる。お気の毒ね」

「天保のご改革は中途で終わったけど、殿さまはお奉行だから羽目をはずすことができないしね。わたしは偉くなりたくないな。気ままに暮らせる立場のほうがいい」

「ほんと、俊介さんは侍なんかより浄瑠璃の太夫か三味線弾きのほうが似合っているよ。まだ若いんだから、弟子入りしたらどうかしら」

「おおきに。でも太夫も三味線も芸をきわめるにはかなりの努力が要りまっせ。わてには無理だす」

俊介は上方弁をまねて、おどけた。

芝居小屋は木辻町の先の瓦堂町《かわらどうちょう》にあった。称念寺《しょうねんじ》の斜め前である。木辻町に差しかかると、俊介はおみつを気遣って少し早足になったが、おみつはさらりと言った。

「ついでだから、秀ちゃんが好いていた娘さんの墓参りもしていこうよ。たしかおえいさんだったわね」

「おみつさん……」

「あのときは悲しかったけれど、やはり日にち薬だね。奥さまが春日さんへお参りに出掛けられるようになったのも、秀ちゃんがあの世で見守ってくれているおかげだわ。そう思うと、おえいさんにもお礼をしなくちゃね」

二人は寺に入った。通りに面した小さな寺なので、山門をくぐると本堂がすぐで、その横手に遊女たちの無縁墓があった。一人一人の名前などない。俊介はここだと教え、手を合わせた。おみつはしゃがみ込んで丁寧に拝み、しみじみと言った。

「秀ちゃんは好いた人といっしょになれてよかったわね」

俊介はおみつが夫と死に別れたことを知っていた。だから何も言わなかった。おみつもまた、それ以上は触れなかった。江戸女のおみつは器量好しというほどではないが、世話好きで気性がさっぱりしていたので、川路の家来みんなから好かれていた。

山門を出ると、開場を告げるやぐら太鼓が鳴った。芝居小屋は江戸とは比べようもない小さなものだった。それでも、幟がにぎにぎしく立っており、女も男も華やいだ雰囲気で次から次へと木戸をくぐっていた。

二人が中へ入ると、舞台に面した平土間は多くの客ですでに埋まっており、左手の桟敷もほぼ満席となっていた。奈良町の人々だけではなく、奈良遊覧の旅人らしい姿も目立った。もちろん近在から来た人々もいるだろう。俊介はときどきこの芝居小屋に来ていたので、木戸番とは親しく、手配をしてくれた席は真ん中に近かった。おみつが座ると、同じ仕切りに三十半ばと思われる総髪の男がやって来て、腰をおろした。もっさりとした雰囲気だったが、温和でそこはかとなく寂しげだった。

客たちはそわそわしながら開演を待った。操り浄瑠璃は久しぶりなのだ。演目は三段物の通し狂言『傾城反魂香《けいせいはんごんこう》』で、絵師元信《もとのぶ》に対する遊女遠山《とおやま》のいちずな愛情を描いたものだ。

一座は太夫に三味線弾き、人形遣いとも天王寺村や今宮村の芸人で組んでいるという触れ込みで、いずれも大坂の南外れにある村だ。天保の改革で江戸と京大坂の役者の他国出稼ぎが禁止となったが、そのほとぼりがいまだに冷めず、大坂竹本座などの名のある太夫たちは呼べないからだ。

前の仕切りにいる三人の男の話が聞こえてきた。

「久しぶりの操り芝居やけど、ようお奉行所が許しはったな」

「おん祭の大宿所《おおしゆくしよ》修復の勧進が理由やさかいな。あかん言うわけにはいかんやろ。今のお奉行はんは物わかりのええお人らしいしな」

「それにしても、ご改革はあほらしかったな。おかげでわしらの町は、祭りも盆踊りもいまだに地味にしてまんのや」

「わしんとこもそうでんねん。ぱーっといかんと、盛りあがりまへんわ」

「ほんでな、ここだけの話やけど、表向きとちごて、ほんまの人形遣いは名人吉田辰三《たつぞう》はんと、そのご一統らしいでんな。駒形伊平《こまがたいへい》は辰三はんのことらしいでっせ。太夫と三味線弾きかて、ほんまは名のあるお人やろな」

「芸人さんかて、食わなあかんもんな。ご改革で一番冷や飯食わされたんは人形遣いという話でんな。大坂で興行がでけんのは道頓堀の竹田芝居だけでっしゃろ。廃業しはった人も多いと聞きまっせ」

男たちの話はこれを切りに、それぞれの商売の話に移った。また聞きしていた俊介は、商売には関心がないのだろう、聞き耳を立てるのをやめて、おみつに聞いた。

「おみつさん、この狂言の作者が近松門左衛門だということは承知していますが、反魂香というのはどういう意味なんですか」

「あら、物知りの俊介さんにしては、めったにされないおたずねを」

おみつはうれしそうに言った。芝居のことを話したくてうずうずしていたのだ。

「煙の中に亡くなった人の姿を現す摩訶《まか》不思議なお香のことをいうのよ」

「ふーん、なるほどね。あの世へ去った人ともう一度会いたいという思いが、その姿を出現させるということなんだろうな」

「そう。でも、この浄瑠璃の場合は少し複雑で、いとしい人に一度でも連れ添いたいと、亡霊のほうから出てくるのよ」

おみつはそう言ってから、付け加えた。

「俊介さんは『義経《よしつね》千本桜』か『冥途《めいど》の飛脚』のほうを見物したかったんじゃないの。ごめんね。わたしの都合がつかなくて」

「何をおっしゃいます、おみつさん。どれもすぐれた浄瑠璃で、味わう価値のあるものです。第一、わたしは千秋楽までにはまた来ますから、ご心配には及びません」

「そうよね。俊介さんは気軽に動けるから」

幕が開くと、観客はおしゃべりをやめ、舞台に目をやった。太夫も三味線弾きも人形遣いも手《て》練《だ》れで、みなすぐに芝居に引き込まれていった。

上之巻の見せ場である『土佐将監《とさのしょうげん》閑居の場』となった。絵師の又平が手水鉢《ちょうずばち》に自分の絵姿を描き、奇跡を起こすという場面だ。わきの筋だが人気がある。観客たちは人形遣いが操る又平を食い入るように見つめていたが、おみつがふと気づくと、横にいる総髪の男がつまらなそうにしている。変な人だと気になったが、また舞台に夢中になっているうちに、上之巻が終了した。

おみつと俊介が幕間に弁当を食べていると、となりにいる男の腹が鳴った。弁当を取り出すそぶりも、茶屋へ食事に出掛ける気配もない。気のいいおみつは握り飯やおかずを皿に取り分け、余分に持ってきた箸とともに、「よかったらどうぞ」と差し出した。男は断ろうとしたが、また大きく鳴った。おみつは笑い、さらにすすめた。男は覚悟を決めたように「せっかくですよって」と言って、急いで握り飯を口に入れた。やはり空腹だったのだ。しかしどこか言葉遣いも所作も上品で、がつがつしているようには見えなかった。おみつは神職だろうと見当をつけた。

「春日社の方ですか」

「はい。若宮で禰宜《ねぎ》をしとります。朝のお勤めをしてからすぐに来たもんでっさかい、弁当を作る間がのうて……」

その言葉に、おみつは妻がいないのだろうかと思ったが、立ち入ったことを聞くわけにはいかない。

「それはそれは」と、おみつは差し障りのない言葉を返した。男は礼儀正しく、食べ終えると、

「ごちそうになりました」と一礼した。俊介も食事をすませると、興味津々といった体で、禰宜に問いかけた。

「春日社の禰宜さんたちは芝居をよくご覧になるのですか」

「禰宜の多くは猿楽《さるがく》の心得がありますんで、芝居を好む者もおると思います」

俊介はそれ以上の話を聞き出せなかった。

中之巻の幕が上がった。おみつがときおり禰宜に目をやると、遊女の遠山が登場するときだけ舞台を注視し、その人形の顔をじっと見つめているようだった。それ以外の場面では、気持ちが遊離しているように感じられた。

いよいよ、『三熊野《みくまの》かげろう姿』の山場に差しかかった。客席は静まりかえり、咳一つ立たない。亡くなった遠山の幽霊が七日間だけ元信と結ばれることになり、ともに暮らす最後の日、元信が描いた熊野詣での絵の中を二人で巡礼するという幻想的な場面だ。元信に思いを残して消え去らねばならない遠山の悲哀を、人形が真の女のごとく演じ、太夫が心を込めて語る。三味線が情感を高めていく。思わず知らず、おみつの目に涙があふれた。土間や桟敷のあちらこちらからも、すすり泣きの声が聞こえてきた。やがてすぐそばで人一倍大きな泣き声がした。おみつが目をやると、禰宜が大粒の涙を流して泣いていた。

四

付け火の可能性が強まり、本格的な探索が始まった。同心の久保良助は長吏たちに現場近辺を中心に聞き込みをさせた。当夜、不審な人物がいたかどうかを調べるためだ。その結果がそろそろ出るはずだった。

良助が奈良町の西のはずれにある長吏役所へ行くと、官之助があいさつもそこそこに、不審な男を二人見つけたと告げた。

一人は奉行所の公事人《くじにん》溜りで雑用をしている吉三《きちぞう》という男で、火事が起きる直前に黒門の手前で近所の人に目撃されていた。しかも吉三は、火事があった日以来、右手を布きれで巻いているという。

もう一人は春日社の禰宜だった。いま、瓦堂町の芝居小屋では操り浄瑠璃を興行しているが、この禰宜は『傾城反魂香』だけをすでに二回も見ている。それだけなら目立つことではないが、いつも『三熊野かげろう姿』の場面で号泣する。十二日間の興行中、四つの演目を一日一本ずつ順番に演じるので、千秋楽も『傾城反魂香』の番だ。そこで木戸番たちがこの日も来るだろうと噂をしているという。

良助は思った。この禰宜はなるほど奇妙だが、禰宜というのはそもそも浮き世離れしているものだ。春日社には能や狂言を演じる禰宜役者が多いので、操り浄瑠璃の技を学びに行っただけとも考えられる。だとしても、分別のある大人がいつも同じ場面で泣くというのはおかしいが、火付けの可能性は低いだろう。火事場近辺で不審なふるまいを目撃されたわけでもない。

問題は吉三のほうだ。溜り番の男だということは知っているが、どんな男だったか思い出せなかった。町代《ちょうだい》に会って身元を確かめねばならない。

良助が奉行所へもどったとき、表門の公事人溜りの腰掛けに七、八歳ほどの男の子が座っていた。火事騒ぎがあった前後から見掛けている子だ。朝は公事訴訟の受付を待つ人々でにぎわっているが、もう昼も遅かったので、ほかには誰もいなかった。子供はせんべいをうまそうに食べていた。三十半ばになる良助は、自分の息子の小さい頃を思い出し、子供に笑いかけた。やせて汚れてはいたが、かわいい子だった。近いうちに話を聞き、迷子なら親を探してやる。捨て子か孤児なら養子の口を見つけてあげようと思った。良助は曲がったことがきらいだったが、人情味があり、涙もろかった。

「利兵衛《りへえ》さん、元気そうやな」

良助は町代部屋に入ると、家屋敷売買の証文を審査していた当番の町代に声をかけた。町代は惣年寄の下で町政の事務を執っているが、奉行所の庶務や訴訟の調査、お触れの伝達なども役目なので、雑用の者は町代が雇っている。

「おや、お珍しい。久保さま。なんか用事でもでけたんでっか」

「いやなに、公事人溜り番の吉三のことなんやが、わし、以前どっかで会うたことがあるような気がすんねん。そやけど、どこやったか思い出せへん。ほんで利兵衛さんに出所《しゅっしょ》を聞いてみようと思ってな」

「そうでっか。吉野の洞川《どろがわ》村の出や言うとりましたで。行者さん相手の宿屋のせがれやそうです。博奕で勘当されてもうたと。今はもうやってないちゅうんで、雇いましたんでっけどな。紹介状もありましたんで。つい先頃、火事があった晩の二日前ほどやったと思いますわ。久保さまは洞川で見掛けたんとちゃいまっか。出張のおりにでも」

「洞川かいな。そやなあ」

良助は町代部屋を出ると、玄関の左手にある公事人の控え所をのぞいた。暇になったと見え、吉三は一服していた。口が達者でせっかちそうな男だ。下手なくせに博奕にのめり込むたぐいに見えた。こんな男は破滅するまで博奕をやめられない。やめたというのは嘘だと思った。右手に布きれを巻いていたので、良助はちょっといじりたくなった。

「おや、あんた、右手どないしたん。痛々しいやないか。火消し手伝うて、やけどしたんかいな」

「あ、いや、まあ。そうでんねん」

吉三はどぎまぎした。良助は心の中でニンマリし、人がよさそうな顔をした。

「大事にしいや」

「おおきに」

吉三は礼をすると、煙管《きせる》をしまい込み、そそくさと帰り支度をした。良助はそれを見て、やはり怪しいと思った。

良助は与力の詰所に行き、橋本文一郎に禰宜と吉三の話をした。文一郎はちょっと考えて、感想を言った。

「禰宜はちゃうやろな。吉三は明らかに怪しい」

「召し捕って、吐かせまっか」

良助の言に、文一郎は首を横に振った。文一郎は冷静で慎重な男だった。

「良助さん。やけどだけじゃ薄いな。火付けは大罪で火刑《かけい》になるよって、もっと証拠が欲しい。そやないと吐いたかて、それが偽りかほんまか判断がつかん。結果として濡れ衣を着せることになりかねんよって、それだけは避けな」

結局、長吏の手の者を見張りにつけて吉三を泳がせ、新たな証言を得るか、ぼろを出すまで待つことにした。

五

奉行所の庭の木々が色づいてきた朝、おみつは思い立って高畑《たかばたけ》の新薬師寺へ出掛けた。本尊が病苦から人々を救ってくれる薬師如来なので、徒士の飯田弥五郎の病が治るようにと祈りたかったからだ。弥五郎はこの春から床に伏していたが、秋に入っても回復せず、ますます病が重くなっていたのである。もともとが能登の百姓であり、奥向きの力仕事や野菜作りをいつも手伝ってくれていたので、二人は仲がよかった。おみつが外出の許しを求めると、おさとは自分の分まで祈ってほしいと頼んだ。おさとも川路も家来とその妻子を家族のように大事にしていた。

おお参りをすませて帰るとき、おみつは山門の右手にある鏡《かがみ》明神のカエデがとてもきれいなことに気がついた。境内に入ると、カエデの先は斜面で南と西に開けていた。おみつはカエデよりも眺めに目が行った。南方に田園が広がり、大和棟の農家が点在していた。黒い屋根と白い壁の家々の庭には柿の実がたわわに実っている。里の生活のぬくもりを感じさせる光景だった。大和にはカエデよりも柿紅葉のほうが似合う。おみつがそんなことを思っていると、後ろで声がした。

「先日はありがとさんでござります」

芝居小屋で出会った春日社の禰宜だった。おみつはびっくりした。

「こちらの神主さまだったのでございますか」

「いえ。ここの神主はわたしと同じ若宮の禰宜が兼ねてますねんけど、その禰宜と話さんならんことがあって来ましたんや。えー、わたしは中垣新右衛門《なかがきしんえもん》と申します」

禰宜が急に名乗ったので、おみつはあわてた。

「みつと申します。お奉行所におります。お見知り置きくださいませ」

「お奉行所、というとお江戸の方でっか」

「はい」

「そうでっか。お奉行のお家の方でっか……。ほな、すんまへん。少々急ぎますよって、お先に」

禰宜はそれ以上話そうともせず、そそくさと鳥居を出ていった。

おみつはあっけに取られた。禰宜の後ろ姿を目で追い、なぜそんなに急ぐのだろうと思った。急用があるのか。それとも、また操り浄瑠璃を見にいくのか。今日は千秋楽なので、演目は『傾城反魂香』のはずだ。この前のあの泣きようからすると、ありえないことではない。おみつはクスッと笑った。お世辞にも愛想がいいとは言えないが、どこか憎めない人だと思った。

この日、久保良助は泊まり番だったが、吉三のことが気になり、早めに家を出た。同心の組屋敷は奉行所から北へ五町（約五百五十メートル）の多門山のふもとにあり、与力の二家もここに住まいしていた。残りの与力五家は奉行所の東向かいに屋敷がある。いずれも一朝事あるときは、直ちに奉行所へ駆けつけることができる位置にあった。

良助は佐保川の多門橋を通ってまっすぐ進み、すぐにまた吉城《よしき》川の小さな橋を渡った。その目と鼻の先にある北門をくぐると、同心部屋には直行せず、長吏溜りに立ち寄ってみた。やはり官之助がいた。考え込んでいる。

「どないしたんや、長吏。むずかしい顔をして」

「あっ、久保さま。いやあ、弱りましたわ。今朝から吉三がいまへんのや。見張りが目ぇ離したすきに消えよりまして」

良助の言葉に官之助は我に返った。

「感づきよったか」

「へえ。おそらく。ほんで手下どもが探しとるんでっけど、どこらへんやろと思ってましたんや」

「そりゃ、無駄やな。もう奈良町を出て、どっかへ逃げよったで。早いとこ、村々町々の非人番へ手配状を回したほうがええ」

「やっぱそうやろな。ほな、そうしますわ。えらいすんまへんどした」

「待てば海路の日和ありや。そのうちわかるやろ。火付けなんぞするやつは逃がさん」

同心は毎晩四人が玄関のそばに詰めて泊まり番をする。番に入った良助は、吉三の行方を考えた。ふるさとの洞川へはまず行かないだろう。知らない土地へ逃げるなら博奕仲間を頼るはずだ。

良助がいろいろ推測をしていると、人形遣いの駒形伊平の使いという者がやって来た。人形が盗まれたという。妙な物が盗まれたので、良助は自分が現場へ行き、話を聞いてみることにした。

伊平たちの一座は樽井《たるい》町の小刀屋《こがたなや》善助に滞在していた。奈良でも指折りの大きな旅籠だ。良助が行くと、伊平はわけがわからないという表情で、いきさつを話した。

「今日が千秋楽でして、みんなで夕飯を食い、首《かしら》と衣装を荷造りしようちゅうときに気がつきましたんです。人形が一体あらへんと。人形を行李《こうり》に入れて芝居小屋から持ち帰り、次の間に置いときましたんです」

伊平はそばの行李を指さした。良助が見ると、何の変哲もない行李だった。部屋も荒らされているようには見えず、人がいなくなったすきに、人形だけを行李の中から盗み出したと思われた。

「操りの道具は芝居小屋に置いとかんのか？」

「道具類は芝居小屋に置かせていただいておりますねんけど、人形は日々宿まで持ち返っとります。衣装の直しや不具合の修理をせなあかんので」

「そないに大事なもん、夕飯のときに番をつけるとかして用心せんかったんか」

「へえ、油断してもうて。小刀屋さんは多いときは五百人も客がおるそうでっけど、客のわらじを一つも失わんという評判やったんで。次の間なら心配ないやろと、つい」

「ふーん。盗人は客をうまく装ったんやな。見た目、堅そうな人物やったんやろ。で、どんな人形なんや」

「『傾城反魂香』で遣う遊女遠山ちゅう女人形ですわ」

「銀《かね》になるものなんか？」

「いやいや、浄瑠璃人形など銀になるものではおまへん。人形遣いがいてこそ価値がありますんや。そやのに、なんで盗んだんか見当がつかんのですわ」

　伊平は首をひねった。

「次の興行は四日後。畝傍山《うねびやま》の北にある今井町ですねん。それまでに見つけていただければ助かりますわ」

「わかった」

良助はそうは言ったものの、むずかしいと思った。雲をつかむような話だった。

「遊女遠山といえば、不思議な禰宜がおったそうやな」

「へえ。今日も来はって、泣いとりましたが、まさか禰宜さんが遊女の人形など盗むとは思えしません」

「そうやろな」

良助は宿の女中や番頭らに不審な人物を見掛けなかったかどうかたずねたが、明確な答えは得られなかった。良助は、朝になったら目明したちに宿の周辺を聞き込みさせようと思い、小刀屋を引き払った。

六

「身投げやー」

猿沢池に差しかかった中垣新右衛門に叫び声が聞こえてきた。声がしたほうを見ると、子供がもがいている。新右衛門は即座に手に持っていた風呂敷包みを土手に置き、羽織を脱ぎ捨てて池へ飛び降りた。見掛けはもっさりしているが、俊敏な身のこなしだった。子供を土手に引き揚げ、胸を押して水を吐かせる。子供は七歳くらいの男の子で、水はあまり飲んでおらず、意識はあったがブルブル震えていた。新右衛門は脱ぎ捨てた羽織を拾い上げて、背中にかけてやった。老人が寄ってきて、話しかけた。

「どうやら助かったようでんな。禰宜さんのおかげや」

「なんで飛びこんだんやろか」

「ようわからしまへん。いえね、わしが采女祠《うねめのやしろ》で拝んでいると、ボチャンと音がしましたんや。ほんで池を見ると、子供が沈むとこやったんで、思わず叫んだんですわ」

「わたしが見たときは、身を投げたもんの、苦しゅうなってもがいていたんやな。この池はそないに深くはないんやが、小さい子だと背が立たん」

騒ぎを聞きつけて、人々が集まってきた。早朝の出来事だった。近所の者がどてらを持ってきてくれた。それを着せられて、新右衛門と子供は近くの番屋に連れていかれた。すぐに火が燃やされ、奉行所から同心が駆けつけてきた。

「この坊、奉行所の公事人溜りにいてた子やないか。話をしようと思とったら、おらんようになってしもうたんで、心配していたんや。あんたもどっかで見掛けたことあるな。春日の禰宜さんやなかったかいな。わしは同心の久保やけど」

「はい。わたしは中垣新右衛門と申します」

新右衛門がいきさつを述べ、最初に叫んだ老人も目撃したことを話した。良助は子供にたずねた。

「なんで飛び込んだんや」

「おらあ、死んだらおっかさまに会えると思った。おっかさまに会いてえー」

男の子はそう答えると、泣き出してしまった。番人の妻が自分の息子の着物を持ってきて着替えさせ、みそ汁と握り飯をすすめた。子供はしくしく泣きながらも、握り飯を頬張った。空腹だったのだ。良助はその様子を静かに見ていたが、食べ終えると、母親と離ればなれになったわけをたずねた。子供はゆっくりとだが、聞かれたことによどみなく答えた。

名は三吉。家は信州の善光寺平《ぜんこうじだいら》にある味噌屋だったが、この春に起きた大地震で家はつぶれ、三吉と母親を残して家族も親類もみんな死んでしまったという。そこで母親は知恩院の脇寺で住職をしている叔父を頼ることにし、三吉を連れて京へ向かった。ところが京に着いてみると、叔父は病死していた。二人は途方に暮れ、京の町を当てもなくうろついていたが、旅籠で路銀を盗まれてしまう。窮した母親は自分の食事を抜くようになり、寝泊まりは野宿となった。日に日に母親はやせていった。

手元に残っていた銭がわずかになったとき、母親は伏見へ行こうと誘った。大きな橋のたもとに着くと、これを渡って道をまっすぐ進めと言った。二日ぐらい歩くと大きな川がある。それを越えてまた少し行くと奈良の町に着く。そこの大仏さんが助けてくれるからと。自分は働き口を探し、お金を貯めて迎えにいく。それまでの辛抱だ。そう言って、どこかで手に入れた握り飯の包みと残りの銭をくれ、背中を押した。橋の真ん中まで来て振り返ったが、母親はもういなかった。

　やがて奈良にたどり着いたが、腹が減って動けなくなってしまった。道端にうずくまっていると、少し年上の子が寄ってきて団子をくれた。その子は奉行所へ行けば食べ物にありつけると言ったので、道を教えてもらった。奉行所に着いて入り口の腰掛けに座っていると、大人たちが食べ物をくれた。居心地がよかったので、大仏さんのお寺は後回しにした。夜は腰掛けの上で寝た。寒いと思っていたら、誰かがむしろをかけてくれた。

　それから一日二日たつと、夜中にタヌキが食べ物を盗んでいくようになった。大仏さんならタヌキから食べ物を守ってくれると思い、大仏さんがいるお寺へ行った。しばらくはそのまわりにいたが、食べ物をもらうためには奉行所のほうが便利だったので、もどることにした。火事のときも奉行所の前にいたが、うるさくて半分目が覚めてしまった。

　三吉の話は良助にとって納得のいくものだったが、一つだけわからないことがあった。「おまえのおっかさまはなんで大仏さんを頼れと言ったんかな」

　三吉は良助を見つめた。

「おっかさまはおとっさまといっしょに奈良めぐりに来たことあるだで。おらあにいつも大仏さんのこと、やさしいお顔をしていると話してたで」

「そうか。それでか。京見物もしたんやろから、京にも奈良にも多少の土地鑑はあったというわけやな」

良助は三吉を見つめ、哀れんだ。

「母親は病か餓えで死を覚悟したんや。心残りは三吉のことや。それで楽しい思い出がある奈良の大仏さんを思い出し、かわいい息子を託そうと思ったんや。大仏さんを大切にしている奈良町の人間なら、息子を助けてくれると考えたんやろ。三吉も母親とはもう会えんとわかっとったんやな」

横から老人もしみじみと言った。

「悪いことちゅうのは重なるもんでんな。頼みの綱だった大叔父も病で死んどったとはなあ。いつなんどき災厄が降りかかってくるかわからんのが世の常や。わしらの暮らしや命は、天災や病気に襲われたらひとたまりもあらへん。もろいもんや。先々大変やろが、坊は生きとってよかったと思うようにならなあかんで」

新右衛門は目を潤ませ、三吉に言い聞かせた。

「おまえはまだ死んだらあかんのや。おっかさまが悲しむやないか。生きなあかん。わたしんとこは神さんで、大仏さんやないけど、助けてくれる」

三吉がうなずくと、新右衛門は良助のほうへ向き直った。

「久保さま。この子をわたしに預けてください。わたしの子として育てまっさかい」

「そら、ええ話や。禰宜さんやったら安心や」

そう言って、良助が三吉の頭をなでたとき、男がひとり入ってきた。

「すんまへん。これ、そこの土手に落ちてましたんやけど」

新右衛門が土手に置いた風呂敷包みだった。

「この包み、何やら人形みたいでんな」

良助は首をかしげ、新右衛門に目をやった。

「ひょっとして……」

新右衛門が顔を赤らめた。

良助は操り人形を盗んだのはこの禰宜だと確信した。だが、すぐに風呂敷包みを広げることはせず、奉行所で養子縁組の話をしようと言って、新右衛門と三吉を番屋から連れ出した。春日社の禰宜であること、三吉を助けたことを考慮したのだ。

奉行所に着いた良助はとりあえず同心詰所へ二人を預け、新右衛門に着替えを貸してやった。それから橋本文一郎に会い、三吉のことも交えて人形の一件を伝えた。話を聞いた文一郎はうなり声を上げ、考え込んでしまった。

「良助さん、こりゃ、お奉行に相談しよう。わけがわからん」

七

二人の話を聞いた川路は、良助に風呂敷包みを広げさせた。出てきたのは、やはり操り浄瑠璃で遣う人形だった。しかも女のそれである。川路も解せなかった。なぜ、大の男である禰宜がこんな物を盗み、所持していたのか。

川路の疑問を察したように、文一郎が春日社の禰宜について説明した。

「わたくしは新右衛門どののことは存じておりませんが、中垣どのの一族は代々、若宮の禰宜をされております。その中には禰宜役者として活躍されている方々も多いと聞いております」

「禰宜役者とな」

「はい。ふだんは禰宜としての務めをしているのですが、その合間に猿楽の芸を磨いており、大和各地で神事能や勧進能があると、出向いて能狂言を演じるのです。求められれば南山城や河内、紀州にまで足を運んでいるそうです。春日若宮おん祭りの後日《ごにち》の能と興福寺の薪能は、金春に金剛、観世、宝生の大和四座が行う決まりなので、出演はできません。ですが、すぐれた芸を持っているので、大名家に召し抱えられる者もいるのです」

「ほう。それは知らなかった」

「それゆえに、人形を盗むなど考えられません」

「うむ。本人を吟味すれば、理由は判明するだろうが、その前に人形が本当に操り芝居のものかどうかを確かめよう。あらぬ疑いを禰宜にかけたとあらば、春日大明神の神罰が下るやもしれぬからな」

川路はニヤリとし、人形遣いを小書院へ連れてくるように命じた。白州での吟味は大げさであり、できれば穏便にすませたいと考えたからだ。

人形遣いの駒形伊平は小半時もせずにやって来た。いかにも芸一筋といった渋い初老の男で、人形を見るとすぐに、「盗まれた遊女遠山です」と言った。その場に新右衛門が呼び込まれた。新右衛門は伊平より一回り若く見え、もっさりしていたが、気のやさしげな男だと川路は思った。川路は単刀直入に聞いた。

「なぜ盗んだのだ」

新右衛門は気弱に答えた。

「人形に惚れましてござります」

「なんと」

意外な答えに、川路も当の伊平もぎょうてんした。すると新右衛門は、「亡くなった妻の八重に似ておりましたんです」と言い換え、話を続けた。

「八重は同じ春日社の禰宜の娘でして、その縁で所帯を持ちましたんです。双方の二親《ふたおや》が相次いで亡くなり、子も授からへんかったんですが、わたしらはむつまじく暮らしておりました。円満で仕合わせな日々でした。八重は三十路を越えても可憐で美しく、気品のあるええ女子《おなご》でした」

新右衛門は亡妻をのろけた。川路は苦笑したが、新右衛門は素直な人物で、神職というのは世間ずれしていないのだろうと思った。

「その八重が一年前に突然の病であの世へ旅立ってしまい、わたしは毎日嘆き悲しんでおりました。そんなある日、操り浄瑠璃が南都へやって来るという話を耳にしました。八重は操り芝居を見るのがとても好きやったんです。そやさかい、わたしは供養のために見に行こうと思いました」

「そして遊女遠山の人形を見て、妻に似ていることに気づき、恋慕の情を抱いたというわけか」

「いいえ、それ以上です。わたしに会おうと、八重が人形の姿を借りて、いっとき黄泉《よみ》から来てくれたんやと思いました。わたしの思いに応えてくれたんやと。演目もそないな中身やったんです」

新右衛門は次の『傾城反魂香』も見に行った。遊女遠山に、八重に会いたくてたまらなかった。千秋楽には別れを告げるつもりだったが、これでお仕舞いかと思うと、別離が惜しくなった。いつもそばにいてほしくなった。そこで、一座が小刀屋に泊まっていることを木戸番から聞き出し、夕食時のあわただしさに紛れ込んで人形を盗んだ。新右衛門はそう告白した。

「わたしはアホやった。家へ帰り、八重と語らおうと思ったんでっけど、応えてくれまへん。顔立ちはよう似とるんです。そやけど表情はあらしまへん。八重の気持ちが伝わってこんのです。一時の興奮はだんだんと冷め、わたしは我に返りました。やはり人形なんやと思いました。一度死んだ者はよみがえるはずがあらへんと。死んだ者は人の心の中にしか住めへんのやと。わたしは、朝になったら、人形を返しに行こうと思いました」

「それで、猿沢池を通って樽井町の旅籠屋へ行くときに、身投げに気づいたのだな」

川路はすべてが飲み込めた。新右衛門は人形遣いの駒形伊平に向き直り、手をついて頭をさげた。

「ご迷惑をおかけしました。お許しください」

伊平は言った。

「禰宜さん。人形ちゅうもんは人形遣いがいてこそ、生きるもんですのや。遣い手がおらんかったら、それこそ、ただの木偶《でく》の坊や。わたいが言うのもなんやが、人について知り抜いた遣い手の技が、人形に魂を吹き込む。その人形の思いを太夫が語り、心の揺らぎを三味線が弾く。

三業《さんぎょう》の技が一体になってこそ、舞台に命があふれるわけでんねん」

「そや思います。わたしは禰宜役者で狂言をやってまっけど、そこに思いいたらず未熟やった」

「ほう。狂言を。ほな、八重さんのことを忘れろとは言いまへんが、もっと狂言に打ち込みなはれ。あんたは操り人形に八重さんを感じとることがでけるお人や、ええ狂言師になりまっせ」

伊平の温かな言葉に、新右衛門の目から涙がこぼれた。それを見て、川路は裁断を下した。

「では、伊平。盗みの件は不問に付してもよいな」

「へえ」

新右衛門が深々と頭をさげるのを見ると、川路はもう一つの用件に取りかかった。

「良助、三吉を呼んでまいれ。みなの者はまだここにいるように」

三吉が来ると、川路は意外なことをたずねた。

「三吉。火事があったときに、何か変わったことがなかったか。タヌキがまたおまえの食物を盗んだとか」

「タヌキは火がきらいだで。代わりにおっちゃんが来たで」

川路は一瞬戸惑ったが、すぐに理解した。

「ああ、そうか。『かちかち山』だな。それで、そのおっちゃんはどうしたのだ」

「おらあが腰掛けで寝ていると、おっちゃんが腹減ったと独り言こいて、おらあの横に置いとった握り飯を盗ったで」

「いつのことかな」

「火事があった夜中。うるさかったで、目はちょっと覚めてたで」

「どんなおっちゃんだったのだ」

「いつも溜りで番してたおっちゃん。右手に手ぬぐい巻いてたで」

良助は文一郎に目配せをした。

「そのおっちゃん、ほかになんか言っていなかったかな」

「それからもっとして、おらあが池のそばで寝っ転がってると、木の陰でおっちゃんが別のおっちゃんに言ってたで、どっか逃げるって」

「どこだろうな」

「おらあの知らんとこ。紀州の境ってどこだらず。おらあの着物はいいやつだから取るってこいたんで、おらあ、お奉行所さ帰るのをやめたで」

良助が思わず言った。

「それで逃げ出したんか。吉三め、子供の着物を金に換えて、路銀の足しにする魂胆やったんか。飯を横取りしただけでも許せへんのに」

「文一郎、これで間違いなく吉三と判明したな。逃亡先も絞り込める」

「はい。吉三は洞川村の生まれですが、紀州との境と申しても、あちらの方面へは逃げ込まないと思われます。故郷は知った者ばかりです。洞川から先になりますと、熊野まで山に閉ざされており、行者や道に慣れている行商人以外は往還しがたい場所です。さすれば吉野川沿い、紀州街道の国境のほうと思われます。五条から待乳山《まっちやま》のあたりかと。街道を行く者が多く、逃げようとすれば、河内も間近です。まっすぐ東へ行けば、伊勢へも抜けられます。あの辺の非人番を動員して、探索させせます」

「うむ。必要とあらば、五条代官所に応援を依頼しよう」

川路は三吉のほうへ向き直った。

「さて、これは三吉のお手柄だ。褒美を取らそう。誰かある。三吉に茶と菓子を」

すぐにおみつが茶菓を運んできて、三吉の前に置いた。引きさがろうとしたとき、新右衛門に気づき、はっとした。

「おや。おみつは禰宜さんを存じておったのか」

「操り浄瑠璃見物でご相席をさせていただきました」

「ほほう。そうであったか。なるほど、縁は異なものというわけだ。では、今度はその縁についてじゃ。良助、そなたが先ほどわたしに話したことを、この場で決めるぞ」

川路はそう言うと、菓子を食べている三吉に話しかけた。

「三吉。このおじさんがおまえを子にもらいたいと申しておるのだが、子になるか」

三吉は食べるのをやめ、川路に目をやった。

「おっかさまが会いに来られぬことは三吉もわかっておるのであろう。おとっさまも大地震で亡くなってしまったのだから、おまえには育ての親が要るのだよ」

三吉は新右衛門を見つめ、それから首を縦に振った。

「うん。おらあ、このおっちゃんの子になるだで」

「よしよし。では、駒形伊平。一つ頼みたいのだが、この養子縁組みの見届け人となってくれぬか」

「へえ。喜んでさせてもらいまひょ」

伊平が一も二もなく引き受けると、川路は口調を改め、口上を述べた。

「こののち三吉を中垣新右衛門の子とする。新右衛門は三吉を慈しんで健やかに育てよ。また三吉は新右衛門を父として敬い、末永く孝養を尽くすように」

「かしこまりましてございます」

新右衛門が一礼すると、三吉もまねた。伊平が「しっかりと見届けましてございます」と述べると、川路はほほえんだ。

「さて、伊平。同じ人形遣いに吉田辰三と申す名人がおるそうだが、会う機会があったら伝えてくれ。名人の操る人形浄瑠璃を奈良の人々に見せたいと、南都の奉行が申しておるとな」

「恐れ入りましてございます」

駒形伊平こと吉田辰三はニコリと笑った。

八

そぞろ寒くなり、庭の紅葉が一段とあざやかさを増した。堀の土手で尾花が風に揺れ、池では二匹のカモが鳴いている。川路がおさとと行く秋を惜しんでいると、用人の富塚俊作が近づいてきた。俊作は手短に報告した。吉三の件だった。

「久保良助どのが長吏とともに吉三を召し捕ってまいりました。たった今、下吟味を終えたばかりです」

「やはり待乳山のあたりにいたのか」

「はい。ふもとの相谷村《あいたに》です」

「あの村は旗本赤井家の知行所であったな。大和と紀州の国境の押さえをするため、館があったはずだ」

「さようでございます。吉三はその館に雇われている昔の博奕仲間にかくまわれておりました」

「うむ。で、吉三は盗みについてどのように申しておる」

「土蔵の羽目板を焼き切るつもりが、そばにあった証文類に火が付いて燃え広がったので、あわてて物も盗まず逃げたと供述しております」

俊作はそれだけ伝えると、すぐに引きさがった。川路はやれやれといった表情をした。

「逃げたと聞き、一時はどうなるものかと思ったが、天網恢々疎にして漏らさずというわけだ。と言うよりは、長吏の探索網は天網と同じ力を持っているということだな。公儀の御料所と旗本領や寺社朱印地が入り組んでいる、大和ならではの頼りになる探索網だ。もっとも、このたびは三吉のおかげでもあるが。で、おさと。おみつが三吉を預かるとか」

「はい。三日ほどですけど」

三吉は中垣新右衛門の養子となったものの、おさとの指示で、おみつがときどき訪れていた。幼い三吉を男手一つで育てることを心配したのだが、それは取り越し苦労にすぎなかった。新右衛門は自分で食事の支度ができたし、掃除や洗濯も苦にしなかった。不得手なのは針仕事で、おみつが行くと、このときとばかりに頼んだ。三吉もたまに母親を思い出して涙ぐむことはあっても、新右衛門の手を煩わすようなことはなかった。新右衛門は務めの合間を縫って三吉に読み書きを教え、狂言の稽古に励んだ。

その新右衛門が芸の上達を評価され、神事能で初めて三番叟《さんばそう》を舞うことになった。場所は外《と》山《やま》の里にある中山村の八幡社である。三番叟を舞う者は三日間の精進潔斎に入り、炊事に使う火をほかの者とは別にする別火《べつか》をしなければならなかった。その間、おみつが三吉を預かることにしたのである。

「当日は二人で外山の里へ三番叟を見にまいりたいと。よろしいでございましょう」

「おさとがよければ、それでよい」

「殿さまも外山の里のことはご存じのはずですわね。西行法師が『秋篠《あきしの》や外山の里やしぐるらん』と詠んだ」

「『大和名所図会』にあったな。下の句は『生駒の嶽《たけ》に雲のかかれる』だったかな」

「ええ。わたくしたちも歌に詠まれた村里や旧跡を歩いてみたいものですね」

「おお、それはいい」

川路はできない相談だと思ったが、口には出せなかった。

おみつと三吉は黒門を出ると、高札場のある橋本町からまっすぐ暗越大坂街道を歩み、尼ケ辻で北へ曲がった。しばらく行くと西大寺だ。その先に秋篠寺があり、外山の里は間近い。奉行所から二里ほどの道のりで、中山村への一番わかりやすい道だった。おみつは三吉と手をつないで歩き、母親のような気分を感じていた。

外山の里に近づくと、秋篠川の源流が見えてきた。川の向こうにゆるやかな丘が広がっている。東に若草山、西に生駒山を望む、のどかな風景だ。取り入れがすんだ田には刈株が縞模様のように並び、家々の軒下には干し柿が吊るされていた。川にかかる小さな木橋を渡ると、すぐ右手は小さな山で、その裾がちょっとした渓谷になっている。中山村の集落は前方と左手に広がっていた。

八幡社は村の木深い森の中にあった。鳥居をくぐって石段を上がると、境内の真ん中にみごとな舞殿《まいどの》があり、両側に仮屋が設けられていた。神事能奉納に参列する村人たちの桟敷だ。舞殿の先にも石段があり、上っていくと拝殿で、その奥に朱塗りの小さな本殿が鎮座していた。境内は掃き清められてちり一つなく、村人たちが大切にしている様子がうかがわれた。

おみつと三吉は村人たちといっしょの桟敷に座った。祭礼の日を迎えた村人たちの表情は明るく、のんびりとしていた。実り豊かな秋だったのだ。禰宜役者たちが舞殿に登場し、翁が始まった。境内は静まりかえり、天下泰平を祈るおごそかな謡と舞に引き込まれていった。

揉ノ段《もみのだん》になり、剣先烏帽子《えぼし》に直垂《ひたたれ》姿の三番叟が登場した。新右衛門だ。おみつは自分の目を疑った。いつもの少々背をかがめて自信なげな姿は消え去り、さわやかで引き締まった男ぶりに変貌していたのである。新右衛門が笛や鼓に合わせて掛け声を発し、力強く舞いだした。三吉の目が輝いた。

鈴ノ段にかわった。黒式尉《こくしきじょう》の面をつけた新右衛門が鈴を振り、足拍子を踏む。種をまき、土を固める仕草だ。収穫を祝い、豊作を祈る。振り鳴らす鈴の音と足拍子がしだいに高まっていき、産土神《うぶすな》の森にこだました。新右衛門の舞は村人たちの思いそのものとなった。おみつは誇らしかった。

九

春日社の二の鳥居に行く手前で、おみつは下《しも》の禰宜道に入った。中垣新右衛門はいつもの通い道から大宮と若宮にお参りし、春日の神々に別れを告げると思ったからだ。新右衛門が仙台の伊達家に抱えられることが決まり、今朝がその旅立ちだった。代々、中垣の一族は伊達家に狂言役者として仕える者が多かった。新右衛門は傍系だったが、本家筋に頼まれて仙台へ行くことになったのである。欠員の補充とはいえ、新右衛門の精進が認められたのだと、おみつは思った。

ナギやイチイガシの巨樹が点在する道のあちらこちらで、アシビが開花していた。白や淡い紅色の小さな花が房状に咲き、幼い女の子のようにあどけなかった。おみつが花を愛でていると、道の奥から旅装束の新右衛門と三吉が登場した。実の親子のように、しっかりと手をつないでいる。おみつはちょっとうらやましかった。

「おみつさん。見送りに来てくれはったんですか。おおきに」

新右衛門がおみつに礼を述べると、三吉が「おじちゃん、うれしいかや」と言った。

「そらそや。だけど三吉。おじちゃんはやめなはれ。おまえはもうわたしの子や。父上と呼ぶんや」

三吉は照れくさそうに、「はい、父上」と答えた。

「旅立つ前にアシビが咲いてくれてよかった。亡くなった妻もこの花が好きやったんです。きりりとした気高さを秘めている可憐な花やと。妻はそんな女やった。遊女遠山の人形もそうやったけど、おみつさん、あんたもです」

「まあ、お上手を」

おみつはそう言ったものの、まんざらでもなかった。

「わたしらが江戸に近づく頃は、満開になっとるんやろな。奥州にたどり着くと、南都はサクラが爛漫《らんまん》や。あ、こりゃいかん、門出というのに早くも故郷を恋しがっとる」

新右衛門は楽しそうに笑った。おみつも釣られて笑った。

二人は若宮に詣でたのち、白毫寺《びゃくごうじ》から名張街道へ抜け、お伊勢参りをする。それから東海道に出て江戸へ進み、奥州道中を下って仙台をめざすのだ。長い旅路だった。おみつは三人で旅をしたら、どれだけ楽しいだろうと思った。年格好からいっても、本当の親子に見えるだろう。思ってもせんないことだったが……。

三人は二の鳥居へ向かって歩いた。新右衛門がおみつに話しかけた。

「おみつさん。アシビがなぜ春日に多いのか、ご存じでっか」

「いえ」

「この葉を食べるとしびれるんで、鹿が食べないからやそうです。万葉の恋の歌に詠まれている花にしては、なんや不思議でっしゃろ」

新右衛門が恋の歌と言ったので、一瞬、おみつの胸はどきっとした。だが、新右衛門の話はそれだけだった。

二の鳥居に着いた。別れの時だった。

「中垣さま、ここでお別れします。道中ご無事で。奥州でのご活躍をお祈り申し上げております。三吉さんもお父上の教えを守り、素晴らしい狂言役者になってくださいましね」

「はい」

「おみつさんも御身《おんみ》ご大切に。いろいろお世話になりました」

新右衛門はそう述べると深々と一礼し、三吉の手を取って鳥居をくぐっていった。おみつは取り残されたような気分だった。

「おさと。髪を結ってくれぬか。直助が風邪で寝込んでおるのだ」

「おやおや、珍しいですこと。直助が風邪を引くとは」

おさとは川路の髪を結いだしたが、すぐに手を止めた。

「以前に比べて、御髪《みぐし》の量がだいぶ減っておりますわね」

「そうか、寂しくなってきたか」

川路がぽつりとつぶやくと、おさとは慰めにもならないことを言った。

「年相応ですわ。お気になさらずに」

髪を結い上げると、おみつが茶を運んできたが、いささか元気がなかった。江戸女のしゃきしゃきした感じが消えている。そういえば、中垣新右衛門は今朝早くに奥州へ旅立ったのだと、おさとは思った。

「おみつ。お見送りをしてきたのでしょう。道中の無事をお祈りしなければね」

「奥さま」

おみつはおさとを見つめ、頭をさげて小走りに去った。

おさとはその後ろ姿を温かなまなざしで送り、歌を口ずさんだ。

我《わ》が背子《せこ》に　我《あ》が恋ふらくは　奥山の
　あしびの花の　今盛りなり

川路がしんみりと反応した。

「忍ぶ恋というわけか」

「ええ」

「江戸に帰ったら、おみつによき相手を探さねば」

「そうですね、心やさしい花婿を」

おさとはそう言って、ほほえんだ。

初瀬川《はつせがわ》

所化《しょけ》も御下知あり、脱衣《だつえ》之上肆《し》、中追放《なかのついほう》と御差図あり
（『寧府紀事』嘉永元年十二月二十六日）

一

朝のうちは小降りだった雨が本降りとなった。蒸し暑く、うっとうしい。

書見をしていた川路が空腹を覚えたとき、見計らったように、おさとがおみつとともに昼餉を運んできた。おさとの着物は見るからに涼やかな白い麻の小袖で、淡い藍色の模様が入っていた。川路はさっそく食膳につき、ご飯を口に入れた。蓮飯《はすめし》だ。ほのかな香りがゆっくりと広がる。食べるほどに身も心もさわやかになった。

今朝、おさとは目覚めるなり、雨の中を池のほうへ歩いていった。川路はその奇妙なふるま

いが気になっていたが、やっと合点がいった。蓮の葉を摘むためだったのだ。

「うまい。おさと、香りがいい」

蓮の葉で飯を包んで蒸すだけの簡単な料理だが、おさとの気持ちがうれしかった。

「じゅんさいの冷し汁も召し上がれ。おみつが漬けた胡瓜も食べ頃ですよ」

「おみつのぬか漬けは絶品だからな」

「ぬか床の手入れを丁寧にしていますから」

給仕をしていたおみつは照れた。

「お二人ともお上手をおっしゃって」

二人の食事が済むと、おみつは井戸で冷やした麦茶を茶碗に注いだ。

「奥さま、おひささんから江戸へもどったという便りがございましたよ」

「そうなの。無事にお帰りになったのですね」

「ええ」

「おひささん、とは」

川路が小首をかしげると、おみつは教えた。

「江戸のお屋敷に出入りをしていた小間物屋の女主人でございますよ」

「ああ、あの話し好きの気のいいおかみさんか」

「ええ。嘉永と年号が改まったのを機会に、この春、商売仲間のご内儀さんたちと大和巡りにまいりましてね。ついでに役宅に立ち寄ってくれたんでございますよ」

そのおひさの便りに、いま江戸の女たちが花を咲かせている噂話が二つ書いてあったという。一つは、信州で二人の百姓女がオオカミを鎌で仕留め、勘定奉行の表彰を受けたというもの。もう一つは、女犯《にょぼん》をした浄土宗一行院《いちぎょういん》の所化《しょけ》が、三日晒《みっかさらし》を受けて追放になったという醜聞だ。こちらは狂歌まで作られているという。

おさとは驚いた。小石川の一行院は念仏行者として名高い徳本上人《とくほんしょうにん》の寺で、上人が入滅した後も熱心な信者が大勢いたからである。

「大奥のお女中の中にも、徳本上人に帰依している方が多いと伺ったことがございます」

おさとは安芸《あき》浅野家に嫁いだ将軍家斉《いえなり》の姫の侍女をしていたことがあり、大奥の噂などもよく知っていた。

川路は慨嘆した。

「苦行を重ねて民の教化に努めた聖《ひじり》の寺に不如法《ふにょほう》の僧が現れるとは……。世も末か。そもそも僧侶は戒律により女犯や妻帯を禁じられているのだ。幕府もまたこれを破れば厳しく罰することはわかっているはずなのだが」

「戒律のない一向宗（浄土真宗）は例外でございましょう」

「そうだな。幕府も一向宗については、宗派の風習として認めている」
「牢屋敷にも女犯の僧が一人いるとか」
「覚敬《かくけい》と申す者だ。こちらは新義真言宗長谷寺《はせでら》の所化だ。これがまた難儀な男なのだ。橋本文一郎が掛かりの与力で、今日もその所化を牢問《ろうもん》する手筈になっている。俊作が検使としていくはずだ」

文一郎は牢屋敷へと歩いていた。肌にまとわりつくように地雨が降り、蒸し暑さに気が滅入ったが、それ以上に頭が痛かった。覚敬が落ちないからだ。雑談にはときおり応じるものの、女犯の話になると黙りを決め込む。文一郎はこれから行う牢問をどう進めようかと、詰所でしばらく思案にふけったが、いい考えは何も出てこなかった。仕方なく、破戒僧の顔でも見れば何か閃くかもしれないと、早めに牢屋敷へ向かったのだ。

武士や神職、僧侶が入る八畳の揚屋《あがりや》は、本牢や女牢とは別の棟にあった。ほかの牢よりも待遇はよかったが、獄に変わりはない。文一郎は牢番に声をかけて中へ入り、牢格子から揚屋をのぞいた。覚敬はいつものように目を閉じて端座していた。身じろぎもしない。

文一郎にはこの男が理解できなかった。覚敬は寺持ちの住職ではなく、四十一歳と年は食っていたが、ただの所化、学僧だ。戒律を破って女犯をしたことを素直に認めれば、奉行所は市中に三日だけ晒し、寺に引き渡す。寺は寺法にのっとり宗門から追放する。それだけのことなのだが、もう三年も牢に閉じ込められている。笞打《むちうち》や石抱《いしだき》など牢問で責められても、女犯を認めようとしないからだ。このままでは、いくら責めに強くても、体が弱って死んでしまう。たかが女色のために命を棒に振るのだ。性欲を満たしたいだけだったら、方法はいくらでもあったろうに。文一郎はそう思ったものの、うまく落とす方法は依然として浮かんでこなかった。今のところ、笞で打って自白を迫るしかない。

文一郎が牢屋敷内の穿鑿《せんさく》所に入ると、長吏の官之助が手下に牢問の準備をさせていた。そこへ富塚俊作もやって来た。牢問には奉行の用人が検使として立ち会う決まりになっている。

「橋本さま、うっとうしい雨ですな」

「覚敬にも気が滅入ります」

「まったくです」

「雨といえば」

官之助が話に加わった。長吏は大和や山城など畿内各地に独自の伝達網を持っており、異変をつかむのが早かった。

「京の仲間から連絡があったんでっけど、山城や近江はえらい雨で、伏見の豊後橋が落ちたそうでっせ。橋の中程が五間（約九メートル）ほど」

「まことか」

富塚俊作が驚いた。

「宇治川にかかっている大和街道の大きな橋だな」

「そうでんねん。京と南都を行き来する際、たいがいの人はこの道を通らはります。こっちから行くときは京街道と言いまっけど」

「官之助はん、宇治橋のほうは大丈夫やろか」

文一郎がたずねた。豊後橋が落ちると、遠回りして宇治橋を渡らなければならない。

「宇治橋も流れたちゅう話ですわ」

「やれやれ、当分、京への往還は大変や」

同心の久保良助が所化を連れてきたので、話は終わった。

覚敬はやつれていたが、背筋がまっすぐ伸び、毅然としていた。慣れたもので、まわりを見回すでもなく、むしろの上に自分からさっさと座った。

「どや。認める気になったかいな」

覚敬は眼を閉じたままで、口を利こうとしなかった。

「打て」

文一郎が命じると、打ち役が覚敬の肩に笞をふるった。

すぐに皮膚が破れ、血がにじんできた。だが、覚敬は表情一つ変えず、叫ぶこともなかった。覚敬はなぜか苦痛に強く、長吏や牢番たちが真言の秘法を会得しているに違いないと噂をしているほどだった。

僧侶や武士の科人が自供すると、吟味をした与力は吟味詰りの口上書《こうじょうがき》を作成し、印判を押させる。百姓町人の場合は口書《くちがき》と言う。覚敬はいったん罪を認めたにもかかわらず、口上書に印を押す段階で、どういうわけか否認に転じた。やむを得ず牢問を始めたのだが、いっこうに効果がなかった。

牢問は笞打と石抱、海老責《えびぜめ》の三つで、奉行の許しがあればできるが、文一郎は好まなかった。吟味与力の誇りは説得して自白に持ち込むことだと、父や祖父からたたき込まれてきたのだ。まして拷問などはしたことがなかった。拷問は釣責《つりぜめ》のことで、犯罪の証拠さえあれば、人殺しや火付け、強盗、関所破りなどの重罪犯に対して用いることができた。しかし老中の許しが必要であり、海老責とともに滅多なことでは行われなかった。奉行の川路も拷問を嫌っていたし、牢問もよほどのことがない限り許可をしなかった。冤罪《えんざい》を生み出す可能性があるからだ。

「もうええ」

文一郎がうんざりしたようにやめさせた。

「覚敬さんよ、ええ加減に認めたらどや。意地を張っても結局は無駄やで」

久保良助がそう言ったが、覚敬は口を閉ざしたままだった。文一郎は牢問を続ける気がなくなった。軒先から垂れる雨の音が高まっている。

「頭のお固い役人さんたちにはわからないことです」

出し抜けに覚敬が口を開いたので、文一郎はぎくりとした。

覚敬はニヤリとした。

「びっくりさせたようですな。ものは相談ですが、お奉行に会わせてくれませんか」

「ほう、お奉行にならわ女犯を認めるとでも言うんかいな」

文一郎は思わず問い返した。

「ええ、なんでもしゃべりましょう。外の空気を吸いたくなりましたのでね」

覚敬は散歩に出るような調子で気軽に言った。文一郎にはこの学僧が何を考えているのかさっぱりわからなかった。

覚敬は続けた。

「牢番の話によると、今度のお奉行は、寺社奉行所の調役《しらべやく》のときに仙石騒動をあざやかに片付け、佐渡奉行としては百姓一揆の後始末に腕をふるったとか。そのような名奉行の吟味を受けることができて、拙僧はまことに仕合せですとお伝えくだされ」

覚敬を攻めあぐむ文一郎にとって、覚敬の話は渡りに船だった。川路になんとかしてもらうしかない。牢問はもう限界だった。

外に出ると雨の勢いが激しくなり、若草山がじっとりと濡れていた。文一郎は川が気になって、牢屋敷の裏手を流れる小さな吉城川《よしきがわ》を見にいった。水量が増している。若草山と春日山の間から発して東大寺の境内を通ってくるうちに、かなりの水を集めたのだ。西へ一町（一〇九メートル）ほど進むと佐保川と合流するので、そこまで行って橋の上から見ると、普段はゆったりした流れが急流に変じていた。夜に入ったら警戒しなければならない。

文一郎が小書院へ行くと、川路は富塚俊作から報告を受けている最中だった。

「殿さま、覚敬は不死身としか思えません。痛みをまったく感じないのです」

「俊作ともあろうものが何を愚かなことを。世の中に不死身の人間などいるものか。武士は怪力乱神を語らずだ」と川路は笑った。

「お奉行」

文一郎が廊下から呼びかけたので、川路はすぐに部屋へ招き寄せた。

「文一郎、ご苦労。覚敬は相変わらずだとか」

「はい。それで、富塚どのからお聞きになられたとは存じますが、覚敬がお奉行に話をしたいと。いかがいたしましょうか」

「うむ。今度は罪を認めて押印してくれればいいのだが。まま、明後日、白州に覚敬を連れてきてくれ。もうそろそろ落着したいところだ」

川路は前任の池田播磨守《はりまのかみ》から覚敬の事件を引き継いだのだが、この所化には手を焼いていた。もう牢屋敷へ入れておくわけにはいかない。年内には京都所司代に御仕置伺書を提出し、刑を確定して終わりにしたかった。

「ところで、川は大丈夫だろうか。南都には大きな川がないので、さほど心配しなくともいいとは思うが」

「いまも牢屋敷の帰りに見てまいりましたが、佐保川の水かさがだいぶ増しております」

覚敬から開放された文一郎は、水を得た魚のように話しだした。

「この川は過去に何度か洪水を起こしています。とりわけ、宝暦三年（一七五三）の梅雨時の大雨では吉城川とともに氾濫し、多数の木橋が流出したと聞き及んでおります。ですので、念のため南の率川《いさがわ》なども含めて、今宵は警戒したほうがよろしいと存じます」

南都の過去の事情に疎い川路の質問に、文一郎の答えは適確だった。奈良奉行所の与力と同心は奈良定住で、代々その職を世襲してきたのである。

「わかった。惣年寄を通して町方に注意を喚起し、同心たちに見回りを命じよう」

川路はすぐに与力筆頭の中条惣右衛門を呼び、出水警戒の指示を出した。

二

夜に入って雨はやみ、佐保川も率川も出水しなかった。ほっとした川路は覚敬の件をおさらいするため、一件記録に目を通した。これは池田奉行のときにいったん自白した覚敬の口上書と、長谷寺の役僧や密通した女など関係者の証言を、時の推移に沿ってまとめたものだ。奉行が川路に替わってからの経緯も加わっているが、基本的な事実関係に変わりはなかった。

覚敬、俗名清之助《せいのすけ》は文化四年（一八〇七）に上総《かずさ》国市原郡山木村で出生した。父親は村役人を務める百姓で、その次男である。清之助は十三歳のときに近くの五井《ごい》村にある新義真言宗明善寺の覚道に弟子入りし、得度して覚敬という法名をもらう。

四年後の八月、大和長谷寺に留学。新義僧は総本山である長谷寺か京の智積院《ちしやくいん》での修学が必須とされていたためである。長谷寺にしたのは覚道の縁による。覚敬は以後十年間を啓光院照道について学び、照道が武州西新井村の総持寺《そうじじ》に移ると、長谷寺の学寮に入って修学に励んだ。

天保十二年（一八四一）の春。覚敬は慈恩寺《じおんじ》村で旅籠屋を営む喜右衛門と親しくなる。智積院からの帰りに道連れになったのがきっかけだ。慈恩寺村は長谷寺の北から流れてきた初瀬川《はせがわ》

（「はつせがわ」の称は和歌に詠まれた古名）が大和盆地へ出る地点にあり、川沿いに走っている初瀬街道が上《かみ》街道と横大路《よこおおじ》に分岐する追分でもある。上街道は北上して奈良と結び、横大路は西へ向かって河内とつなぐ。また初瀬街道を東へ進むと松坂で、伊勢への主要な参詣路の一つである。したがって慈恩寺村は、街道筋に旅宿や茶屋、商店が軒を連ね、伊勢参りや長谷観音詣での旅人でいつもにぎわっている交通の要所だ。

覚敬は喜右衛門の旅籠に立ち寄るようになり、やがて妹のおしのと密通女犯に及ぶ。覚敬はこのとき三十五歳、おしのは二十歳だった。

三年後の夏、おしのは八木《やぎ》村で酒屋を営む栄助に嫁ぐ。八木は慈恩寺から西へ一里半（六キロ）ほどにある村である。これで覚敬と縁切りになるはずだったが、そうはならなかった。おしのが仲人宅へあいさつに行ったとき、夫の使いが追いかけてきた。「兄の喜右衛門に頼まれ、おしのを迎えに来た」と話す見知らぬ僧が待っている、と伝えるためだった。

不審に思ったおしのはすぐに実家へ帰り、兄に使いを出したかどうかたずねたが、覚えがないとの答えだった。これにより、おしのは覚敬が来たのだと悟った。一方、兄のほうも疑念を抱いたので、おしのは隠しきれないと観念し、かつて覚敬と通じていたことを打ち明けた。

喜右衛門は妹に不義密通の疑いが生じることを心配した。そこで覚敬を呼び出すと、仲人立ち会いのもとで縁切り状を書かせた。「縁を切ったので、どこへ嫁ごうと思いのまま」という内容で、差出人は「せい」とあった。俗名の清之助にちなんで、おしのが覚敬を「せいさま」と呼んでいたからだ。仲人は夫の栄助に縁切り状を見せ、離縁しないようにと説得した。栄助はこれを聞き入れ、おしのはもどった。

秋に入ると覚敬はしばしば栄助方を訪れて、おしのとの面会を強要するようになった。栄助は体よく断っていたものの、このままでは商売に差し障りが生じると思い、結局はおしのを離縁した。おしのは兄に引き取られたが、また覚敬の知るところとなり、家へ押しかけた。そして離縁されたからには今まで通りにしたいと言い出した。喜右衛門は取り合わなかったが、たびたび来ては言い張るので、上街道沿いにある芝村の叔母宅に妹をかくまってもらった。芝村には織田家一万石の陣屋があり、この叔母の夫は郡《こおり》奉行の下役であった。覚敬はこの家もかぎ出し、おしのに会いたいと一騒ぎを起こしたが、叔母がおしのを陣屋に逃がしたので、覚敬はあきらめざるをえなかった。

年が明けると、覚敬が女犯をしているという噂が長谷寺に聞こえ、一山の指導者である能化《のうけ》は役僧たちに真偽を確認することを命じた。役僧らは覚敬を山内の小屋に閉じ込めて調べ、寺法に背くふるまいがあったと判断した。能化はこれを受けて衆抜下山《しゅばつげざん》を覚敬に申しつけた。僧侶の身分を剝奪して教団から追い払う処分である。

覚敬はろくに調べもせずに追放するのは理不尽だと抗議したうえで、小屋をひそかに抜け出して行方をくらませた。手に余った役僧たちは奉行所に召し捕りを願い出たが、覚敬もまた奉行所に駆け込み、手荒で不法な扱いを受けたとして役僧たちを訴えた。

奉行所の調べに対して、役僧たちは次のように主張した。覚敬は何かと忌むべき行為があり、意見をしても従わなかったので衆抜下山を申しつけた。小屋に押し込めたままにしていたのは、覚敬がこれに従わず、逆に理非不分明の坊主などと悪口を言ったからだと。一方の覚敬は、女犯はもちろんのこと肉食《にくじき》さえしたことがないと述べ、悪口雑言は濡れ衣であると反論した。

池田播磨守は双方の言い分を聞き、覚敬が仏法に背く行為をしたことは間違いないと判断した。揚屋に入れられて吟味を受けた覚敬は、女犯を認めた。ところが口上書に印判を押す段になり、前言を翻したのである。

以来たびたび牢問が行われたが、覚敬は女犯はもちろん、おしのに執心したこともないと主張した。縁切り状についても、おしのの頼みで離縁状の書き方を教えたもので、手切れの書面ではないと言い張った。

おしのは覚敬と関係があったことを認めたが、縁談が決まってからは密通などしていないと答えた。喜右衛門は二人の関係を知ったのは婚姻後だと証言し、おしのもまた、自分が告白するまで兄は何も知らなかったと断言した。夫の栄助と仲人は、縁切り状を見るまで覚敬とのことを知らなかったと言い切り、婚姻中に二人が密通していたかどうかについては見聞きしていないと述べている。

おしのの証言からして、川路には覚敬の破戒が明白に思えた。川路が着任直後に改めて吟味をしたときにも、覚敬は女犯を認めたのである。しかし、押印の段階でまたもや拒否した。池田奉行のときと同じことの繰り返しだった。以来、どれほど問い詰めても覚敬は女犯を認めず、僧正になる以外に執心するものはないと述べるだけだった。

所化の女犯など、せいぜい三日晒のうえ寺から追放されるだけで、遠島になるわけでも命を取られるわけでもない。二十年以上も仏法を学んできた覚敬は、女の色香に目がくらんで女犯に及んだのだ。魔が差したのだ。それなのに覚敬はなぜ認めようとしないのか。通常の手続きを経ずに訴える駆込訴《かけこみうったえ》をしているので、このままいくと罪は重くなる。川路には不思議だった。それともなにか見落としがあるのだろうか。

三

久しぶりにすっきりと晴れた空を見上げ、覚敬は何度も息を吸い込んだ。同心も縄持ちの牢番も急かすことはしなかった。奉行所に着くと、覚敬は白州の板縁にさっさと座り、笑みを浮かべて川路に一礼した。川路は思わず、「達者なようだな」と言った。

「お奉行もつつがなくお過ごしのようで、何よりです」

まるで檀那寺《だんなでら》の住職のように如才なく応じた。どことなく憎めない男だった。

「何か言いたいことがあるそうだが、罪を認めて印形《いんぎょう》を押す気になってくれたのか」

「前のお白州のときに、お奉行が情理を尽くして話されたことが耳に残っていましてね。よくよく考えると、お奉行のおっしゃる通りだと思い始めたのです」

覚敬は神妙な態度だった。

「ほほう、やっと気がついたか。無駄な時を過ごしたものだ」

「時の長さと申すものは、人によって異なるものです。お奉行は江戸のお方なので、他国の者より特に短いのです」

覚敬は笑った。

「前のお奉行も川路さまもせっかちでいらっしゃる。拙僧とは隔たりがありすぎて戸惑いました。それで、以前はよく考えもせず、ついうっかり認めてしまったというわけです」

人を食ったような言い方だったが、川路は気にもしなかった。

「では、この前、考えを変えたのはなぜだ」

「文言《もんごん》がおかしいからです」

「ならば、そのおかしな文言を改めてくれと言えばよかったではないか」

「ほほう。そうですか。それでは今一度、口上書を読みあげていただきましょうか」

川路は「面倒なやつよ」と言いつつも、文一郎に朗読を命じた。

「和州長谷寺所化の覚敬が仏法に反する行為をしているとの噂が聞こえ……」

文一郎が読みだすと覚敬は眼を閉じて聞き入った。

川路は覚敬を観察した。体はやせこけているが、なぜか血色はよく、肌には張りがあった。高慢そうな鼻に切れ長の目、結んだ口元は知力と意志を感じさせた。ときおり開く眼には、ひんやりとした熱情が宿っていた。

「女犯いたさずとの申し分立ちがたく、不届きの旨御吟味を受け、申し開きの由なく……」

最後の文言に来ると、覚敬は突然かっと眼を見開き、首を振った。

「お奉行、これではいけません」

「なんとな」

「女犯を省いてくだされ。女犯はいけません。これでは印形を押すことはできません」

「女犯をいたしたことに間違いはなかろう」

「申し開きの由なくという文言も削っていただきたい」

「しかし、この文言は其の方の供述の意を体したものであり、奉行所が独断で書き加えたものではないぞ」

覚敬は川路の言葉を無視した。川路はあきれてしまい、ついたずねた。

「ではどう変えてほしいのだ」

「濡れ事、交合、房事などいくらでもあります」

「どのみち同じことではないか。其の方は戒律を守って肉食と女犯妻帯をしないことを誓った清僧であろう。その清僧が女と交合すれば、すなわち女犯ではないのか」

覚敬は眼をつぶり、それっきり答えようとはしなかった。

川路は覚敬を見つめた。なぜ文言にこだわるのだろうと思った。どう変えようとも、戒律を破ったことに変わりはない。まして、いったんは自分で認めた文言ではないか。

「覚敬は十三のみぎりから釈迦《しゃか》の門弟となったのであろうが。それなのに、なぜそのように我意を張るのだ。其の方の今の姿を釈迦がご覧になったら、どのように思うであろう。考えたことがあるのか」

一瞬、覚敬は口を開きかけた。だがすぐに唇は固く結ばれた。

川路は白州から居間へもどると、覚敬の口上書の文言について考えた。おしのと関係があったことは認めているのに、なぜ女犯という言葉を忌避するのかわからなかった。覚敬の考えがつかめなかった。痛みに強いのも不思議だった。一件記録には載っていない何かが、覚敬の過去にあるのではないか。

　夕食まではまだ間があったが、川路は酒が飲みたくなった。うまい南都諸白《もろはく》があるはずだと思っていると、香ばしい匂いが部屋に広がってきた。おさとが鮎の塩焼きと徳利を持ってきたのである。いつものことだが、頃あいがよく、気が利く妻だった。

「殿さま、おくつろぎを」

　おさとは酒をついだ。

「おさとの間合いは鋭い。男だったら剣豪だ」

　川路はうれしそうに杯を傾けた。おさとは口元に笑みを浮かべて軽口を受け流し、夫が手に持っていた口上書に目をやった。

「何やらむずかしそうな」

「そうだ、おさと、ちと相談に乗ってくれないか。どうも女に関することは苦手でな」

　川路は鮎を頭からかじって酒で流し込むと、覚敬の一件をおさとに話した。文一郎には追って沙汰すると言ったものの、思案に余っていたのである。

　おさとは話を聞き終えると、夫にまた酒を注いだ。

「殿さま、わたくしの考えを述べる前にお伺いしたいのですが、南都に着任したばかりの頃、吉野川の鮎を手土産に、小田さまがたずねてこられましたわね。あのとき、この所化さんのことも話されたのでは」

「おー、酒の席での話だったので、すっかり忘れていた」

川路が遊郭のある木辻町や元興寺など市中の南方を巡見した日の夕べ、吉野地方などの公儀御料所六万石を支配している、五条代官の小田又七郎があいさつに来たのである。二人のつきあいは川路が勘定吟味役のときからで、人足寄場《よせば》奉行をしていた小田に、川路が寄場の仕組みをたずねたことがきっかけだった。

二人は心ゆくまで酒を酌み交わし、おさとも相手をした。小田は五条へ赴任して七年もたっており、しきりに江戸の話を聞きたがった。東都を懐かしむ気持ちが強まっていた。話は尽きなかったが、夜も更け、小田は旅宿へもどろうと腰を上げた。その拍子に、小田はふと思い出したように言ったのだ。

「そうそう川路さん、作柄のことをたずねようかと思い、ここへ来る途中で芝村の陣屋に寄ったんですがね。郡奉行が長谷寺の女犯僧の一件を気にしていましたぜ」

川路も立ち上がった。

「明日がおれの南都で初めての白州でね、その所化が一番目なんだよ」

「やっこさん、女をかくまっていた郡奉行の下役の家へ押しかけ、刀で脅して女を連れ去ろうとしたそうですな。なかなかしぶといやつだってえ評判が、五条まで届いておりますぜ。ま、川路さんのことだから、うまく丸め込んで落とすんでしょうけどね」

「おいおい、人聞きが悪いじゃねえか」

「はっはっは。それにつけても、天保以来、女犯に走る生臭い坊主が多くなったような気がしますなあ」

小田は嘆きとも批判とも取れる言葉を吐いて、奉行所を去っていった。

川路は小田の話を思い出すと同時に、疑問が脳裏をかすめたこともよみがえった。

「そうだ。あのとき、覚敬がおしのの隠れ家をどのようにして見つけたのか、不審に思ったのだ」

おさとは事もなげに言った。

「おしのさんが自分で報せたのでございましょう」

「報せたとは、なぜだ」

川路は小首をかしげた。

「あなたのお考えには抜けているものがございます」

「何が抜けていると」

「女の心根への理解です」

おさとはぴしっと言った。川路は降参した。

「もそっとわかりやすく教えてくれんか」

「単なる女犯と見るから、覚敬さんのまことの言葉を得られないのです。殿方は常に、女犯は戒律を破って色欲《しきよく》を満たす忌むべきふるまいと見ます。いまから四十五年ほど前に、町方や武家の女と数多く密通したと聞く延命院日道《にちどう》どのなどは、まさしくその通りでございましょう。相手の女たちも色におぼれたと申せましょう。多くの女犯はそうかもしれません。ですが、この覚敬さんとおしのさんの場合は、ひたむきな恋と見れば得心がいくような気がいたします。

戒律というものはそれも含めて禁じているのでしょうけれども」

おさとはいったん口を閉ざした。川路は次の言葉を待った。

「縁切り状で、覚敬さんは自分のことを「せい」と称していましたわね。おしのさんがそう呼んでいたからでございましょう。これは紛れもなく、互いに慕っている男女だけに通じる異名です。あなたの中に、女犯は清僧にあるまじき汚らわしい行いだというお考えがあるから、覚敬さんの心の窓を開けられないのです。寺法や法度を破るのはいけないことでございましょう。ですが、人を慈しむという気持ちは、武士にも町人にもそして僧侶にもあるはずです」

「うーん」

川路は返す言葉がなかった。言われてみるとその通りだった。

「女犯を責めるのではなく、おしのさんの先々を考えたかなどと問い方を変えれば、道が開かれるのではありませんか。僧侶ではあっても一人の男として、覚敬さんはおしのさんに思いを寄せているのです。おしのさんもいったんは嫁いだものの、覚敬さんを忘れることができなかったのでは……。行いの是非をいったん離れて、当人たちの心を推し量るのです」

おさとの言葉に、川路は何度もうなずいた。

四

じくじくと雨が降る冷たい日々にまたもどり、せっかく開いたハスの花が元気を失っているように見えた。川路は東海道も川留めがしきりだろうと思いつつ、徒士の田村直助を居間に呼んだ。三十半ばになる直助は、川路が寺社奉行吟味物調役に昇進したときに雇い、徐々に取り立ててきた家来だ。律儀で機転が利き、料理が上手なので勝手方の下役も兼任している。羊羹を作れば殊のほかうまい。

「直助の羊羹を食べたくなったが、帰ってくるまで我慢しなければならぬな。もうそろそろか」

「三日の後に出発します」

直助はうれしそうに答えた。長患いの母親を見舞いに、故郷の上総へ行くのだ。直助の里は武射《むさ》郡の姫島村だった。東金《とうがね》のすぐ近くだ。

「おまえに頼みがある。上総にある五井村の明善寺と武州西新井村の総持寺へ行って、調べ事をしてほしい。土地鑑はあるな」

「もちろんでございます。五井には行ったことがあります。総持寺は西新井のお大師さんでございましょう。厄除祈願に詣でたことがあります。おまかせください。それで、調べ事とは殿さまのお役向きのことでしょうか」

川路は直助に説明した。常の仕事とは異なる探索めいた役目とあって、直助の目には好奇心が満ちあふれていた。話に区切りがつくと、しゃべりたくてうずうずしていたのだろう、待ってましたとばかりに切り出した。

「殿さまのお話で思い出したことがあります。わたしの在所の近くに求名《ぐみょう》という村がありまして、そこに女狂いの和尚がおりましたんです。ばあさまがときどき話してくれたんですが」

「ほう、どのような和尚だったのか」

「今から五十年ほど前のことですが、村の日蓮宗高福寺《こうふくじ》に如善《にょぜん》という住職がおりました。この如善があるとき本寺の指示に背き、寺を出るようにと言い渡されたのです。ところが如善はこれを拒んだのです。その理由は、五年前から密通している娘を残していくのは忍びがたいというものでした」

「そこで寺社奉行所の吟味を受けたというわけだな。あの辺は公儀の御料所か旗本の知行所のはずだ」

「はい。寺持ちの女犯として遠島にされてしまったそうです。それ以来、女狂いは身を滅ぼすという教訓になり、ばあさまたちが若い者に語り伝えているわけです」

川路は、この如善は覚敬に似ていると思った。村娘を大切に思っていたのだ。おさとが言ったように、女犯を淫欲の充足とだけ考えては、覚敬を理解できない。

川路は小書院に入り、橋本文一郎を呼び出した。

「覚敬のことで確かめたいことがある。おしのにたずねてもらいたい」

川路は知りたい事柄を述べ、文一郎はそれに対して少々の質問をした。

打ち合わせが終わり、文一郎は詰所へ引き下がった。川路にとって、あとは二人の報告を待つだけだった。しかしその日のうちに、直助にもう一つ用事を頼むことになった。きっかけは市三郎の腹痛である。

午後のひととき、おさとが自分の居間で歌学の書物をひもといているときだった。そばで『南総里見八犬伝』を読んでいた市三郎が、突然、腹を押さえて強い痛みを訴えだしたのだ。おさとはぎょっとし、すぐに奉行所づき医者の花井隆慶《りゅうけい》を呼んだ。後添いのおさとにとって、市三郎は生《な》さぬ仲とはいえ、かわいい息子である。

隆慶は患者の脈を取り、腹を押さえるなどして診断し、おさとに告げた。

「食べ過ぎと腹の冷えですわ。近頃は冷気の日がしきりですよって、腹巻きをさせたほうがよろし」

「よかった。大変な病かと心配でした。武士の子なのに痛みに弱く、大げさで」

「はっはっはー。奥さま、武士といえども痛みにはかないまへん。痛みは人の体が異変を知らせるためにあるよって、痛みを感じんほうが心配ですわ」

「痛みを感じないほうが、ですか」

おさとは何気なく問い返した。

「そうですわ。わたしは診たことがありまへんけど、汗を流さず痛みも感じんちゅう、生まれつきの病がまれにあるんやそうです。痛みを感じんちゅうことは、たとえば骨折をしても感知でけんわけで、困りますわな」

話を聞いて、おさとはふと覚敬のことを思った。牢問を受けても平気だということは、痛みを感じることができない体なのではないか。おさとは聞いてみた。

「そのような体は生まれつきなのですか」

「へえ。親はびっくりしはるでしょうな。自分の子供が転んでも泣かん。尻をたたいても気にならん。天狗《てんぐ》の生まれ変わりやと」

おさとは思った。覚敬が痛みに強い秘密がわかるかもしれない。わかれば対処の方法が見つかるはずだ。

おさとが花井隆慶から聞いた話を伝えると、川路は田村直助をすぐに呼び、調べ先に上総の山木村を付け加えた。覚敬の故郷である。

五

奉行所は朝からざわめいていた。京都東町奉行の伊奈遠江守が江戸へ御用召《ごようめし》となり、川路がその後任に就くという風聞が流れてきたからである。一時は、出入りの商人たちが見送りのために奉行所へ駆けつけるほどの騒ぎとなったが、結局は人の心を惑わす天狗沙汰だった。川路は江戸への帰府を待ち望んではいたが、もう二、三年は南都在勤と見ていたので、このようなたぐいの噂には踊らされなかった。

騒ぎはすぐに収まったものの、今度は川路の家来たちが色めき立った。橋本文一郎の呼び出しを受けて、おしのが慈恩寺村から奉行所へやって来たのだが、中門で目撃した直助がその美しさを吹聴したからである。おしのを一目見ようと、みなが用事にかこつけて、公事人控え所をのぞきに行った。

筆頭用人の木村公蔵《こうぞう》が、「覚敬が牢問を受けるはめになったのも無理はない」と妙な感心をすれば、ふだんは無口な富塚俊作も、「江戸にはまれな美しさでござる」と、おしのの美貌をほめちぎった。腹痛が治った市三郎までもが、「小町の生まれ変わりにちげぇねえ」などと生意気な口を利き、おさとに叱られる始末だった。

そんな江戸者の興奮をよそに、文一郎はおしのを与力の吟味所に呼び込んだ。以前に取った口書の内容を確認し、川路に命じられたことを聞き出すためである。

「おしのさん、ご苦労。これで仕舞いにするつもりやさかい、ちゃんと答えてくれへんか」

と、文一郎は口火を切った。

「承知しました。そやけど橋本さま。その前に教えておくれやす。覚敬さまのお身体の具合はどないでっしゃろか。長い牢屋敷暮らしでっけど」

おしのは覚敬を気遣った。

「覚敬は相変わらず元気や。真言の秘法のおかげやろかと、牢番が魂消《たまげ》ているほどや」

おしのはほっとしたように息をついた。

口書の確認は簡単にすんだ。証言内容、日付とも食い違いはなく、おしのはしっかりと答えた。文一郎は「間違いないようやな」と安心させると、単刀直入に肝心なことを聞いた。

「おしのさん、あんた、自分の居場所を覚敬に教えてたんやろ。八木村の栄助方も、芝村の叔母御の家も。そやなかったら、覚敬は押しかけることがでけへんはずや」

おしのは覚悟をしていたのか、うろたえることなく、文一郎をまっすぐ見た。

「橋本さまが言わはった通りです」

「どないして報せを」

「すぐ近くの札の辻で、観音詣での旅人さんにお頼みしました」

おしのは、伊勢参りや長谷寺参詣の人々がひっきりなしに往来している慈恩寺村の女だけあって、街道を利用する術《すべ》を知っていた。八木村の札の辻は、北の奈良と南の吉野を結ぶ中街道が、西から来る横大路と交わる要所である。横大路をそのまま東へ進めば慈恩寺で、ここで初瀬街道とつながって長谷寺へ向かう。おしのは長谷寺への参詣客をこの札の辻で見つけ、文を託したのだ。芝村の叔母の家は、すぐそばを上街道が走っているので、京から来た人に依頼したという。上街道も慈恩寺で初瀬街道と接続する。

文一郎は質問を続けた。

「なんで覚敬に報せたんや。縁を切ったはずやろが」

「それは……」

「嫁入りもまやかしやな。覚敬と別れる気はなかったということかいな」

「違います。ほんまに別れ、栄助さんに嫁ぐつもりやったんです。村では二十歳を過ぎるともう年増と見なされたんです」

　おしのは少しため息をついた。

「あのときの気持ちに嘘偽りはありまへん。忍び会いを重ねても、どうにもならなかったんです。覚敬さまの夢は上総か武蔵にある大寺の住職となって、僧正の位に昇ることやったんです。一山をまかされたら、うちを内妻として迎える。ひそかに内妻を持つ住職も多いよって心配あらへん、それまでの辛抱やと」

　文一郎は口を挟まず、次の言葉を待った。

「ですが二年近うたっても、相変わらず役僧にすらなれへんかった。覚敬さまはだんだん捨鉢になってしもうて、うちを内妻にするのはやめた、どっかへ嫁げと言わはったんです。それで栄助さんと……」

「ほな、なんで覚敬に文を届けてもらったんや」

「覚敬さまが忘れられへんかったんです。栄助さんは温厚で実直な人やけど、ただそれだけで、物足りへんかったんです。身がってなんはわかってまっけど、嫁いですぐに覚敬さまが恋しうなったんです。覚敬さまもうちの嫁ぎ先を探してはったんです」

　文一郎がかすかに首をかしげたので、おしのは急いで言葉を継いだ。

「嫁いでいる間に不義はしてまへん。覚敬さまも求めんかった。ただ、こっそり二人で会うて企みました。栄助さんに疑いの心を芽生えさせ、離縁されようと」

おしのはいったん口を閉ざし、吟味所を囲う殺風景な内塀をぼんやりと見つめた。空はどんよりと曇っていた。文一郎が問いかけずにいると、おしのはまた口を開いた。

「離縁はうまくいったんでっけど、覚敬さまがまた慈恩寺の家に来るようになると、兄さまはうちを芝村に隠しはったんです。計画が狂いだしました。覚敬さまと兄さまは友だちで、うちは年の離れた妹やったんで、兄さまにかわいがられて育ちました。うちら、兄さまは二人を認めてくれはるとばっかり思っとったんです。甘かったんです。兄さまは、妙な噂が立つことを気にしはったんです。うちが居場所を教えると、覚敬さまはすぐさま芝村にやって来はりました。それが騒ぎになり、覚敬さまが女犯をしているという話が長谷寺に広まってしもうて。その後のことはお調べの通りでございます」

おしのの目に涙が浮かんでいた。

聞くべきことを聞いた文一郎は、おしのを送り出すと、川路に結果を報告した。川路は黙って聞いていた。文一郎は最後に確認した。

「お奉行のおっしゃる通り、口書は新たに取っていません。本当によろしいので」

「おしのの心のうちがわかり、覚敬を落とす手がかりを得られれば、それでよい。文一郎も、おしのをあまり責めたくはなかったのであろう」

文一郎は顔を真っ赤にした。

川路は頬をゆるめ、話を変えた。

「おしのは美しいそうだな」

「はい。つい先頃出開帳《でかいちょう》があった当麻寺《たいまでら》の中将姫《ちゅうじょうひめ》人形のようでございます」

「中将姫の人形か。いかにも南都の与力らしいたとえだな。不粋な江戸者とは大違いだ。わたしも会ってみたくなったぞ」

六

田村直助が関東に旅立ってから、川路は覚敬の件を放っておいた。この夏、奉行所は何かと忙しかったのである。梅雨が明けると雨の降らない日々が続き、大和の各所でため池の水が尽きてしまった。百姓たちが騒いだため、村々の社寺では雨乞いの祈祷が行われ、奉行所は用水の出入りを警戒した。渇水の次は大雨が待ち受けていた。木津川の堤防が切れ、初瀬川が下流であふれた。そのうえ、侍同士の刃傷《にんじょう》沙汰や三輪社の不祥事など事件が多発した。

なかでも刃傷の一件は一乗院宮と郡山の柳沢家中の争いだけに、処理がむずかしい事件だった。たまたま春日社に出向いていた給人の松村藤右衛門がその争闘を目撃していた。

藤右衛門が春日社で用件をすませた帰り道のことである。三条通から猿沢池におりる石段は五十二段と呼ばれているが、その手前で若侍が藤右衛門を追い越していった。奈良町で武家の姿を見掛けることは少ない。奉行所の与力同心と門跡寺院の寺侍を除けば、郡山の柳沢家中か柳生家の蔵屋敷詰め、紀州徳川家南都御用所の役人ぐらいだ。もちろん旅の武士はたまに見掛けるし、今でも諸国遍歴の武芸者が宝蔵院や柳生の里を訪れていた。

藤右衛門は柳沢家の家来だろうと見当をつけ、何げなく目で追った。すると、これは明らかに一乗院宮の雇い足軽とわかる二人の男が南大門跡から降りてきて、自分たちの前を通り過ぎようとした若侍に声をかけた。若侍がそれを無視すると、足軽たちは怒りだし、いきなり袖をつかんで引っ張り倒してしまった。

男の一人が何度も足でけったが、若侍は抵抗せず、うずくまったままでいた。もう一人のほうは刀を奪い取り、刃をつぶし始めた。二人は気がすむと、若侍を腰抜け呼ばわりし、刀を放り投げた。

これで若侍は堪忍袋の緒が切れてしまった。憤怒の形相となって立ち上がると、ためらうことなく脇差で一人を袈裟懸けに切った。もう一人は恐怖に駆られ、五十二段から六道の辻へ転げ落ちるようにして逃げた。若侍は追いかけたが、猿沢池の南側にある柳生家蔵屋敷の近くで見失った。あきらめた若侍は石段を引き返し、傷ついた男に一瞥をくれただけで、何事もなかったように三条通を西へ下っていった。藤右衛門は負傷した男を引き取らせるため、供の小者を一乗院へ走らせると、すぐに若侍を追った。

藤右衛門がここまで話すと、川路が聞いた。

「いずこの家中かたずねたのであろうな」

「もちろんでございます。柳沢家馬役山崎与惣《よそう》のせがれ、乙熊《おとくま》と名乗りました」

「最初から闘わなかった理由については」

「主君が大病を患っているさなかに、家中の者として争いごとを起こしたくなかったということでした。しかし、刀を打ち捨てられて耐えきれなくなったと」

「で、何のために南都へ来たと」

「主君の病魔退散祈願のため、春日社に詣でたということでございました」

柳沢保興《やすおき》の病が危うくなり、国家老が三歳になる跡継ぎを連れて江戸へ急行したという報せは、奈良奉行所にも入っていた。川路はこの若い家臣の主君を思う真情に感動した。

藤右衛門が退出すると、川路は考え込んだ。市中での刃傷沙汰である。双方を呼び出して吟味をしなければならないが、一乗院宮と柳沢家の体面もある。川路が頭を悩ませていると、茶を点てたおさとが入ってきた。川路は頼りになる妻を見て、ほっとした。

「おさと、また困ったことができたのだが」

「何事でございますか」

「南大門の下で一乗院宮と柳沢家の家来同士の争いがあった。一人がかなりの傷を負い、吟味をせねばならぬのだが、どうしたものかと思ってな。というのは……」

話を聞いたおさとは、迷うことなくきっぱりと言った。

「それは殿さま。争いのきっかけはともかく、最初に手を出したほうが悪うございます。まして相手が抗ってもいないのに打つなど卑劣です。しかも武士の魂である刀を投げ捨てるとは、たとえ宮方のご家来衆であっても、無礼千万でございます」

「やはりそうだろうな。ちなみに宮方の足軽どもは弱そうな若侍が道を急いでいたので、因縁をつけて酒代をせしめようとしたらしい」

「それなら、なおさらお困りになることはありません。一乗院の宮さまに遠慮されてご判断を誤りますと、かえってお叱りを受けますよ。あのお方は英明なお人柄だと、殿さまはいつもおっしゃっているではありませんか」

「おさとの言う通りだ。よし、腹は決まった」

いつものことだが、川路はおさとの聡明さに感謝した。迷いを取り除いてくれる。

「その若いお武家は見上げた方でございますね。腕も立つようですし」

「そうだな。柳沢さまはいい家臣を持っておられる」

「それにつけても、人はギリギリまで我慢していても、限度を超えると、耐えられなくなるものなのですね。人によって限りは異なるのでしょうけれども」

「うむ」

川路はおさとの最後の言葉に引っかかりを感じた。が、なぜそう感じたのかはわからなかった。

七

秋に入り、医者の花井隆慶がおさとや用人の妻たちを平城山《ならやま》にある自分の山荘へ招いた。まつたけ狩りを楽しんでもらおうというのだ。平城山はなだらかな小山の連なりで、南都の北を東西に走っており、東を佐保山、西を佐紀山と呼んでいる。山荘はその間にあり、南に吉野や金剛、生駒の山々が遠望できた。周辺はまつたけがよく取れる松林で、巨大な陵が点在している。

一行はまつたけ狩りと景色を心ゆくまで楽しむと、家路を急いだ。生駒山は影絵となり、その上に広がっているうろこ雲が赤く輝いていた。

役宅にもどったおさとは、隆慶に習った上方のまつたけ料理をこしらえた。焼まつたけと土瓶蒸しである。でき上がると、縁側に座って月を愛でている夫のもとへ、上燗《じょうかん》とともに運んだ。

川路は焼まつたけの匂いをかいだ。

「おさと、奈良のまつたけはとても香りがいい」

「ええ。こちらも召しあがれ。まずはお猪口でお汁を」

川路は言われた通りにした。

「うーん、この料理、まつたけの香りを味わうにはまことによろしい」

「土瓶で蒸し煮にするからでございます。上方の料理はなべて細やかな味わいがあり、奥が深うございます。奈良の人々が好むまつたけ飯の作り方も教わりましたので、後ほどお持ちします。山荘で食べてみましたが、味もよろしゅうございました」

「奈良はなんでもよく育つから、まつたけも大きいであろうな」

「はい、姿もよろしいですわ。当地のものと比べると、江戸のは劣ります」

「土のせいであろうか」

二人がまつたけ談議をしていると、藤右衛門の声がした。

「殿さま、田村直助が帰着いたしました」

「おお、無事に帰ってきたか。これへ」

旅装のままの直助が庭から入ってきて、一礼した。

「ただいまもどりましてございます」

「直助、ご苦労。縁側に座れ。おさと、直助にも土瓶蒸しと酒を」

川路は上機嫌だった。

「ちょうど、月が群雲《むらくも》に隠れてしまった。また出てくるまで、おまえの話を聞かせてもらおう。上総の母御の病はどうであった」

「快方に向かっており、安心いたしました。おかげさまで親孝行ができましてございます。それから、実家への行きと帰りにお屋敷に立ち寄りましたが、ご母堂さま、太郎さまを始めみなさまもお健やかでございました」

直助は江戸で託された書状を渡し、留守宅の消息を伝えた。話が一段落すると、川路が命じた調べについて、ときおり手控え帳を見て詳しく語った。

山木村は上総台地の江戸寄りにあり、覚敬の生家からは江戸湾と富士山の見晴らしがよかった。直助が訪れた日は空気がひときわ澄んでいたので、目を凝らすと、白い帆を上げて群青の海を走る数多くの五大力船《ごだいりきせん》が見えた。江戸へ房総の物産を運んでいる船だ。覚敬は江戸を間近に感じる伸びやかな土地で育ったのだと、直助は感じた。

覚敬の家は村役人をしている豊かな百姓だったが、父母はすでに亡くなっており、兄が当主となっていた。直助は長谷寺で覚敬に世話になったと告げ、当たり障りのない話をしていたが、そのうちに兄は覚敬の幼いときのことをしゃべりだした。

「清之助、これは覚敬の俗名ですが、清之助とわたしの生みの母が早くに亡くなり、後添いが来たんです。この義理の母親というのが意地の悪い女でして、連れ子だけをかわいがり、清之助をいじめるんですな。あいつは心がやさしく思慮深い子でしたが、何を考えているのかわからない一面もあったので、なおさら、いじめられたんだと思います。親父さまがいないと、引っぱたくこともあったようです。わたしは大きくなっていたので、さすがにそんなことはなかったんですがね」

そんな義母に耐えられなくなった清之助は、十三歳になると明善寺の覚道の弟子にしてもらい、風呂敷包一つを小わきに抱えて家を出ていったという。

「そのとき、清之助は義母を睨みつけて、大僧正になって見返してやると言い放ちましてね。あれは忘れられない光景でした。わたしには、真言の秘法を学んで、痛みで苦しむ人々を救いたいと望みを話しました。実の母がひどい苦痛を訴えて病死したからでしょう。どちらの思いもあいつの中では本当だったんでしょうな」

「覚敬さんも痛みで苦しんだことがあるんですかね」

直助は聞いてみた。

「いや、苦痛にはめっぽう強かったですな。もっとも、義母があまりにもしばしば体罰を加えるので、それに慣れたのか、歯を食いしばって耐えたのかどちらかでしょう。ただ、納屋に吊るされて暗闇の中に放置されたときには、すぐに泣きだしましたね。痛かったのか怖かったのかはわかりませんが、清之助は吐いていましたよ。わたしはあいつがかわいそうで、あのときは義母をとっちめてやりたいと思ったくらいです。何と言っても、実の弟ですからね」

五井村は江戸から木更津《きさらづ》を経て安房《あわ》に至る房総往還の宿駅で、海沿いに広がっており、村の中心に明善寺があった。覚敬の実家からもこの寺の大屋根は望めた。覚道はかなりの老人になっており、直助が聞いても、記憶にある覚敬はわずかだった。しかし、一つだけ有益な話を聞きだせた。それは、覚敬に続いて長谷寺へ送り出した山木村出身の小坊主がいるというのである。名は明覚《みょうかく》。しかも、長谷寺でまだ修学中だった。

直助が次に向かったのは武州西新井村にある新義真言宗の大寺、総持寺である。江戸の人々は、厄除の霊験あらたかとして本尊の十一面観音と弘法大師を信仰し、西新井大師と呼んで親しんでいる。直助が訪ねていくと、覚敬が長谷寺で学んだ啓光院照道は健在だった。

今度は直助もまともに奈良奉行の家来と名乗り、用件を述べた。照道は覚敬が戒律を破ったことを知っており、覚敬のことだけならと、率直に答えてくれた。

「覚敬は賢い若者で粘り強く、すぐれた集中力を持っておりましたよ。学問には欠かせない資質と申せましょう。ゆくゆくは総持寺をまかせることができると期待しておったのですが、女犯とは……」

照道は続けた。

覚敬は学んでいるうちに、関心が山岳修行へと向かった。修行によって肉体と精神を御すことができると考えたらしい。ところが修行に熱中するあまり、しだいに教学と勤行のほうがおろそかになっていった。照道が長谷寺にいる間は目立たなかったが、総持寺に転住すると、所化を指導する役僧たちは覚敬を異端と見なすようになった。

長谷寺の僧侶は修学の年数に応じて、順番にその地位が上がっていき、さまざまな役職につく。覚敬はもう二十数年も在寺していたので、本来であれば役僧の一員になってもおかしくはなかったが、役僧見習いどころか平所化にとどまっていた。

「出世が遅れて気がくさくさしているところに、好ましい女性《にょしょう》が現れ、つい懇ろになってしまったのでしょう。たとえ学問を積み、不犯《ふぼん》を誓った僧侶でも、時として心は迷うものです。煩悩から逃れることはなかなかできません。ありていに申せば、拙僧も若かりし頃、観音参りの娘さんに懸想《けそう》しましてな」

「和上、まさか女犯を」

照道は高らかに笑って、答えなかったという。

そばで聞いていたおさとはこの話にくすっと笑った。川路もニタリとしたが、杯をぐいっと飲み干すと、考えに沈んだ。

八

二日後、直助は参詣客らしい旅姿をして、長谷寺へと向かった。明覚の話を聞いてくるようにと、川路に命じられたからだ。

南都を夜明け前に出た直助は、帯解《おびとけ》、櫟本《いちのもと》、丹波市、柳本、三輪と上街道を進み、慈恩寺の追分で初瀬街道に道を替えた。おしのの兄の喜右衛門がやっている旅籠屋の前を通り過ぎると、前方に女を乗せた二頭の馬が見えた。従僕らしい男がそばに付き従っている。家並みが切れたあたりで馬方が唄いだし、馬の鈴の音がそれに唱和した。谷あいに透き通った声が広がっていく。直助は歩をゆるめ、聞き入った。

〽　初瀬《はせ》の追分　桝形《ますがた》の茶屋でヨー　泣いて別れた　こともある
　　初瀬の追分　東はお伊勢　西は浪花《なにわ》で　北は奈良

「よく通るいい声ですなあ」

直助は一行に追いつき、馬方に声をかけた。

「いやー、お耳を汚しまして」

「初瀬の追分というのは先ほど通った慈恩寺のことですか」

馬に乗っていた女の一人がたずねた。大商人か豪農の妻らしく、裕福そうな中年の女だった。長谷観音にお参りをするのだろう。連れは娘か嫁のようだ。

「へえ。そうだす」

「わたしどもは相州《そうしゅう》の小田原からまいったのですが、大和にも馬子唄があったのですね」

「へえ。この『初瀬追分』ちゅう唄は、長谷寺の所化さんが生国《しょうごく》から伝えた馬方三下がりが基になっていると言われてますのや。いつの頃かわかりまへんけどね」

「わしは上総から来たんですが、その学僧は東国か北国の出なのかもしれませんな」

「そうでんな。長谷寺には若い所化さんが大勢おって、上総や武蔵、越後や信濃からもけっこう来ているよってなあ。奥州からの人もいてると聞きまっせ。そりゃ故郷の唄を唄うこともありますやろ」

「惚れた女と泣く泣く別れ、故郷に帰る所化さんもいたんでしょうな」

直助がしみじみと言った。

「所化さんが女に惚れんのは、あかんやろと思いまっけど、元気のええ若い男たちだっさかい、おったかもわからんな。わっはっはっはー」

馬方がまた『初瀬追分』を唄いだした。直助は「お先に」と一行に別れを告げ、唄に送られるようにして道を急いだ。

初瀬川に沿った村々を結ぶ道は平らかだった。田んぼには早稲《わせ》が豊かに実り、黄金色の頭《こうべ》を垂れていた。刈り入れが始まっている田も多く、老いも若きも稲をせっせと刈っていた。農夫たちは額に汗を光らせ、ときおり腰をたたいていたが、どこかうれしそうだった。この夏の天気はよく変わったものの、どうやら平年作を確保できたのだと、農家で生まれ育った直助も喜んだ。

道を歩むにつれて谷がだんだんと狭くなり、大鳥居が見えてきた。門前町の入り口である。初瀬は谷あいの町だが、観音参りや伊勢詣での人々でいつもにぎわっている。旅籠屋や茶屋、土産物屋の客引きが旅人を呼び止めるさまは、まるで江戸の馬喰町《ばくろうちょう》のようだった。鳥居を抜けると、九ツ（午後零時）を知らせる法螺貝《ほらがい》の音が寺のほうから聞こえてきた。直助は伊勢辻の茶屋で名物のにゅうめんと草もちを食べ、一息入れた。

四半時《しはんとき》（三十分）ののち、直助は本坊の位置を店の者にたずね、法起院《ほうきいん》の先を左へ曲がった。そのまま参道を進むと、目の前に豪壮な仁王門があった。

長谷寺は山裾から中腹へかけて境内が広がり、三代将軍家光が寄進した本堂など重厚な堂社が立ち並ぶ大寺だ。とはいえ、西国三十三所巡礼の第八番札所でもあるので、どこか親しみやすい。ボタンの名所で、花の御寺《みてら》としても知られている。直助は春の美しさは格別だろうと思った。

仁王門を入り、名高い登廊《のぼりろう》を上がっていく。途中で左へ折れ、教えられた通りに行くと、その先に本坊があった。玄関先で案内を請う。すぐに子供のように若い僧が出てきたので、明覚の居場所を聞く。本堂という答えが返ってきた。

本堂は登廊を上りきったところにあり、外陣から御詠歌《ごえいか》が聞こえてきた。直助は参拝者の邪魔にならないように、後ろのほうから十一面観音を拝んだ。それから堂守を探し、明覚を呼んでほしいと頼んだ。やって来た明覚は、三十歳前後の温和で誠実そうな所化だった。直助は観音参りに来た五井村の百姓で、明善寺の覚道に明覚と覚敬を紹介されたと告げた。

二人は本堂の舞台に出た。東大寺の二月堂と同じ懸け造りなので、舞台からの見通しはすばらしかった。直助は覚道の消息を伝えてから、明覚と覚敬の関係をたずねた。

明覚が長谷寺に来たのは覚敬のだいぶあとだったが、同郷で明善寺出身ということから覚敬と親しくなり、以来ずっと兄弟弟子としてつきあっているという。

直助はちょっと間を置いて、さりげなく言った。

「覚敬さんは南都のお奉行所に捕まっていると聞いたんですが」

「どうしてそのことをご存じなのですか」

明覚はぎょっとした。

「ここへ来る前に、本坊の所化さんがちらりと話してくれたんですよ。なにか戒律や教えに背くようなことをしたんでしょうか。覚道さまは覚敬さんに期待しているようだったんですが」

明覚は少し考えてから、おもむろに言った。

「お帰りになっても、覚道さまには内密にお願いしますよ。だいぶお年を召されているでしょうから、悲しませたくないのです。覚道さまはわたしたち小坊主にとてもやさしく、素晴らしい和尚さまでしたから」

「ええ、ええ。わかっておりますよ」

直助が承知すると、明覚は続けた。

「女犯です。覚敬さんはそれで寺を追い出され、奉行所の吟味を受けているのです」

「そうですか。では、本坊の所化さんが女犯とはっきり言わなかったのは、なぜなんでしょう？」

「女犯の話は禁句なんです。長谷寺では天保の初めに太明《たいめい》さんという所化が女犯のお咎《とが》めを受けたことがありますし、囲い女がいるという役僧の噂もあるので……。それが本当かどうかはわかりませんが、覚敬さんは自分だけ責められるのはおかしいと反発していました。太明さんのことにも同情していました。同じくらいの年齢だったので、よく知っていたそうです」

「ですが、戒律を守るべき清僧にとって女犯はいけないことでは」

「清僧といってもなかなか。この寺には多いときで千人もの僧がおり、たくさんの娘さんがお参りに来るものですから、心が乱れることも……」

明覚は話を中断した。直助は口を挟まなかった。右手はるか下に本坊があり、出入りをする若い学僧たちの元気な姿が見えた。

「それで、覚敬さんは不淫戒《ふいんかい》を修学中にとどめるべきだと考えたんです。役僧や住持になったら妻帯してもいいと。人が苦しみ楽しむように、僧も悩みと悦びを感じる。俗世の男が女を恋うように、出家も女を慕う。それは自然なことであり、そうした気持ちを持つことが、人々の心を理解し救えるのだと。手っ取り早く言えば、女性を慕ったこともない僧侶に何がわかるのかというわけです」

直助は覚敬の考え方が何となく理解できた。

「ですから、覚敬さんは女犯という言葉がきらいでした。覚敬さんは言いました。女犯という言葉は女を心がない肉体だけの存在と見なしていると。不浄なものと蔑んでいると。それは自分を生んでくれた母親を辱めているのと同じだと。おしのさん、覚敬さんの思い人ですが、おしのさんを好きになったから、そんな考えを持ったんだと思います。あるいは山で修行をしているうちに目覚めたのかもしれませんが」

「じゃあ、明覚さんはおしのさんとやらを知っていなさるんだね」

「覚敬さんの頼みで、何回か付け文を届けに行ったことがありますから」

「そうですか。ところで、僧正になるのが覚敬さんの夢だったと覚道さまはおっしゃってましたな」

「学問を修行中はそりゃ期待されていましたよ。本寺の最長老の能化さまもお褒めになっておられたと聞きました。ですが、途中で山岳修行に凝りだしてからは邪道視されて、結局、年次からいったら集議という役僧になるべきでしたが、認められませんでした。覚敬さんはそれが不満でした。その時分におしのさんと知り合ったんです」

九

今度も直助の報告は得るものが多かった。川路は庭に出ると、池を長い間ぼんやりと見ていた。それから小書院にもどり、橋本文一郎を呼んだ。覚敬を落とす方法を考えついたのだ。

「人間は誰でもどこかに弱点があるものだ」

川路は文一郎に牢問のやり方を指示したあとで、自分に言い聞かせるようにぽつりと言った。

「うまくいけばよろしいのですが。不首尾だったら、長谷寺へもどすしかないと思います。覚敬はほとんど狂気です」

「いやいや、まともすぎるのかもしれない。たとえ長谷寺へ返したとしても、また小屋を抜け出て、今度は所司代か老中に駕籠《かご》訴《そ》をする。そうなると、奉行所の面目が立たなくなるではないか。覚敬は死罪になり、長谷寺も能化の首が飛ぶだろう。三者ともいいことはない。必ず落とそう。そのためには、文一郎もわたしも多少は芝居をしないとな」

川路はニヤリとし、自信がなさそうな文一郎をさがらせた。川路は文一郎の心中を察していた。吟味を担当する与力は、牢問など好んでするわけがない。理非曲直を明らかにして説得し、白状させる。それが与力の誇りなのだ。川路も肉体を責めて自白させることはきらいであった。だが、覚敬の特異な体質あるいは修練に勝るには、心への揺さぶりと、少々きつい牢問もやむをえないと思った。

文一郎は川路の指示どおり、覚敬をしばらく打ち捨てておいた。牢番にも必要最小限のこと以外は言葉をかけるなと厳命した。覚敬を思い惑わせるためだ。

寒さがつのってくると、川路は頃あいとみて、覚敬の直吟味《じかぎんみ》を行った。

「だいぶ山で修行を積んだようだな。おっかさんのためか、清之助」

川路は覚敬が面を上げると、すぐに切り込んだ。覚敬は子供のときの名を呼ばれ、ぎくりとした。

「汝《なんじ》はおっかさんのために修行をしたのであろう。僧正になり、継母を見返してやるはずではなかったのか。それなのに女に現《うつつ》を抜かすとは。草葉の陰でおっかさんもおとつぁんも泣いているとは思わぬのか」

「……ひきょうな」

覚敬が弱々しくつぶやいた。

「うるせえ。おめえが女犯をやらかしたかどうかなんざぁ、もうどうでもいいことだ。だがな、覚敬。一度はゲロを吐いたくせに、あとで難癖をつけてそれをくつがえし、黙りを決め込むその根性が気に食わねえんだ。やい、男らしく認めやがれ」

川路がたんかを切ったので、覚敬は顔を真っ赤にした。

「おめえ、自分の出世を妨げた役僧どもへの腹いせに、牢屋敷へ閉じ籠もって嫌がらせをしているつもりかい。それほど僧正になりたかったのか」

覚敬の目が泳いできた。川路は口調を和らげた。

「覚敬、そのためにおしのを利用してもいいのかい。おしのももう二十六だ。おまえはおしのをどうしようというのだ。おまえは自分の意地だけを大事にしている。おまえにとって本当に大切なものは僧正の位じゃなく、おしのさんじゃないのかい」

覚敬の体が小刻みに震えてきた。必死に耐えている。沈黙が続き、白州にモズの高鳴きが聞こえた。覚敬は口を閉ざしたままだった。

牢問はその夜遅くに行われた。今度の石抱には江戸と同じ重さのものが使われた。いつも奈良奉行所で使っている石よりかなり重い。これも川路の指示だった。川路は遠国奉行所の慣行をなるべく尊重していたが、今回はそれでは手ぬるいと考えたのだ。

雑役の者たちが石を抱かせ、文一郎と久保良助が尋問する。検使も前と同じく富塚俊作だった。万一に備えて、医者の花井隆慶にも立ち会ってもらう。文一郎と良助は川路に言われた通り、入念に打ち合わせをしていた。

穿鑿所に入ってきた覚敬はいつもと異なっていた。毅然とした態度が消え去り、思いに沈んでいた。

「石を抱かせろ」

良助が命じた。正座した股の上にいつもより重い石が積まれた。覚敬は平然としていたが、石の重さに耐えているようにも見えた。

「覚敬、小さいときは清之助か。おっかさんにずいぶんかわいがられたそうやな。おっかさんが亡くなったときは、ずいぶん悲しかったやろなあ」

文一郎がやさしく言い、良助が憎々しげにいびった。

「義理のおっかさんに折檻《せっかん》されてたんやてな。実のおっかさんを亡くした小さい子供に手を上げてたっちゅうことは、よっぽど悪い小僧だったわけや」

覚敬が悔しそうにした。良助の指示で石がもう一枚積まれた。覚敬が少し身じろぎをした。

「真言の秘法を会得したんは、おっかさんのように痛みで苦しむ人を助けるためと違《ちゃ》うんか。自分が責めに強くなっただけかいな。清之助、おっかさんが生きとったら泣くで」

覚敬は文一郎を睨んだ。石がまた一枚加わった。覚敬は歯を食いしばった。

いっとき沈黙にまかせ、文一郎は攻め方を変えた。

「おしのがおるから、牢暮らしにも耐えられたんやろな。そろそろ、いとしいおしのに触れたいやろが」

「そんな大事な女と女犯をしたとは言われたくないわな」

覚敬はカッとなり、食ってかかった。

「こんな石などかゆくもない。もっと責めたらどうだ」

「おお、そうかい。『心頭を滅却すれば火もまた涼し』ちゅうわけやな。ほんなら、遠慮せえへんで」

石が四枚になり、覚敬の額から脂汗が流れてきた。

「覚敬さんよ、長谷寺の小屋から抜ける手伝いを明覚にさせたんやろ。かわいい弟弟子まで巻き込んで、やつの先々もおしのと同じように奪うつもりかいな」

「おのれ、卑劣な」

覚敬の集中力が途切れたと見た文一郎は、怒ったふりをして言った。

「卑劣なんはおまえや。おしのも明覚もかわいそうだとは思わんのか。それで明善寺覚道の弟子と言えるんか。そんなおまえの姿なんぞ、やさしい和尚さまは見たくないやろ」

覚敬ははっとし、にわかにその目が潤んできた。

好機だった。文一郎は合図をした。雑役の者たちは石をのけた。それから覚敬の両手を頭の上で縛り、梁《はり》に吊るした。釣責のように後ろ手に縛り上げて吊る残酷なやり方ではなかったが、覚敬は不安そうだった。文一郎たちは覚敬をそのままに、明かりを消していったん穿鑿所の外へ出た。

ほどなく、弱々しい悲鳴が聞こえてきた。

「助けてくれ、堪忍してくれ、頼む、おろしてくれー」

文一郎たちが中に入って明かりをともすと、覚敬は玉のような汗を流していた。

「文一郎、良助、ご苦労。ま、一杯やってくれ」

川路は用意した鴨《かも》鍋と上燗を二人にふるまい、俊作も同席した。

「どうだ、覚敬は素直だったか」

「今度は本当に恐れ入ったようです。すべてを話して印形を押すから、島流しだけは堪忍してくれと申しまして」

「ずいぶんと遠島を嫌がっておるな。おしのと会えなくなると思っているからだろう。所化の女犯で遠島はありえないが、自白をくつがえして否認し続けたので、罪が重くなると考えているのだ」

「しかし、お奉行。山岳修行をした男が、暗闇の中に吊るされただけで音をあげるでしょうか」

文一郎が疑問を口にした。良助と俊作も同じように思ったらしく、川路を見つめた。

「人の心とは不思議なものだ。心を乱されれば、鍛錬した体も思い通りに動かなくなる。まして、幼いときの心の傷は身に染み込み、なかなか癒されないものなのだろう」

川路は感傷的な言いようをした。

「それはさておき、なぜ女犯を認めようとしなかったのか、覚敬にたずねたか」

「はい。わたしにはもう一つ理解しがたいのですが、ざっとこのような申し分でした」

寺内で調べを受けたときに女犯を否定したのは、役僧たちへの反発があったからだ。所化の自分に対してはろくに話も聞かず処分を急ぎ、仲間の役僧については本当に内妻を囲っているのかどうかさえ確かめようとしない。出世を妨げられたという思いも強かった。僧正への夢は衆抜下山の申し渡しによって完全に絶たれた。かくなるうえはと、役僧に仕返しをするつもりで駆込訴をした。

結局、奉行所に吟味されることになったが、素直に認めれば、市中に晒されはするものの、僧籍の剝奪と寺からの追放だけですむことはわかっていた。それなら、おしのと連れ合うことができると思い、始めは自白した。ところが、口上書が読み上げられて印形を押す段階になり、急に怒りが高まってきた。おしのと情を交わしたことは認めるが、女犯という言葉で片づけられるのが我慢できなかったからだ。結果として牢問を受けるはめになったが、罪を認めず押印を拒んでいれば、遠からず奉行所は放免せざるをえなくなる。そうすればいつの日かまた、おしのに会えると思った。時の長さは問題ではなかった。今にして思えば、短慮だった。

川路は覚敬の心の内を理解した。

「自白と否認を二度も繰り返したのは、覚敬といえども心の迷いがあったからだ。何もかも認めて、おしのと連れ添いたいという気持ちと、意地あるいは誇りとのはざまで」

文一郎たちは同時にうなずいた。

「否認しているうちに、おしのは齢《よわい》を重ねてしまう。わたしはそこをついたのだ。覚敬はおしのに心底惚れているからな」

文一郎がまた問いかけた。

「女犯とは裁くべきことなのでしょうか。わたし自身は、戒律を守って修行をする僧にありがたみと法力《ほうりき》を感じます。生臭坊主に浄土への導きをしてもらいたいとは思いません。その一方で、惑いや欲望を持たない僧に人の何がわかるのかという、覚敬の考え方も理解できるのですが」

「裁くべきかどうかはともかくとして、女犯を許すということは妻帯を認めることになります。その結果として、子が生まれると寺を継がせることになるでしょう。つまるところ、僧侶の子弟でなければ住職になれない世の中となり、徒手空拳で仏の道を志す者の道を半ば閉ざしてしまうのではありませんか。この三月に唐招提寺《とうしょうだいじ》の戒壇が焼けたのは、戒律を守れという仏の霊験《れいげん》だったのではないでしょうか」

良助は牢問のときとは打って変わり、おだやかな口調だった。

鴨鍋の面倒を見ていた俊作も話に加わった。

「わたしは、女犯は宗門と僧侶自身の問題で、御公儀が関与すべきものではないと思います。もちろん、社会の平穏を乱すような放埒《ほうらつ》や乱暴なふるまいは問題ですが、それは別の罪で裁けばいいと思います。僧侶が女と情を通じたからといって、御公儀が女犯の罪で裁くというのは無理があるような気がいたします」

「みなの考えはそれぞれ納得できる。しかし、世の秩序を守るためには、女犯をなべて断罪するしかないのだ」

幕府は大奥と幕閣を揺るがした天保十二年の智泉院日啓《ちせんいんにっけい》の事件に懲りて、女犯に対してきびしく対処していた。僧たちの乱れは社会の動揺につながる。それは避けたいからだ。

一方で川路は、女犯と戒律の問題は永遠に解決不能であると思った。鑑真《がんじん》によって戒律が中国から伝来した後も、幾度となく繰り返されてきた問題だった。もっとも、外国が通商を求めてくる時代である。善し悪しは別として、戒律のほうが変わらざるをえなくなるかもしれない……。

「文一郎がわたしぐらいの年になったら、女犯などという言葉はなくなっているだろうな。さ、飲め。南都の酒はうまい」

おみつが徳利をさらに四本と追加の鴨肉、白ネギのざく切りを運んできた。決着がついたという開放感が酒を呼び、鍋が進んだ。

十

年の瀬も押し迫った頃、覚敬たちの御仕置伺書に対する返答書が京都所司代から奈良奉行所に届いた。覚敬は三日晒のうえ僧籍を抜かれる脱衣《だつえ》、加えて中追放《なかの》だった。中追放は武蔵、山城、摂津、和泉、大和、肥前、東海道筋、木曽路筋、下野《しもつけ》、日光道中、甲斐、駿河《するが》、それに悪事を働いた国と住んでいる国が御構《おかまい》場所となり、立ち入りと居住を禁止される。田畑と家屋敷を持っていれば、闕所《けっしょ》が付加される。没収されるのだ。おしのは覚敬が清僧と知りながら情を交わしたかどで、三十日の押込《おしこめ》と決まった。

翌日、奉行所は何かとあわただしかった。刑を宣告すると、すぐに執行しなければならない。この朝は死罪や獄門があったため、与力たちは牢屋敷で言い渡し、刑場で執行に立ち会った。遠島以下は奉行の川路が白州で言い渡した。

覚敬は川路から刑を告げられると、橋本町にある高札場の南側に設けられた晒場《さらしば》へ連れていかれた。ここで三日間、朝から昼過ぎまで晒されるのである。三条の通りに面しているので、多くの人が行き来する。

おしのは慈恩寺からやって来るため、申し渡しは昼前となった。喜右衛門と村役人が付き添っていたので、晒場を避け、覚敬と会うことはなかった。覚敬は晒刑の間、目をつぶったままで身じろぎもしなかった。

二日目の昼過ぎ、立ち会いの良助が晒場横の会所に詰めていたとき、一人の僧侶が入ってきた。長谷寺所化の明覚と名乗ったうえで、刑の執行がすんだら覚敬に渡してほしいと言って、良助に一枚の紙を託した。良助は奉行の許しを得たらそうすると答えた。明覚は用事をすませると、竹矢来《たけやらい》の外から覚敬に合掌し、静かに去っていった。

晒刑が終了すると、良助は覚敬をいったん奉行所へもどし、身支度をさせた。それから奈良町の北の出入り口である奈良坂口まで護送した。この間、良助は話しかけなかったし、覚敬も久しぶりに見る京街道の町々に目をやるだけだった。奈良坂春日社の前にある高札場で道は二つに分かれる。京へは京街道をそのまま北へ進み、伊賀か伊勢へ行くなら東の道をとる。良助はここで縄をほどいて所持品を返し、覚敬を放免した。覚敬が一礼して去っていこうとすると、「ちょっと待ってんか」と呼び止めた。

「覚敬さんよ、どっちへ行くつもりなんか知らんけど、余計なことを言っとくで。御構地の件やが、わらじをはいて通過するぶんには、入ってもお目こぼしされることになっとるで。旅の途中ということで」

「ありがとうございます、久保さま。とりあえず、伊賀へ抜けようかと」

覚敬は吹っ切れたのか、素直だった。

「あんたなら何とかやっていけるやろ。そやそや、おしのさんは三十日の押込やさかい、ちょっとの辛抱や」

覚敬は良助を見つめた。

「それから、お奉行がこれを渡してやってもいいと。明覚さんとやらに預かったんやが」

良助は書き付けを取り出して、覚敬の懐にねじ込んだ。覚敬はいぶかったが、良助は「じゃあ、ま、お達者で」と言うなり、さっさときびすを返した。

覚敬は良助の後ろ姿に合掌し、東へ踏み出した。奈良から歩むときは伊賀街道と称し、伊賀から来るときは加太越奈良道と呼ぶ、おさとたちが歩いた道だ。坂を上りきると、尾根道となった。九町（約一キロ）も行かないうちに、右手に大きな道標が見えてきた。近づくと「太神宮　左いがいせ道」と刻まれている。覚敬は路傍の石へ腰を下ろした。雲の流れは速く、日が照ったり陰ったりしていた。解放感はあったものの、何かが抜け落ちていた。ふと、覚敬は懐の書き付けを思いだした。取り出して開くと、女文字で歌が記されていた。おしのの筆跡だ。

初瀬《はつせ》河《がわ》古川の辺に二本《ふたもと》ある杉
　年を経てまたもあひ見む二本ある杉

覚敬は小さい声で二度詠み上げた。日が雲から出てきて、道標に赤い光が差してきた。その光を浴び、覚敬はゆっくりと顔を上げた。

「おさと、おしのの歌だが」

「おしのさんがしたためたのは古今和歌集の一首ですね。意味は言わずもがなでございましょう、殿さま」

「まあ、な。二人はときどき忍び会いをしては、いにしえの歌を詠じて楽しんでいたのであろうか」

「ええ、おそらく。歌は覚敬さんが教えたのでしょう」

おさとは短く答え、心の中で歌を詠んだ。初瀬川と古川（布留川）の流れがやがて一つになるように、となり合う二本の杉が土の中で重なるように、おしのと覚敬は必ず結ばれる。おさとはそう確信した。

川路がいつになく、しんみりと言った。

「おさとに言われてわかったが、わたしは覚敬の吟味のやり方を間違えていたようだ。そのために、あの者たちに無為なつらい日々を過ごさせたのかと思うと悔いが残る」

「あなたは男女の機微が不得手ですもの」

返す言葉もなくしょんぼりしている川路を、おさとはやさしい眼差しで見て、ほほえんだ。

それから立ち上がり、縁側の障子を開けた。

「雪が……」

「江戸の我が家にも降っているだろうな」

川路も雪を見ようと腰を上げた。

二人は互いに寄り添い、庭に舞う小雪を見つめた。若草山のほうから、季節はずれの牡鹿の鳴き声が聞こえてきた。妻を恋い求めている。

上総《かずさ》

おのれ、亡君におくれ奉て、かく遠く、此国わたりへ来て旅寝すべしとは……

（『上総日記』慶応四年三月二十四日）

気がつくと夜が明けていました。わたくしを南都の思い出へと誘い込んだ月はすでに空から消え去り、東の雲間から薄日が漏れていました。風が頬をなで、波が船をやさしく揺すっています。そして、わたくしの背には長合羽がかけられていました。

起き上がると、前方にたくましい壮者が立っていました。一瞬、夫が陸地を見ているのだと思いました。そんなはずはありません。振り返ったのは利右衛門どのでした。当時の夫と同じくらいの年配で、後ろ姿も似ていたのです。わたくしがここはどこかとたずねると、下総《しもうさ》の沖合と答え、西のほうに薄く見える山のあたりが江戸だと教えてくれました。御府内から遠く離れたのです。それから利右衛門どのは上陸地の浜村を指差しました。近づいていくと、陸から馬がやって来ました。このへんは遠浅なので、船は岸に着けないのです。

浜村の旅籠で朝餉を取り、平沢村から荷運びに来てくれた村人たちとともに出発しました。浜村と大網を結ぶ土気《とけ》往還を行くのですが、石が敷かれていない野道なので、昨夜の雨でぬかるんでいます。老年の者は交替で一挺の駕籠にかわるがわる乗り、あとの者はひたすら歩きます。

あの思い出深い南都での暮らしから幾年月を経たことでしょう。時の流れとは無縁のように思えた古都ですが、夫が井伊大老に隠居差控《さしひかえ》を命じられた安政六年（一八五九）には元興寺《がんごうじ》の五重塔が焼失し、文久三年（一八六三）の天誅組《てんちゅうぐみ》の変ではお奉行所が大変だったと聞いております。此度《こたび》の世の乱れが、薩長の者たちの荒々しいふるまいが、わたくしの大切な追憶の町を傷つけるのではないかと気にかかります。

わたくしの心の内を見透かしたかのように、また雨が降り出してきました。雨に濡れながらの旅路は、いかにも落魄《らくはく》の落ち武者のようで、哀しみが満ちてまいります。

上総に入り、土気で小休みしました。重い荷を乗せた何頭もの馬が、わたくしたちの横を通り過ぎていきました。利右衛門どのは、あれは九十九里浜の海産物を運んでいるのだと言いました。今朝ほどの浜村かその先の曾我野《そがの》村、登戸《のぼりと》村から船に乗せ、江戸へ送るのだそうです。

世は乱れても、人々は日々の暮らしを支えねばならぬのです。

ひと休みののち、さらに道を進むと、四つ辻に差しかかりました。右へ曲がれば平沢村への山道です。さほど険しくはありませんが、上り下りの多い細道です。歩き続けていると、にわかに目の前が開けました。田畑がのびのびと広がり、その奥に大きな屋敷がありました。利右衛門どののお住まいです。三方をなだらかな小山に囲まれ、南から西へかけては田圃になっているので、明るく、安らぎを感じさせる佇まいです。長屋門の前で村人たちが待っていました。みなおだやかな笑顔です。江戸の騒ぎがまるで芝居の一場面のように思える、静かな別天地です。

原田のご隠居と久方ぶりにお会いしました。互いの無事を喜びあったあと、江戸の様子を話して差し上げると、ご隠居はただただ溜息をつくばかりでした。御旗本として切々たる思いがおありなのです。

幼い新吉郎と又吉郎に対面しました。側女《そばめ》の梅が生んだ子たちですが、子を生さなかったわたくしにとってもかわいい息子たちです。二人はわたくしの落髪した姿を見て驚き、声もありません。わたくしが父の死を告げると、九歳の新吉郎は哀しみを感じたのでしょう、しくしく泣き始めました。五歳とまだ頑是ない又吉郎は、ただ目を見開いているばかりです。わたくしは涙を抑えることができなくなり、小さな息子たちを抱き寄せ、むせび泣きました。

やがて気を取り直し、泣くのはもうよそうと思いました。老いたる者が為すべきことは嘆き悲しむことではなく、自分が見聞きしたことどもを、子や孫に語り伝えていくことなのです。わたくしは、目にした夫の最期や聞こえてくる江戸の情勢を、この村での日常とともに書き記します。それがわたくしの務めなのだと思い定めたのです。

江戸へ帰れる日はいつになることでしょう。富士の峰に見守られ、すがすがしく安らかなあの江戸へ。

了

編集部註／作品中に一部差別用語とされている表現が含まれていますが、作品の舞台となる時代を忠実に描写するために敢えて使用しております。

主な参考文献

「上総日記」川路高子（『学習院大学史料館紀要第十三号』二〇〇五）
「寧府紀事」川路聖謨（『川路聖謨文書二―五』日本史籍協会叢書　一九八四）
『川路聖謨之生涯』川路寛堂（世界文庫　一九七〇）
『川路聖謨』川田貞夫（吉川弘文館　一九九七）
『江戸の女の底力』氏家幹人（世界文化社　二〇〇五）
『奈良市史　通史三』奈良市史編集審議会編（一九八八）
『新編日本古典文学全集』（小学館　一九九四―二〇〇二）
『近世の畿内と奈良奉行』大宮守友（清文堂　二〇〇九）
『奈良奉行所与力橋本家文書』（奈良県立図書情報館所蔵写真複製版）
『藤田文庫』（奈良県立図書情報館所蔵）
「奈良奉行所の景観」菅原正明（『奈良女子大学構内遺跡発掘調査概報』一九八三）
『おほゑ：奈良奉行所管内要覧』奈良県立同和問題関係史料センター編（奈良県教育委員会　一九九五）

『奈良市歴史資料調査報告書一六、十七』（奈良市教育委員会　二〇〇〇―二〇〇一）
『奈良坊目拙解』村井古道（喜多野徳俊訳註　綜芸舎　一九七七）
『大和名所圖會』秋里籬島（臨川書店　二〇〇二）
『古事類苑・法律部』（吉川弘文館　一九七八）
『近世刑事訴訟法の研究』平松義郎（創文社　一九六〇）
『定本御定書の研究』奥野彦六（酒井書店　一九七五）
『江戸の刑罰』石井良助（中公新書　一九九二）
『江戸時代の罪と刑罰抄説』高柳真三（有斐閣　一九八八）
『大坂町奉行と刑罰』藤井嘉雄（清文堂　一九九〇）
「奈良奉行川路聖謨が見た幕末大和の被差別民」吉田栄治郎
（『奈良県立同和問題関係史料センター研究紀要第十二号』二〇〇六）
「大和における〈非人番〉史料」谷山正道（『部落問題研究五二号』一九七七）
「近世大和における非人番制度の成立過程」溝口裕美子
（『奈良歴史通信第三十九、四十号』一九九四）

『江戸のお金の物語』鈴木浩三（日本経済新聞出版社　二〇一一）
『近世風俗志』喜田川守貞（岩波文庫　二〇〇八）
『新版色道大鏡』藤本箕山（八木書店　二〇〇六）
「奈良町木辻遊郭試論」井岡康時
（『奈良県立同和問題関係史料センター研究紀要第一六号』二〇一一）
『伊勢音頭』樋口鉄男（樋口鉄男　一九七四）
「里帰り伊勢音頭」畑嘉也（『秋篠文化第二号』二〇〇四）
『伊勢古市考』野村可通（三重県郷土資料刊行会　一九七一）
『小唄伝説集』藤澤衛彦（東洋書院　二〇〇八）
『王寺町史』王寺町史編集委員会編（二〇〇〇）
『都市大坂と非人』塚田孝（山川出版社　二〇〇八）
『上方能楽史の研究』宮本圭造（和泉書院　二〇〇五）
『人形浄瑠璃の歴史』廣瀬久也（戎光出版　二〇〇二）
『江戸の浄瑠璃文化』神田由築（山川出版社　二〇〇八）
『女犯』石田瑞麿（ちくま学芸文庫　二〇〇九）
「天言筆記」藤岡屋由蔵（『新燕石十種第一巻』国書刊行会　一九一二）

『長谷寺略史』林亮勝・坂本正仁
（真言宗豊山派宗務所興教大師八百五十年御遠忌記念委員会　一九九三）
『桜井市史・上』桜井市史編集委員会編（桜井市　一九七九）
『日本の民謡・西日本編』長田暁二・千葉幸蔵（現代教養文庫　一九九八）

【著者略歴】

宮澤　洋一（みやざわ　よういち）

一九四八年岩手県生まれ

過《す》ぎし南都《なんと》の日々《ひび》　——おさと寧府紀事余聞《ねいふきじよぶん》——

2019年7月26日　第1刷発行

著　者 — 宮澤《みやざわ》　洋一《よういち》

発行者 — 佐藤　聡

発行所 — 株式会社 郁朋社《いくほうしや》

〒101-0061　東京都千代田区神田三崎町 2-20-4

電　話　03（3234）8923（代表）

FAX　03（3234）3948

振　替　00160-5-100328

印刷・製本 — 日本ハイコム株式会社

郁朋社ホームページアドレス　http://www.ikuhousha.com

この本に関するご意見・ご感想をメールでお寄せいただく際は、

comment@ikuhousha.com までお願い致します。

ISBN978-4-87302-701-2 C0093